文史哲學集成

林漢仕著

# 易傳綜理

文史哲出版社印行

國立中央圖書館出版品預行編目資料

易傳綜理 / 林漢仕著. -- 初版. -- 臺北市 :
文史哲, 民８１
面 ; 公分. -- (文史哲學集成 ; 260)
ISBN 957-547-124-5(平裝)

1. 易經 - 批評比較, 解釋等

121.17　　81002608

文史哲學集成 (260)

易傳綜理

著者：林漢仕
出版者：文史哲出版社
登記證字號：行政院新聞局局版臺業字五三三七號
發行人：彭正雄
發行所：文史哲出版社
台北市羅斯福路一段七十二巷四號
郵撥〇五一二八八一二彭正雄帳戶
電話：三五一一〇二八
印刷者：文史哲出版社

實價新台幣三〇〇元

中華民國八十一年九月初版


ISBN 957-547-124-5

# 序

讀易有四法，先明乘承比應：乘者，跨下爻也；承者，承上爻也；比者，上下近也；應者，初與四應，二與五應，三與上應。此王弼注易之法。漢魏更有相隔二陰曰乘剛者。又有所謂敵應：凡陰陽相抗曰敵，相配曰應。如艮上下敵應，恆剛柔皆應。以上準李塨屯六二爻辭注之說解也。明袁宗道論文，斥「今之文士浮泛，搦管伸紙，連篇累牘，乞募古人殘溺遺矢，抹去陳句，不免曳白」爲可媿！論文宣自製，學術究探，不引則人疑杜撰，全引又有塗滿卷帙充數之譏，是以妄意「鴻裁」，得其旨而止，以爲比較而是是非非之也。不敢以文章名，辭求其達耳已。蓋易傳之作，直譯則不能求辭工，工則未必信達，如劉次源君之論述者是。全以意譯，則每失經文之眞，望文可以解易矣，徐世大、胡樸安、高亨、李鏡池者是。有以易經爲淺顯无文巫術本來面目，爲迹信之淵藪，進化之障礙；有以易爲萬寶全書；（王緇塵說。）朱子謂易无非一陰一陽之理。錢穆引日知錄云易理在庸言、庸行之間，不在圖書象數。程子謂易得其義則象數在其中，朱熹以爲先見象數，方說得理，不然事無實證，虛理易差。歐陽修以河圖洛書爲妄，東坡云著之易，見於論語，不可誣也。曾南豐以非所習見，果以爲不然，亦可謂過矣。迂齋講易謂「伏羲未作易之前，天下之人心无非易；伏羲既作易之後，天下之萬事亦无非易。」易眞含萬象矣，非聖賢不能知易矣，不免於艱深文其淺易矣！夫以極盡委婉曲折剝析或泥故訓墨守家法者，皆非能愛易而令讀者心儀意服者也。本書之輯，一本以往如易傳評詁，乾坤傳識，否泰輯眞，輯古今賢者之易傳比較而詳說之，不敢以折衷言，蓋取其理路之「想當然」耳。周易廣玩，易傳匯眞隨後將陸續付梓。路遙知馬力，駑馬十駕可達也，雖千萬里吾往矣！

廣東蕉岭長潭鄉倉樓下**林漢仕**南生序於臺北市溫州街寓所一九九二、一、二十三

（本書之輯，承吳君秀柑繕校，保生君，漢炎君鼓勵，得以加速度完成，特誌）

# 易傳綜理　目次

# ䷃蒙卦（山水蒙）

蒙，亨。匪我求童蒙，童蒙求我，初筮告，再三瀆，瀆則不告。利貞。

初六、發蒙，利用刑人，用説桎梏，以往吝。

九二、包蒙，吉。納婦吉，子克家。

六三、勿用取女，見金夫，不有躬，无攸利。

六四、困蒙，吝。

六五、童蒙，吉。

上九、擊蒙，不利爲寇，利禦寇。

**䷃蒙，亨。匪我求童蒙，童蒙求我。初筮告，再三瀆，瀆則不告。利貞。**

彖曰：蒙，山下有險，險而止，蒙。蒙亨，以亨行時中也。匪我求童蒙，童蒙求我，志應也，初筮告，以剛中也，再三瀆，瀆則不告，瀆，蒙也，蒙以養正，聖功也。

象曰：山下出泉，蒙，君子以果行育德。

孫步升輯孟善易：「再三瀆。」作「再三黷」。（說文。）

孫步升輯荀爽「蒙亨，以亨行時中也」云：「此本艮卦也，案二進居三，三降居二，剛柔得中，故能通發蒙時，令得時中矣，故曰蒙。亨，以亨行時中也。」彖傳「童蒙求我，志應也。」爽謂：「二與五志相應也。」又彖曰「再三瀆，瀆則不告，瀆，蒙也。」注：「再三謂三與四也，皆乘陽不敬，故曰瀆，瀆不能尊陽，蒙氣不除，故曰瀆，蒙也。」（集解）

鄭玄：蒙者蒙蒙，物初生形，是其未開著之名也。人幼稚曰童，未冠之稱，亨者，陽也。瀆，褻也。筮，問也。互體震而得中，嘉會禮通，陽自動其中，德施地道之上，萬物應之而萌牙生，教授之師取象焉。脩道藝于其室，而童蒙者求爲之弟子，非己乎求之也。弟子初問則告之，以事義不思其三隅相況，以反解而筮者，此勤師而功寡，學者之災也。瀆筮則不復告，欲令思而得之，亦所以利義而幹事也。（公羊疏釋文）

干令升：蒙者離宮，陰也。世在四八月之時降陽布德，薺麥竝生，而息來在寅，故蒙于世爲八月，于消息為正月卦也。正月之時，陽氣上達，故屯為物之始生，蒙為物之穉也。施之于人則童蒙也。苟得其運，雖蒙必亨，故曰蒙亨，此蓋以寄成王之遭周公也。（集解）又傳彖傳云：「武王之崩，年九十三矣，而成王八歲，言天後成王之年將以養公正之道，而成三聖之功也。（集解）

孫步升輯陸績易傳「匪我求童蒙」云：「六五陰爻在蒙暗，又體艮，少男故曰童蒙。（京氏易傳注）

李鼎祚引虞翻曰：「艮三之二亨，謂二。震，剛柔接，故亨。蒙亨，以通行時中也。童蒙謂五，艮為童蒙，我謂二也。震為動起，嫌求之五，故曰匪我求童蒙，五陰求陽，故童蒙求我，志應也。艮為求二，體師象坎，為經謂：禮有來學，無往教。二五失位，利變之正，故利貞，以養正聖功也。」

引崔憬曰：「初筮謂六五求決于九二，二則告之，再三瀆，謂三應于上，四隔于三，與二為瀆，故二不告也。瀆，古黷字。侯果傳彖傳云：艮為山，坎為險，是山下有險，險被山止，止則未通，蒙昧之象也。」荀爽傳彖傳：「此本艮卦也。案二進居三，三降居二，剛柔得中，故能通發蒙，時令得時中矣。故曰蒙亨，以亨行時中也」引陸績曰：「六五陰爻在蒙暗，蒙又體艮，少男故曰童蒙。

王弼：筮者，決疑之物，童蒙求我，欲決所惑也。決之不一，不知所從，則復惑也。瀆，蒙也。夫明莫若聖，昧莫若蒙，蒙以養正，乃聖功也。蒙之所利乃利正也。

孔正義：蒙者微昧闇弱之名。物皆蒙昧，而意願亨通。明不求闇，闇者求明。童蒙來問，本為決疑，師若一理而再三言之，童蒙轉而瀆亂，蒙亂也，故不如不告。

程頤：蒙有開發之理，亨之義也。卦才時中，乃致亨之道，六五為蒙主，九二發蒙者。我謂二也。

五居尊位，有柔順之德，與二爲正應，以發其蒙也。筮，占決也，謂至誠一意求己則告之，再三則瀆慢矣，故不告也。發蒙之道利以貞正。又二雖剛中然居陰，故宜有戒。

蘇軾：蒙者，有蔽於物而已！其中固自有正也。蔽雖甚，終不能沒其正。苟不待其欲達而强發之，一發不達以至於再三，雖有得非其正矣！故曰匪我求童蒙。內患其蔽即我求達。患蔽不深，求達不力，則正心不勝，我雖告之，彼无自入焉。初筮告者，因其欲達而一發之也。瀆不告者，發之不待其欲至於再三也。亨通不塞，時中欲達一發也。聖人之於蒙，時其可發，不可則置，以養其正心，待其自勝也。

朱熹：艮一陽止於二陰上，其德爲止，其象爲山，蒙昧也。物生之初，蒙昧未明也。卦以坎遇艮，山下有險。內險外止。九二內卦主，以剛居中，能發人蒙者，與六五陰陽相應，亨道也。五童蒙幼稺。筮者明則人求我，其亨在人。筮者暗則我求人，亨在我。人求我則當視其可否而應之，我求人則當致其精一而扣之。明者之養蒙，與蒙者之自養，又皆利於以正也。

朱震：險而止，莫知所適，蒙也。此以艮坎二體言蒙。蒙屯反，屯，物之稺，故蒙未亨。九二引而達之，亨矣。蒙亨，以亨行時中也。艮爲少男，童蒙也。二以剛中之德自守，匪我求童蒙也。三柔五應，艮爲手，求之象，童蒙求我也。五動二應，初筮告也。六三、六四不與二應，瀆不告也。自二至上體頤，頤養也。學未至聖，未足謂之成德。夫子十五志學，七十不踰矩，蒙養，正作聖功也。虞翻曰二志應五，變得正而蒙亡。卦氣爲正月，太玄準之以童。

項安世：蒙亨，卦辭也。蒙能亨者時也。時亨而行，蒙者亦智。蒙者萬物之蒙，其何時而亨？二五以中相遇，則其時也。二中通五則險變爲順，五中通二則變爲巽，順巽相通，可謂亨矣！匪我求童蒙，言强聒也，人未必聽，待求後教之，以養其誠。一以導之，則其受命如響，以養其明。孔子舉一隅是也。二坎體五互坤，水土相雜則汨成泥，故有瀆蒙之象。自二至上爲頤，養正之象。二五正應，正順聖人也，蒙利如此。

李衡引陸：蒙之志願通，內坎爲水，水性通故亨。上陽爻體艮，象師之尊，二陽爻象師之明，童蒙求師發蒙，猶疑未決，問筮以決疑，再三問師則瀆，告之則愈惑。

梁寅：能發人蒙則道行於人，能資人發蒙則道成於己，皆所以亨也。必待其求而應之，若自往告之爲枉道矣！初筮告，言求之誠一則告，不誠而告爲失言。告人利於得正，不正，雖求之誠一，安能亨乎。

來知德：言蒙者亨也，不終于蒙也。再指四，陽一陰二，二再則四矣。三指三。瀆者煩瀆也。初筮下卦，得剛中也。告者二告乎五也。不告者不告乎三四也。陽明陰暗，九二發六五之蒙。利貞者，教之以正也。

王船山：蒙者艸卉叢生之謂。陽失位，陽雜陰中而无紀。五卦主柔暗，下比二陰故爲蒙。上止不終昧，下聽二正已，故有亨道。匪我以下言處蒙之道歸功於二。二剛得中，五童蒙，上陽可以定難，蒙險而止。五虛中，二剛應。禮有來學无往教，五求二，二不求五，剛中而不枉道，瀆則不告也。

中道而立，使自得之，養蒙之正術，利且貞是以亨。

李光地：山下有險，巖穴幽昧之處也，陷於險，止於阻，暗塞之象。濁者清之路，昏者明之機，故蒙有亨道，視發蒙何如耳！求誠教專，發之正固。

毛奇齡：艮止坎通，下欲通而上止，蔽也。蒙也。求通是蒙亨。二以坎，中男統諸蒙以受家政，是主卦者我也，五居二，非二往居五，所謂禮聞來學，不聞往教也。

李塨：山下險水，止不流行，蒙蔽之象。二行時中，五以少男爲蒙之正，謂之童蒙。大離中虛，坎中實，有心志之象，蒙之叩師至再三則瀆矣，蒙養正作聖功而可瀆乎！

吳汝綸：太玄擬蒙爲童。云陽氣始窺，物僮然咸未有知。蓋易卦觀象制名，宜通六爻而成體。太玄所擬，多於觀象有得。釋文校增來字，再三不告，此雖養蒙之道，亦兼發卜筮之例。

丁晏：釋文作來求我，呂氏春秋高注引易作來求我，王注童蒙之來求我，似輔嗣本有來字。

李富孫：釋文童字書作僮。鄭云未冠之偁。說文童，男有辠曰奴，奴曰童，僮未冠也。是古童爲奴僕，僮爲幼小。今俗所用正相反。莫能諟正矣。又再三瀆，說文引作黷，握持垢也。瀆，說文溝也。經典通借瀆褻字，說文當作嬻媟，許所據易作黷，是垢辱也，古凡言辱者皆即黷。

伊籐長胤：蒙者蒙昧不明。艮象山，坎象險，不可進而止。六五卦主蒙，九二發蒙。剛中不苟從，欲正養之耳。蓋教，其志致則可告以善道，不待憤悱，祇取辱耳。

薛嘉穎：李光縉人生幼穉混沌，聰明未啓，發其童蒙之心而已！林希元對前日蒙言曰發，對後日作聖言曰養，非發後別出養蒙之義。

丁壽昌：釋文童，字書作僮，鄭曰未冠。筮，決也，鄭問告，示也，語也。瀆，亂也，鄭云褻也。

曹爲霖：養正聖功，王文成云司徒五教，思菴謂入孝出弟，行謹言信，汎愛親仁六者。泉行山止，水欲行而山欲止，結實之謂果，涵養之謂育。

馬通伯：徐幾曰內卦初筮，外卦再筮。案天造草昧，山川險阻，人跡未通，故曰蒙。又以震行坎，既而險止爲蒙。震通而開通，行時中之教以發蒙。凡卦有初筮再筮，初筮告九二得當蒙任，九二下可瀆，非以初筮爲誠也。

劉次源：五爲童蒙，禮聞來學，不聞往教，故曰童蒙求我，聖人以易配天地人爲四，以著明筮例，一事一筮，瀆則不誠，與不告同。

李郁：蒙者有所蔽，袪蔽發蒙，順導冰釋矣！蒙自觀來，我九五也，柔爲童蒙，二易五，暗求明也。九五靈龜所在，二求五應是初筮告，再三筮豈能復告，利貞者二五正位也。

胡樸安：由愚而明故蒙亨。草昧時代政治，我只率領而行，各自發展，使民自謀，初筮告，再不告。貞事之幹，政簡自然貞固足以幹事。

高亨：亨即享字。蒙疑借爲矇。矇疾，眸子未損有翳蔽，象愚幼無知者。童蒙求筮。我，筮人自謂。言有來筮無往筮。瀆借爲黷、狎也，再三是狎辱筮人。童蒙五句乃筮人之標語，不宜繫此卦下。利貞，利占也。

徐世大：蒙當爲幼學，曲禮聞來學不聞往教。爲首二句註。三句爲偷懶蒙館先生寫照，儼然猢猻王氣象，不倫不類語，最末提出教育持久。

楊樹達：白虎通辟雍篇，天子之太子，諸侯之世子，皆就師於外者。尊師，重先王之道也。易曰「童蒙求我」。又禮記表記篇，無禮不相見也，欲民之毋相褻也，易曰初筮告，再三，瀆，瀆則不告。

屈萬里：集解崔憬曰：「瀆，古黷字。」瀆，說文作黷，古今字。序卦傳：「蒙者物之穉」，故曰童蒙。惠定宇云蒙下有來字。又瀆，慢也。集解侯果曰：「下交不至瀆慢。」又云「蒙爲昧」。是。見險而止，進退無主，蒙昧之象。吳汝綸曰：「若曰其瀆也，乃其蒙也，告之而猶蒙，故不告也」

李鏡池：蒙本義是从生冢上草木、冢、高地，引申蒙蔽、我、貴族。童蒙，愚蠢的僮奴、奴隸。再三占便瀆犯神靈，神靈不告訴你。奴隸有求於貴族，表現階級局限。

金景芳：蒙卦講教育、作之師，屯作之君，六十四卦中間任兩卦不反則對，后否定前。六五蒙卦主，是童蒙，九二是發蒙老師。貞、正。筮，占決也。

傅隸樸：前阻於山，後困於險，不知所從，顯出愚昧闇弱。本卦重在教育，待童蒙求我。筮問，瀆褻不敬筮，喻不敬師，師就無法施教。枉己正人不是教育之道，故利貞。六五童蒙之君問九二剛中之臣，枉道事君就不是中正之臣了。

黃慶萱：蒙是幼稚、愚昧，童蒙求我是適時，瀆不告是適中，教育必時適時適中，一定要在童蒙時施教。再三瀆，不是學者愚昧，便是疏忽：教者不是失時，便是失中。

林漢仕案：蒙，如何亨？其大智耶？「難得糊塗」邪？老子之「知不知，上。」「大巧若拙。」「不尙賢」「智慧出，有大僞。」老子以愚爲用，知爲宰，其不愚矣。故能「無爲而治」，「無爲」乃手段，達到有爲之極致也，故「無爲」者上知乃克駕御！然有所謂「毒蟲不螫，猛獸不據，攫鳥不搏」之赤子，寓意「含德之厚，比於赤子」精之至，和之至，此赤子之用，其蒙乎？蒙者不知亨，知亨則非蒙者矣，非蒙者求蒙亨，是用難得糊塗也。然蒙者必亨，眞亨也，爲智者所嚮慕！蓋愚者無往而不自得也，觀答司馬文王問「此間樂，不思蜀」。劉禪不具機心，亦不知榮辱？樂乃誠樂也。蒙之所以亨者在此。茲錄易傳各大家之解如下，俾供比較：

彖：蒙亨，以亨行時中也。

荀爽：二進三，三降二，剛柔得中，令得時中，故曰蒙亨。

鄭玄：亨者，陽也。

干令升：童蒙苟得其運，雖蒙必亨。蓋指成王遭周公。

虞翻：艮三之二亨，震剛柔接故亨，蒙亨以通行時中也。

孔穎達：物皆蒙昧，而意願亨通。

程頤：蒙有開發之理，亨之義也。卦才時中乃致亨之道。

蘇軾：亨通不塞，時中欲達一發也。聖人時其可發。

朱熹：九二能發人蒙者，六五陰陽相應，亨道也。

朱震：蒙，屯反，九二引而亨矣，以亨行時中也。
項安世：蒙能亨，時也。時亨而行，蒙者亦智，二五以中相遇，則其時也。
李衡引：蒙內坎水，水性通故亨。
梁寅：能發人蒙則道行於人，能資人發蒙則道我於己，皆所以亨也。
來知德：言蒙者亨也，不終于蒙也。
王船山：蒙者艸卉叢生。上止不終昧，下聽二正己，故有亨道。
李光地：濁者清之路，昏者明之機，故蒙有亨道。
毛奇齡：蒙求通是蒙亨。
吳汝綸：太玄擬蒙爲童，物僮然咸未有知。
李富孫：古童爲奴僕。僮爲幼小。鄭云未冠之偁。
馬通伯：天造草昧，山川險阻，人跡未通。以震行坎，險止蒙，震開通，行時中之敎以發蒙。
胡樸安：由愚而明，故蒙亨。
高亨：亨即享，蒙疑借爲矇，象愚幼無知。
徐世大：當是幼學。
李鏡池：蒙本義从生冡上草木，冡，高地，引申蒙蔽、童蒙、奴隸。
金景芳：蒙卦講教育。傅隸樸：本卦重在教育，黃慶萱：教育必須適時適中。

佛家有見山是山，見山不是山，見山還是山，三個層次之境界，之所以還原，曾經滄海之眞言也。老子要大巧若拙，板橋難得糊塗。孔老夫子謂是「今之愚也詐而已矣」雖非直斥老子之以拙用世之意，而老氏，鄭氏知守拙，糊塗之美則一也，即孔子亦美守愚之難也，故贊甯武之邦無道則愚，其愚不可及也。後世守愚全生者亦皆不可及也。見山還是山第三境界也，是愚蒙之用，非本卦蒙之意。眞蒙無寒暑，一是非，同否亨。今卦名蒙亨，知亨則是以常態視物也，觀各易傳之謂

「苟得其運」（干寶）

「意願亨通」（孔穎達）

「有開發之理」（程頤）

「時其可發」（蘇軾）

今人金景芳，傅隸樸，黃慶萱謂蒙卦講教育，重教育，適時適中教育，與先賢稱蒙願亨通，蒙有開發之理，蒙者聖人時其可發，所見一致也。然蒙如何亨？毒蟲不螫？猛獸不據？攫鳥不搏？非也。來知德稱「不終于蒙」可爲代表，蒙不終蒙，智慧開發中也。從可開發之蒙言，蒙之所以亨者：

苟得其運；　意願亨通；　蒙有開發之理；　聖人時其可發；　不終于蒙也；　昏者明之機；　蒙求通；　由愚而明；　幼學；　教育之。　時亨，蒙者亦智。從開發者言：

震剛柔接，通行時中也；　九二發蒙，六五相應，亨道；　蒙內坎水、水性通故亨；　上止不終昧，下聽二正已，故有亨道。

蒙有開發之理，蒙有震開通，水性通，二五通而時中，上卦艮止不終昧，蒙於是乎亨矣，所謂蒙亨也。

「匪我求童蒙，童蒙求我」，孰是童蒙，孰是我也？

象謂「志應」。荀爽謂「二與五志應」。鄭玄云「萬物應之萌牙生，教授之師取象焉。」陸績云「六五陰爻在蒙暗，又體艮，少男，故曰童蒙。」虞翻亦謂五爲童蒙，艮爲童蒙，我謂二。王弼云：「筮決疑，童蒙求我，欲決所惑。」孔穎達謂「童蒙來問，師一理而再三言之。」是師與蒙也，如鄭玄云教授取象。程子云「六五蒙主，九二發蒙者，我謂二也。」朱熹亦謂「五童蒙幼穉，九二內卦主，以剛居中，能發人蒙者。」朱震以「艮爲少男，童蒙也。」又謂「二柔五應，童蒙求我也。」來知德云：「陽明陰暗，九二發六五之蒙。」毛奇齡謂「二以坎，中男統諸蒙以受家政，是主卦者我也。」馬通伯云：「震通，行時中之教以發蒙。」李郁云：「祛蔽發蒙，順導冰釋矣！我九五也。九五靈龜所在，柔爲童蒙，二五易，暗求明了。」高亨云「愚幼無知童蒙求筮。我，筮人自謂。」楊樹達云：「太子，世子，皆就師於外，尊師、重先王之道也，易曰『童蒙求我』。」傅隸樸云：「六五童蒙之君，問九二剛中之臣。」

有求有應，執經言「禮聞來學」尊師，重先王之道，蒙卦之有應者，二與五，三與上而已。三見金夫，不有躬，貪蠢自專自用。因而各家皆屬意二五之應，以六五陰爲蒙主，九二陽爲發蒙者，此說一；以上卦艮爲少男，男少故取爲童蒙象。下卦坎水中男統諸蒙，主家政。此說二；李郁謂我爲九五，乃變卦風地觀也，二五易位即成風地觀，非蒙卦矣。高亨以主筮人爲我，求筮者爲愚童。是略其象與比應之節，望文而生義也。依卦辭蒙，亨，宜乎謂童穉時之幸福，無名利薰心，無色情熱衷，無人事之包袱，無往而不適，無作而不自得，非亨如何？稍長須啓蒙破蒙，使混沌初開之原始，日增其所亡，月無忘其所能，舍就師別無他途，孔聖人「不憤不啓」，俟有所求而後有所啓也，所收必倍。然站在教育立場言，「不憤不啓，不悱不發」未必全是，徐世大釋爲「偷懶蒙館先生寫照，儼然猢猻王氣象。」正是說明老師心態，老師期於豐收，「舉一隅不以三隅反則不復」，今之爲師者，一隅不舉，學子則無从憤，無从悱也，則師者樂得不啓、不發，非懶如何？啓發惟恐不多，多則雖愚者亦知發矣。今之小學中學大學，皆不適「禮聞來學，無往教」之文，亦不得假孔子舉一隅……則不復，不憤不啓之義，勤於啓、勤於發，自然舉一隅而知三隅也，更何況不止三隅耶？孔子教育原理，宜乎上推至碩博士班庶可。「匪我求童蒙」，乃在時代、社會、父母家長無限期許下，孩童入學乎？五非孩童，艮故爲少男，然主爻乃上，似皆可通而未安於理，然二五應，又爲全卦脈絡所在，故應爻辭解爲「非我責求童蒙來學，乃童蒙及其周遭環境責求我啓彼蒙。」「初筮告。」不能比孔子「舉一隅不以三隅」也，蓋非所謂教也。宜先讀各家之傳以爲比較：

彖謂初筮告爲剛中，瀆，蒙也，蒙以養正聖功也。

孟喜易再三瀆作再三黷。

荀爽謂：再三乃三與四，乘陽不敬故瀆，蒙氣不除。

鄭玄云：瀆，褻也。筮，問也。不復告，令思而得之。
崔憬云：再三瀆，謂三應于上，四隔三與二爲瀆。古黷字。
孔穎達云：師若一理而再三言之，童蒙轉而瀆亂，不如不告。
程子：筮，占決。再三瀆慢，發蒙利貞正。宜有戒。
蘇軾云：發不待其欲至於再三，聖人時其發，不可則置。
朱熹：人求我當觀其可否，我求人當精一而扣之。
朱震云：六三、六四不與二應，瀆不告也。
項安世：强聒人未必聽，一以導之，以養其明。
李衡引：再三問師則瀆，告之則愈惑。
梁寅云：言求之誠一則告，不誠告爲失言。
來知德：再指四，三指三，瀆煩瀆，不告三四也。
李塨：蒙之叩師至再三則瀆矣，蒙養正作聖功而可瀆乎！
吳汝綸：再三不告，此雖養蒙之道，兼發卜筮之例。
李富孫：瀆，說文引作黷，持垢。瀆，說文溝也。經典通借瀆褻字。說文當作嬻媟、許據易作黷，是垢辱也。
伊籐長胤：教，志至告以善道，不待憤悱，祇取辱耳。

馬通伯：初筮告九二，九二不可瀆。非以初筮爲誠也。

劉次源謂瀆則不誠，與不告同。

高亨：瀆借爲黷，狎也。再三狎辱筮人。

徐世大：偷懶蒙館先生寫照。

楊樹達：尊師……欲民毋相褻也。

李鏡池：再三占便瀆犯神靈，神靈不告訴你。

傅隸樸：瀆褻不敬筮，喻不敬師，師就無法施教。

黃慶萱：再三瀆，不是學者愚昧，便是疏忽。

知識分子總站在知識分子立場立言，「有教無類」。「學不厭，教不倦。」有聖人榜樣在。啓蒙子之肯問，其項稾乎?有所疑庶有所詢，雖百亦宜告之也，豈可三即斥爲非「愚昧即疏忽」而不告，以易「再三瀆，瀆則不告」爲搪塞？既云童蒙求，則非碩博士生之問可知矣！如衆所云則瀆者乃師也，待童蒙憤悱之不可，是棄教失職也，徐世大故謂「懶蒙館先生寫照」。

瀆之解作蒙，另作黷，褻，亂，慢，煩，溝，垢辱，不誠，狎辱，瀆犯，不敬，要之皆指學生懶散不敬業也，於爻爲三四，師爲九二。善問如叩鐘，叩如不鳴，木鐘也，故人不樂於賢父兄矣，賢之棄不賢，則兩者其間不能以寸矣！豈是易教?易爲懶「君子」謀?爻文明曰「初筮告」，則知告者筮也，筮者神靈之媒介，敬神不敬，自是瀆犯神靈，故再三筮而瀆亂污慢神靈，神聖之不告也，李鏡池之說甚是。

利貞者利占卜，利正、利貞問，利養蒙以正聖功，利義而幹事，利正身，正心，教以正道，正固，利持久，皆謂蒙時有所動皆宜也，皆所以離蒙「見山非山也」。

**初六、發蒙，利用刑人，用說桎梏，以往吝。**

象曰：利用刑人，以正法也。

虞翻曰：發蒙之正，初爲蒙始而失其位，發蒙之正以成兌，兌爲刑人，坤爲用，故曰利用刑人矣。坎爲穿木，震足，艮手，互與坎連，故稱桎梏。初發成兌，兌爲說，坎象毀壞，故曰用說桎梏之應，歷險故以往吝，吝，小疵也。

干寶傳象曰：初六戊寅平明之時，天光始照，故曰發蒙，此成王始覺周公至誠之象也。坎爲法律，寅爲貞廉，以貞用刑，故利用刑人矣。此成王將正四國之象也。說，解也，正四國之罪宜釋周公之黨，故曰用說桎梏，既感金縢之文，追根昭德之晚，故曰以往吝，初二失位，吝之由也。

王弼：處蒙之初，二照其上，故蒙發也。蒙發疑明刑說當也，以往吝，刑不可長。

孔疏：以初近九二，二以陽處中，而明能照闇，故初六以能發去其蒙也。蒙既發去，无所疑滯，故利用刑戮于人，又利用說去罪人桎梏。以蒙既發去疑事，顯明刑人，說桎梏皆得當。在足曰桎，在手曰梏。小雅杻謂之梏，械謂之桎。若以正道而往，即其事善，若以刑人之道出往，即有鄙吝。

程傳：初陸以陰闇居下，下，民之蒙也。發下民之蒙，當明刑禁以示之，使之知畏，然發後而教導之。自古聖王爲治，設刑罰以齊其衆，明教化以善其俗，刑罰立而後教化行。治蒙之初，威之以刑者，所以說去其昏蒙之桎梏，然後能知善道而革其非心，則可以移風易俗矣。苟專用刑不能發，苟免而无恥，治化不得而成也。故以往則可吝。

蘇軾：所以發蒙者，用於未發，既發則无用。既發而用者，瀆蒙也。桎梏者用於未刑，既刑則說，既刑而不說者，瀆刑也。發蒙者愼其初，不可使至瀆，故於初云爾。

朱熹：以陰居下，蒙之甚也，占者遇此，當發其蒙。然發之之道，當痛懲而暫舍之，以觀其後，若遂往而不舍，則致羞吝矣！

朱震：初六之動，發蒙也。刑人非惡之也，正法以示之，蒙蔽者知戒，終不陷於刑辟，用說桎梏之道也。艮手，震足交於坎木，桎梏之象。坎爲律法，初六動正，正法也。兌刑殺，兌見坎毀，說桎梏也。易傳曰立法制刑，乃所以教也。後之論刑者不復知教化在其中矣。

項安世：發蒙者利於初，過此以往，其習已深，雖欲止之，亦吝而難脫其勢，必至於桎梏也。故刑之於初者，正法以示之而有餘，止之於後者，干戈以禦之而不足。坎爲法律，艮爲守禦。往入坎中爲吝，說則坎變爲兌，因險而得說，此爻在孔子爲救失之教辭。又刑小脫大，此聖人用刑之本心，所以正法，非所以致刑也。聖人於蒙，哀矜之意常多，此九二包蒙，所以爲一卦之主也歟！

李衡引牧：蒙之象止險，猶人之拘于桎梏也。　引胡：性識不明，當用刑罰以決正，刑罰者小懲則大戒，用之不已則取悔吝。引介：不辨之蚤則蒙罪大矣，不懲於小則蒙難極矣，蒙初用說桎梏縱之，往則吝道也。

梁寅：近九二賴以發蒙，必寬猛相濟，然後有益。專尚威猛則取羞吝矣！蓋始嚴其刑使知懼，解桎梏觀其心服，无用於刑矣！

來知德：蒙者下民之蒙也。發蒙，啓發其初之蒙也。刑人者，刑罰立而後教化行，故利用刑人以正其法。桎梏，刑具。坎，桎梏，在足曰桎，在手曰梏。震足艮手，用桎梏象。說，脫也。用脫即不用。變兌爲毀折，脫象。往，往發其蒙。兌悅安能發蒙，故吝，利之反也。又初利用刑人以正其法，小懲而大誡，蒙斯可發。若脫刑悅往教之，文道也。

王夫之：發猶始也。蒙陰起於下以陷陽，自發不易收，九二爲初所桎梏，絕私暱施以威，乃可說桎梏征正乎五。初柔位賤，承二易相狎暱，未見其能決於正法也，故吝。

李光地：柔才居下，爲蒙須發者。民之蚩蚩，未能使知也，故禁未發爲豫，小懲大戒爲福，乃教民始事，若廢法以往，必有羞吝矣。傳象明於五刑以弼五教，正法爲發蒙之要。

毛奇齡：初養蒙之始，貴發之者，朴作教刑。坎爲律，用則利也。又爲桎梏。刑以佐教，擊蒙也。桎梏錮罪，困蒙也。初自兌來，兌爲毀折，故脫之，雖歷險小歉耳。

李塨：蒙穉用刑以正法斯利耳。說通脫。此嚴父嚴師教子嬰孩之道也。注楊時曰桎梏禁之使无妄適之。

吳汝綸：王者之刑，所以發蒙也。王荆公讀用說桎梏以往六字爲句，言不用刑也。用刑則利，不用刑則吝也。

伊籐長胤：說與脫同。桎梏，拘執罪人者，在足曰桎，在手曰梏。利用刑人說桎梏。蓋治民太寬，太急皆不可，情存哀矜，君子發蒙之道盡矣。

薛嘉穎：初以柔在下，以免氣拘物蔽，教者必有以發其蒙。用刑人之法以豫禁之。陳際泰桎梏正法，夏楚收威。

丁壽昌：吳草廬曰刑人不虧體，罰人不虧財，教愚民使知恥。吝，惠定宇說遴，行難也。程傳未脫去昏蒙之梏，和以桎梏爲比喻似非，傳注發蒙，刑人。蘇蒿坪坎通有發象。

曹爲霖：王伯厚曰顏氏家訓教婦初來是也。利用，即寬嚴並用意。許魯齋教蒙，嚴若君臣，恩猶父子，過是則吝。

馬通伯：石介二以陽明下照初，初蒙得發也。其昶案此爻當化陽，法九二，說文兩引，皆以往吝三字爲句。周禮正月始和布刑，初爻象之。

劉次源：刑與型同。初始發蒙，利用師德以儀型人，用說其心之桎梏，蒙乃亨。

李郁：發謂伏陽發，刑人言痛懲也。發憤啓悱，型警誡勉。足桎手梏，初在坎下故曰桎梏。陽發變兌同說。忿欲束心無異桎梏，初變剛，解束縛，若柔往則自陷險中故吝。

胡樸安：屯上九泣血漣如之人民，如在桎梏之中，說即脫，草昧之世，人民愚蠢，不用刑不能說其桎梏。設不用刑以往則吝矣。

高亨：發，廣雅開也。發矇者醫去目翳復明也。利用猶利於，用說猶以說，說借爲挩，通說。目復明脫桎梏似之。發矇而不知路，故以往吝。

于省吾：發應讀爲瀎，管子任法，君臣上下皆發焉，發蒙即瀎蒙，瀎，廢之叚字。坎爲法，孟氏逸象。舊讀發端之發，焦循發志爲言，尤爲望文演訓。

徐世大：初爻以現成的罪犯來啓發兒童畏法之心。可見此所言教育，非後來蒙館專事誦讀。說通脫。

屈萬里：周禮疏卷三十四：「鄭玄曰：木在足曰桎，在手曰梏。」吳汝綸易說卷一：「說桎梏以往者謂不用刑也，用刑則利，不用刑則吝。」

李鏡池：發蒙、發伐，割草伐木。刑人，受刑之奴隸。說同脫。以，通知。用奴墾荒，解開枷鎖。外出旅行就不吉。

金景芳：陰爻是蒙者，受教育者，陽爻是發蒙者，教育人的。學記說夏楚二物，收其威也。若不利用刑人，對受教育者不加約束，脫其桎梏，蒙者要變壞。體罰很早就有了。

傅隸樸：闇質居陽九位，愚而好自用的人。九二剛中糾正他，故曰發蒙。說音義同脫，用刑罰爲教育開端，俗謂下馬威，刑罰後繼之以恩德。同政治上的獎懲。以往吝是指專用刑罰爲教，將使愚益愚，惡更惡！

黃慶萱：上承二師啓發其蒙，用作于解。尙書「朴作教刑」，禮記「夏楚二物，收其威也」。儒不反對適當刑罰。桎梏此處亦作蒙蔽之象徵。刑人是手段，說桎梏是目的。吝，說文以為「恨惜」意。
林漢仕案：發蒙，孰是發蒙人？利用刑人，用說桎梏何謂也？茲依次比較：
虞翻謂初為蒙始而失位，發蒙之正。
干寶云：初六戊寅平明時，天光始照，故曰發蒙。
王弼云：處蒙之初，二照其上，故發蒙也。
孔疏：初近九二，陽明照闇，故初六以能發去其蒙也。
程傳：初六陰闇居下，民之蒙也。
朱熹：以陰居下，蒙甚，占遇此，當發其蒙。
朱震：初六之動，發蒙也。
項安世：發蒙者利於初，過此習已深。
梁寅云：近九二賴以發蒙。
來知德云：蒙者下民之蒙，發蒙，啓發其初之蒙。
王夫之：發猶始。蒙陰起下以陷陽，自發不易收。……
李光地云：柔才居下，為蒙須發者。
毛奇齡云：初養蒙之始。
薛嘉穎：初以柔在下，不免氣拘物蔽，教者必有以發其蒙。

曹爲霖引王伯厚云：「教婦初來」是也。

馬通伯云：二以陽明照初，初蒙得發也。

李郁：發謂伏陽發，陽發變兌同說。

高亨：發，開也。發曚者醫去目翳復明也。

于省吾：發應讀爲灋，發蒙即灋蒙。灋，廢之叚字。舊讀發端，發志，望文演訓。

徐世大：初爻以現成罪犯來啓發兒童畏法之心。

李鏡池：發蒙，發，伐，割草伐木。

金景芳：陰爻是蒙者，受教育者；陽爻是發蒙者，教育人的。

傅隸樸：闇質居陽九位，愚而好自用的人。

黃慶萱：上承二師啓發其蒙。

古今大家皆以初六爲蒙，蓋初六失位，陰闇，柔才在下，愚而好自用，近九二，陽明照闇，陽爻發初之蒙。初之蒙得發，是被動，不得不發，藉外力啓發其蒙也。然亦有謂初之蒙自發者，虞翻之正，朱震之動，李郁之發伏陽，皆自發也，即初六變，成初九。第三說發蒙，于省吾謂廢蒙，發應讀爲灋，灋，廢之叚借字。第四說爲李鏡池以發爲伐，伐蒙，伐木割草之伐。第五說高亨謂發爲開，發曚醫去目翳復明也。第六說徐世大發蒙爲啓發，以現成罪犯來啓發兒童畏法之心。六說中吾從衆，即初六蒙昧獲九二陽明之獎掖提攜而去蒙。如何去？去蒙之法有：

利用刑人以正法。

初正兌爲刑人，兌說，說桎梏，歷險吝，小疵也。

坎爲法律，寅貞廉，以貞用刑。說解：釋也。

利用刑戮，說去罪人桎梏。

明刑示之使知畏，古設刑齊眾，教化行，說去昏蒙桎梏使知善。

桎梏用於未刑，既刑則說，不說瀆刑也。

發蒙之道，當痛懲而暫舍之，以視其後。

刑人正法，使知戒不陷刑群，說桎梏。

正法於初有餘，止後干戈不足。坎變兌爲說。刑小說大。

小懲大戒。

刑罰立而後教化行，坎，桎梏。說，脫。變兌毀折，脫象。

九二爲初所桎梏。

坎律，刑以佐教，桎梏錮罪。兌來故脫之。

「用說桎梏以往」爲句，言不用刑也。

治民太寬太急皆不可，請存哀矜。

教民發蒙，用刑人法豫禁之，夏楚收威。

刑人不虧體，罰人不虧財，教愚民使知恥。

寬嚴並用，嚴若君臣，恩猶父子。

利用師德以儀型人，用說其心桎梏。

痛懲警戒，足桎手梏，忿欲束心，無異桎梏。

草昧之世人愚，不用刑不能脫其桎梏。

目復明後脫桎梏似之。

用奴墾荒，解開枷鎖。

對受教者加以約束，脫其桎梏，不至變壞。體罰早就有。

用刑罰為教育開端，俗謂下馬威，而後繼之恩德。

尚書朴作教刑，禮記夏楚二物收其威也，刑人是手段，說桎梏是目的。

上廿四說，為何去蒙，如何去蒙也？

初為刑人，坎為法律，變兌脫桎梏，說，脫也。利用刑罰正初，以脫彼之心理桎梏也，說去昏蒙桎梏使知善也。所謂利用刑罰，正謂刑期無刑哀矜勿喜耳，以故知初六未刑而收朴教，而威夏楚。然本句亦多曲解，如

「用說桎梏以往」取句者；利用師德以儀型人者；（以德服人也）「說桎梏以往」意謂不用刑不能脫桎梏者，用奴才墾荒，解鎖枷者。

以往吝，小疵也。初二失位也。刑不可長也。苟免無恥，以往可吝。初用說桎梏縱之，往則吝道也。初未能決正法故吝。不用刑則吝。專用刑罰爲教，將使愚益愚，故往吝。吝爲恨惜。初六待人發蒙，提攜，利用刑罰止於事先，達到刑期毋刑，以脫彼身心桎梏洎負擔，不如此，太寬大嚴皆有小疵也。

## 九二，包蒙，吉。納婦，吉。子克家

象曰：子克家，剛柔節也。

虞翻：坤爲包，應五據初，初與三、四同體，包養四陰，故包蒙，吉。震剛爲夫，伏巽爲婦，二以剛接柔，故納婦吉，二稱家震長子，主器者納婦成功，故有子克家也。

鄭玄：苞，當作彪，彪文也。（釋文）

王弼：以剛居中，童蒙所歸，包而不距則遠近咸至，故包蒙吉也。婦者配己而成德者也。體陽而能包蒙，以剛而能居中，以此納配，物莫不應，故納婦吉也。處于卦內，以剛接柔，親而得中，能幹其任，施之於子，克家之義。

孔正義：包謂包含，九二以剛中含容不距，陰來應配而得吉，子孫能克荷家事，故云子克家也。

程傳：包，含容也。二居蒙之世，有剛明之才，與六五君相應，中德又同，當時之任者也，必廣其含容，哀矜昏愚則能發天下之蒙，成治蒙之功。其道廣，其施博，如是則吉也。諸爻皆陰，故云婦。

堯舜之聖尙曰清問下民，取人爲善，二能包納則克濟其君事。猶子能治其家也。以家言之，五父也，二子也，乃人子克治其家也。

蘇軾：童蒙若无能爲也。然而容之則足以爲助，拒之則所喪多矣！明之不可以无蒙，猶子之不可以无婦，子而无婦，不能家矣。

朱熹：九二以剛爲內卦主，統治群陰，當發蒙之任也。然所治廣，物性不齊，不可一槩取必其爻之德，剛而不過，爲能有所包容之象。又以陽受陰，爲納婦之象。又居下位而能任上事，爲子克家之象。

朱震：九二剛，六五以柔接剛，君臣道之正也。故曰包蒙吉。艮男爲夫，巽女爲婦，虛中納之，君道正，五之吉也，故曰納婦吉。二爲家何也？曰：二內，大夫之位，大夫有家，雜卦曰家人內也。

項安世：稱蒙者未能受道，稱婦者能受道。蒙者物之穉也。凡物穉則柔，長則剛，諸爻皆穉，而二獨長，故爲克家之子，謂長子也。凡師稱長，孔子曰以吾一日長乎爾是也。二在內稱長，孔子爲長善之教，包蒙則進互鄉，納婦則與曾點也。又子穉爲蒙，長則能有家矣，謂其可婚也。學者以克家爲能幹家事，既非蒙義，又豈所謂剛柔接乎！既堪受室，則能爲兄而養蒙，爲夫而接婦，幹家之略在其中矣！但不當以幹家解師長之道，使失卦義。

李衡引陸：童子從師猶女子从夫。發其始意是得其初心，故吉也。學者能守聖敎，猶子能任家事。上九國師，利禦寇之象，九二家師，子克家象。

梁寅：陽明陰暗，故陰爲蒙者，九二以剛居中爲內卦主，與五相應，初、三、四又比附，當發蒙之任，爲能包蒙，言其量之有容也。以陽受陰爲納婦，居下任事爲子克家言其才之有爲也。

來知德：包，外包乎內，包容初之蒙，有含弘之量，敷教在寬。新納之婦，有和諧之吉也。坤順在上，陽下納受坤順之陰，納婦之象。子克家，能任父事也。坎爲中男，剛中賢能，幹五母之蠱，克家之象。上吉，占者之吉；下吉，夫婦和諧之吉。又九二以剛中之德化初三四五，如新納之婦，有和諧之吉；承考之子，克家之賢，自然而然，如此而謂之吉也。

王夫之：包亦養之之意，教道之善。調其過，補不及，以善養之。師道立，善人多，是以吉也。納婦下別爲義，凡彖爻有二義者放此。蒙陽養陰而正之。婦人柔暗，告之暗勿瀆，剛得中，以此納婦吉。教子先教婦，婦慈無溺愛，則子且才。包蒙之吉，以之正家，世澤長矣！上九克家之子。

李光地：上九事外，餘衆陰皆統於二，包蒙納婦之象。子克家，指應五而言。故五求二而爲童蒙，五尊，自五言之曰童；二賤，曰子。如伊周雖爲師保，實則臣子而已。

毛奇齡：坎能藏垢，二當埳藏之間，諸蒙在其度量中，所謂包也。蒙本貿昧，加之陰柔，孺與婦兼之。故二上既主蒙，求爲發蒙，擊蒙之長，其應未免以嫗畜之情通乎匹配。孺婦皆柔，以一剛爲諸柔之長而包之納之，非剛柔接何以有是。

李塨：九二以陽居陰，剛得中，坎藏垢，善養子弟包蒙者也。二應六五柔，豈惟象蒙童，亦象婦，剛柔相接則納之矣！納婦則坎男授室，克家，不又吉歟！

吳汝編：彪蒙，依京房鄭陸校改，彪，交也。納婦一事，子克家又一事，於彪蒙外別出二事以盡此爻之義。

李富孫：釋文作苞，鄭云當作彪文。說文戶勹裹也，包象人裹妊。苞艸也，本也。苞或借包。

伊籐長胤：包蒙者包含群蒙。婦指初六，子謂九二，六五爲父，婦人性柔暗，治之過剛必相夷，不過能得親睦，故納婦吉。蓋群材不一，故包容成事，含容委曲，使自入善。

薛嘉穎：九二剛中當發蒙之任，包眾蒙而爲之主。自五之承教言之，則曰童；自二之承尊言之，則曰子。居下任治蒙之功，是猶賢子克理其父之家事者然。

丁壽昌：苞，鄭云當作彪，文也。虞仲翔包養四陰故包蒙。惠定宇苞今作包，借包裹字，王伯申曰鄭作彪，本京房，昌案二變坤爲文，故有彪象。接群陰，包四陰與程傳朱本義二五接應，當从注疏。

曹爲霖：三后化民，無忿疾於頑，有容德乃大，二剛明受群蒙之歸，包則有容無擇，納則有受無卻，皆寬也。明道開發，賢愚獲益，如群飲於河，各充其量。

馬通伯：錢澄之曰易道天包地，陽包陰，君子包小人，包荒，包魚，包蒙，皆主於九二剛主。其昶案凡主卦之爻義多與彖同。易重二五之應，傳於此首發其例。

劉次源：二蒙主，罔不包涵。天下皆被化育，吉固宜然。正應五陰，五婦上子，家有賢婦，子克振其家聲。

李郁：六二往爲六五，爲上所包，九五來爲九二，陽下陰故納婦吉。艮爲少男，艮屋象故曰家，賢妻良母必生佳子，故子克家，謂其能光前而裕後也。

胡樸安：包容民衆，以安其謀生活之常，耕種須男女合作，男子力田，婦，服也。以多子爲貴，生有克家之子也。

高亨：包疑借爲庖，廚人亦曰庖。古借爲矇。蒙下吉字疑衍，納婦者爲子娶妻也。子有室，庖人矇則廚事廢，爲子娶妻中饋有主，故曰包蒙，納婦吉，子克家。

于省吾：按包應作彪，經義述聞已詳言之。金文彪鄭訓爲文，易林逸象震爲華，華亦文，下言納婦克家均係文采事。

徐世大：苞有豐、裹等義。詩苞訓本。花苞、竹苞，籜未全解。苞或通彪，爲文飾。聘媳婦有福了，兒子成家了。

屈萬里：包，孟喜，京房，陸績作彪。釋文鄭云當作彪，按聲之訛，包苞古通用。克，能也。又二五稱包，包保同聲通訓。正義包謂包含。自注包、容。

李鏡池：包蒙，把割好的草包捆。兩吉字另占。納婦，正式禮聘婚娶。克家，成家。開荒，生產，納婦，成家有關，一起說。

金景芳：蒙卦主。程傳包，含容。王弼包而不距。納婦吉不是娶媳婦好的意思，也含有包蒙之意。程傳：諸爻皆陰故云婦。五父二子，二主蒙功，人子克治其家也。

傅隸樸：包含容納，九二有教無類，故曰包蒙吉。六五婦，九二夫，相應如納婦之吉。六四君，九二臣，猶父子，子承父業，子克承家業，實乃臣能幹濟君事。

黃慶萱：啓發初六，値得慶賀，娶六五爲妻，也値得慶賀，九二是家中的中男，肩負全家生計。

林漢仕案：本爻一切吉，爲何吉？包蒙，納婦九二皆吉，「子克家」爲九二總評，贊曰，子克家也。

九二以剛居中，應五柔，爲蒙主，故吉。包蒙如何包，且與聞衆訴而後裁奪可也：

虞翻：坤爲包，包養四陰，故包蒙。　鄭玄以包，當作彪，文也。　王弼謂以剛居中，童蒙所歸，包而不距則遠近至，故包蒙吉也。　孔穎達云包謂包含，陰來應配得吉。

程傳包，含容也。二剛明與中德同之六五君應，必廣其含容哀矜發天下蒙以成治功。　朱熹云剛爲內卦主，當發蒙之任，所治廣，物不齊，不可必其德，能有所包容之象。

朱震講剛柔接，君臣道正，故曰包蒙吉。項安世謂諸爻皆穉，二獨長，孔子爲長善之教，包蒙則進互鄉。　來知德謂外包乎內，包容初之蒙，有含弘之量，敷教在寬。　王夫之云包亦廣大之意，調其過，補不及，師道立，是以吉。　李光地云上九事外，餘陰統於二，包蒙納婦象。　毛奇齡云坎藏垢，二當坮藏間，諸蒙在其度量中，所謂包也。　李塨云以陽居陰，剛得中，善養子弟包蒙者也。李富孫云釋文包作苞；說文勹裹也。包象人妊，苞，艸也，或借包。　伊籐長胤謂包含群衆，包容成事，含容委曲，使自入善。　曹爲霖云二剛明受群蒙之歸，包則有容無擇，有容德乃大。　馬通伯引曰易道天包地，陽包陰，君子包小人，包荒，包魚，包蒙皆主九二剛主。　李郁云二往六五，爲上所包。　胡樸安云包容民衆，以安其常。　高亨包，疑借庖，廚人亦曰庖，蒙借曚。吉字疑衍。于省吾包應作彪，文，震爲華，華亦文。徐世大苞有豐，裹義。詩訓本，或通彪，文飾。屈萬里：包保同聲通訓。李鏡池謂包蒙，把割好的草包捆起來。傅隸樸云九二有教無類類，故曰包蒙吉。黃慶萱云啓發初六，値得慶賀。

包，以象言，坤爲包，三四五爻坤也；二包初也（陽包陰）；坎藏垢也；包裹象人妊。以爻義訓，九二剛中應五君，群蒙包二，二有容乃大，受群蒙之歸，敷教在寬，達巷黨人求見互鄉難言之類也。然中有謂包初三四五之蒙，有謂包初蒙，有謂六五包六二者，有謂包爲彪華文采者，有謂包爲庖廚者，有謂包象人妊者，包爲苞，裹之義，把草捆起來者，以包爲保者，是傳統或象，或爻義可以人人依「吾道一以貫之」而自樹標的，鬻己之見予人也。包，即說文之妊，育也。本卦爲蒙，蒙而獲福報，蒙而毒不螫，故人願入蒙也，「難得糊塗」也。猶今人頗多以愚爲自號者，含德深厚乎！九二之包蒙，正「難得糊塗」之孕育愚蒙之意識，也正以有容乃大之量，九二以剛居柔，是無欲則剛之中，與群陰同醉心蒙愚世界，不必標榜「不識字，煙波釣叟」「學耕耨，種田疇」「漁樵酒狂」與爾同消萬古愁也，不必借酒而愁無由生也，九二之所謂包蒙者，蓋如是乎？設蒙卦中有剛明有容如孔子之見互鄉，蒙卦早已發蒙而不蒙矣！安能取其象蒙？名其卦蒙？船山云二失位，然又許爲剛中，則其剛中也者，失位之剛中也。衆家之有容乃大，正含和，混同之有容也，你我如一之大，吉不可言矣！下文納婦吉，子克家，此時九二之廣被接納而衆許之詞也乎！九二亦實能之也。

「納婦，吉。子克家。」何謂也？

象謂子克家，剛柔節也。

虞翻謂震夫巽婦，二剛接柔故納婦吉。長子主器故子克家。

王弼云：剛能居中，以此納配，物莫不應，故納婦吉。

孔正義：子孫克荷家事，故云子克家也。

程傳：諸爻皆陰故云納婦。二能包納君事，猶子能治其家，五父，二子，人子克治其家也。

朱熹云：以陽受陰，納婦之象。居下能任上事，子克家象。

朱震：艮夫巽婦，虛中納之，故納婦吉。二，大夫有家也。

項安世：稱婦能受道。納婦則與曾點也。長有家謂可婚，克家爲能幹家事，非蒙義。諸爻皆稚，二獨長故克家之子。

李衡引謂上九國師，九二家師，子克家象。

梁寅：陽受陰爲納婦，居下任事爲子克家。言其才有爲也。

來知德：坤順在上，陽下納受坤順之陰，納婦之象。子克家能任父事，坎中男賢，幹五母之蠱，克家之象。

王夫之：納婦下別爲義。剛得中，以此納婦吉。教子先教婦，則子且才。上九克家之子。

李光地：上九事外。餘陰統於二，包蒙納婦象。子克家指應五言。二賤曰子。

李塨二以陽居陰，善養子弟，五柔象童蒙，亦象婦，納婦則坎男受室，克家，不又吉歟！

伊籐長胤：婦指初六，子謂九二、六五爲父。婦人性柔暗，過剛相夷，不過親睦，故納婦吉。
薛嘉穎：五童，二承尊言曰子，居下治蒙，猶子理父家事。
劉次源：五婦，上子，家有賢婦，子克振其家聲。
李郁：九五來爲九二，陽下陰故納婦吉，艮少男，又屋故曰家，賢妻良母，必生佳子，故子克家，能光前裕後。
傅隸樸：六五婦，九二夫，相應如納婦之吉。六五君，九二臣，猶父子，子承父業，子克承家業。
黃慶萱：啓發初六，値得慶賀，娶六五爲妻，也値得慶賀，九二中男，肩負全家生計。
九二爻辭有「納婦」，有「子克家。」九二納婦，九二克家，宜乎「思不出位」，然眾家各有聚說：
震夫，巽婦，震又爲長子主器。（虞翻）此謂取二三四爻成卦震，爲夫，巽半象初爲婦，艮卦上九克家子也。（王夫之）
剛中納配。（王弼）此謂九二也。
五父，二子。（程傳）
陽受陰，納婦象，居下任上事，子家克。（朱熹）謂九二也。
艮夫，巽婦，二大夫有家。（朱震）此謂上九夫也。
上九國師，九二家師，子克家象。（李衡引）
坎中男，幹五母蠱，克家象。（來知德）二爲子也。（李光地）

五童蒙，亦象婦，坎男受室。（李塨）謂五婦，二納婦子也。

婦指初六，九二子，六五父。（伊籐）

九五來爲九二，陽下陰故納婦，艮少男。（李郁）察李所謂九五，陽下，似九五夫，亦子，二爲婦，然本卦乃六五非九五，李郁之言風牛馬矣。又艮少男，少男宜爲上九矣。

六五婦，九二夫，九二亦子。（傅隸樸）

統上言夫者有：

震夫，艮夫，坎中男受室爲夫，九五陽下陰爲夫，則夫爲九二，上九，九五矣。

婦之言服也，言婦象有：

巽婦，六五婦。巽婦即初六爲婦。初六爲師耶，抑六五爲婦？

長子之言震，長子主器，則九二也。艮上九亦言克家子也。坎中男，克家象，亦謂九二也。蒙卦祇九二，上九爲陽爻，故以互震爲言長子，艮少子，坎中男，非九二即上九爲子克家之任者。

他如五爲母，爲婦，爲父，爲天子者，上九爲國師，上九事外者，皆觀蒙卦圖而起興者也。

以在家言家，君子思不出位論九二爻辭，似當言九二一爻獨大明而剛中，孕養群蒙之識，有容乃大之量，與群陰醉心同蒙德之世界，吉也。納婦亦九二，克家子亦九二，九二之混同與眾人同，正甯武子之愚不可及也。和光同塵之難。納婦之作，孕育蒙愚之一環扣。子克家，如王夫之、吳汝綸、高亨、李鏡池等所言，別爲一義，然亦可謂明哲保身於「納婦」、「子克家」乃「留得青山在」後之反響也。

**六三，勿用取女，見金夫，不有躬，无攸利。**

象曰：勿用取女，行不順也。

虞翻曰：謂三誠上也。金夫謂二，初變成兌，故三稱女兒，爲見，陽稱金，震爲夫，三逆乘二陽，所行不順，爲二所淫，上來之三陟陰，故曰勿用娶女，見金夫矣。坤身稱躬，三爲二所乘，兌澤動，下不得之應，故不有躬，失位多凶，故无攸利也。

王弼：童蒙之時，陰求於陽，晦求於明，各求發其昧者。六三在下卦之上，上九在上卦之上，男女之義也。上不求三，而三求上，女先求男者也。女之爲體，正行以待命者也，見剛夫而求之，故曰不有躬也，施之於女，行在不順，故勿用取女而无攸利。

正義：女謂六三言。金夫謂上九，以其剛陽，女之爲禮，正行以待命而嫁。女不能固守貞信，非禮而動。取之無所利益。

程傳：三以陰柔處蒙闇，不中不正，女之妄動者也。正應在上，不能遠從，近見九二爲群蒙所歸，捨正應而從之，是女之見金夫也。見人多金，說而從之，不能保有其身者也。无所往而利矣。

朱子：六三陰柔不中不正，女之見金夫而不能有其身之象也。占者遇之，則取女必得。金夫，蓋以金賂己而挑之，若魯秋胡之爲者。

朱震：六三不正，坎有伏離，离目爲見，上九不正，下接三成兌，兌少女，取女也。艮少男，夫也。乾變爲金，見金夫也。坤爲身，兌折之爲躬，三之上不有躬、不順、无攸利，故戒勿用取女，取女貴正，正則家人吉。德不正、理不順，取女欲正家，是亦蒙矣。

項安世：六三與上九正應，見九二之盛而失身。金以利言，非義合，故爻言勿取，象言不順。婦以从夫爲順，非其夫謂之不順。三稱不順，從二明矣。五稱順則不从上。三陷不中，五无背二之理，上爲三夫，遠三不當稱見，曰金夫，明爲近利而去之。上艮爲躬，不有躬，明棄上也。

李衡引陸：金夫謂二，二爻體剛，故謂之金夫，正應在上，而下比於二，體坎爲水，水性趨下，志在二不從上，失位乘剛，故无攸利。　引牧：稱見，自上窺下也。　引王逢：應上而比下，不順也。

梁寅：三陰不中正近九五，是邪淫之女見多金之夫而妄從之，戒占者勿用取，言其无攸利焉。蓋立身一敗，萬事瓦裂，推言之君臣遇合，朋友交際，安往而不然！

來知德：九二乾爻爲金，金夫，以金賂己者也。變巽女象。六三應上，然性陰柔，坎體順流趨下，應爻艮體常止，不相應于上。又三近比蒙主二，捨正應從之，自暴自棄，昏迷人欲。有發蒙之責者棄而不教可也。

王船山：六三不當位，躁進之爻，溺陽而陷之，歆小利，女子不貞之尤者，上九雖應，當決棄勿與瀆也。　傳象：不順上九之正應而貪二之近與相溺，女德如此，勿用取之以遠害。

李光地：不中不正，與上爲應，下求上，諂非正，其象如女見金夫不能自持，无攸利也。婦女蒙類，婦之納猶蒙之包，有教無類之心也。女有所不取，猶蒙有所不告，不屑教誨之義也。

毛奇齡：蒙自頤升來。三上應，我剛彼柔，我取彼女也。易彼柔則彼將取我。升本互兌，兌少女，爲金，艮少男，正金夫，兌易成艮，甘變，躬之九三而不之有，何其蒙乎！本上應，今爲他所有，是既不能取，又不能嫁，逆矣！何順之有！

李塨：九二納婦，逼近六三之女，勿取之矣！九二陽剛多金（來註乾爲金）遂謂金夫，上九艮止，不能速合，以應上爲順，今不順，女與取者皆不利。易小傳曰卦變爲蠱，有女惑男之象。

吳汝綸：三之不順，應上比下，金夫謂二也。

李富孫：取本又作娶，經典多叚取爲娶。晁云取古文。

伊籐長胤：女謂本爻，金夫，多金之夫謂九二。此爻陰柔不中正，無智而動欲者，故戒勿取。蓋愚而多欲，非教化能遷，愼而遠之。

薛嘉穎：柔不中正，發之不能，包之不可，非可納之婦。以下援上，猶女子見金夫遂往從之，不能自保其身，不免爲人所棄矣！蘇秉國乾爲金，艮乾體故曰金夫。朱與疏異。

丁壽昌：易例陰爻居下體而求於上位者皆凶。王注金夫爲剛夫，虞氏陽稱金，本義以金賂而挑之。蘇蒿坪三變互兌以柔應上九。象不順本義當作愼，順愼古通。熊良輔否之。

曹爲霖：左傳桓六年，鄭忽齊大非耦辭齊侯妻以文姜，及敗戎師又請妻之。呂東萊曰使忽不辭昏，則彭生之禍在鄭矣！九谷子之望權門無所師自賤爲徒，自醜爲子，見金夫之女也！

馬通伯：沈該曰卦變蠱，女惑男。趙汝楳曰勿取，非絕之，不屑之教也。沈起元五三蒙而非童。丁晏士大夫立身，以廉恥爲本。其衵案六三正應上九，今觀比二，故見棄之女。白虎通男不自專娶，女不自專嫁，必由父母媒妁。

劉次源：陰柔不正，變巽成蠱，故戒勿取，執德未固，見金夫即獻身，舍正應戀二，志卑識陋，雖包蒙聖教亦弗取。

李郁：女指三，三應上，金夫也。　艮躬，上動艮失，是不有其躬，懷利忘身，女貪若此，何足取哉，故无攸利。

胡樸安：二爻婦，三爻女，女未及年不可取，故象曰行不順，乃不順之行。金夫剛强之男，女若嫁之則无所利矣。

高亨：取，娶也，金謂匳金。男之金即詩之賄。不有躬謂女夫將喪其身也。筮遇此爻不可娶女。又諸事不利。

徐世大：二三兩爻爲一格。如爲子成家而自娶之，姤女壯勿娶，此子克家勿娶，父親猜疑兒子如衛宣公楚平王之娶也。

于省吾：虞翻金夫謂二。按易金象從无確訓，說卦乾爲金，毛奇齡謂兌爲金，易林逸象艮爲金，孟氏逸象離爲黃，說文金五色，黃爲之長，然則金取離象。然皆通此而窒彼，非達詁也。

李鏡池：取女，搶奪女子。金夫、武夫。不有躬，喪命。是說搶婚遇武力抵抗，喪了命，蠢。无攸利爲另占附載。

金景芳：朱子：以金賂已若魯秋胡之爲者。不對。程傳見人之多金，說而從之。尙秉和以金爲美好。程以九二爲金夫，王弼以爲金夫是上九。朱子未講明上九抑九三！

傅隸樸：娶女乃寓言，實際是師道，六三應上九是女求男，不守婦道的女人不可以娶。上九位尊而多金。六三仰慕勢力，不守婦道，了不會有好處，故娶无攸利，向師道掃地品格不端的人請教有何益處！如同行不正女不可娶。

黃慶萱：用訓宜，女指六三本爻。六三未著蒙字，其實可名「昏蒙」，稟性傲，作事偏激，不可娶爲妻子的女性，看見有錢的丈夫，忘了自己是誰，娶這種女子，也跟着倒楣。

林漢仕案：三上有應，卦辭「蒙亨。」鄭玄釋蒙謂蒙蒙，物初生形。蒙之所以亨者吾知之矣！初吝，三无攸利，四亦吝者，不安蒙分，蒙而不安蒙分，正貽笑大方，招辱之所以來也。初六發蒙，六三見金夫，六四困蒙，皆有自用之心，愚而好專，好自用，眞蒙也。若夫九二包蒙，六五之童蒙，是守拙，是邦無道時之愚，是毒蟲不螫，猛獸不據，攫鳥不搏之蒙。「知榮知辱牢緘口，誰是誰非暗點頭。」已足免乎惹人厭。「旁觀世態，靜掩柴扉。」莊子之「緣督以爲經，可以保身，可以全生，可以養親，可以盡年。」正大樗之無用爲用也，何其逍遙！縣解矣夫！縣解也！然而三之「勿用取女」何謂也？三爲何无攸利？茲錄眾家傳記剝述一二以后：

象謂不順。虞翻云三誡上也。三爲二金夫所淫，上來之三陟陰，故曰勿用娶女，見金夫矣。王弼云：女正行以待命，三先求上，女先求男也，行在不順，故勿用取女。正義：金夫謂上九，女謂三，女之爲禮，正行待命而嫁，不能固守貞信，非禮勿動，取之無所利益。程傳：三陰闇，不中不正，女之妄動者也。正應在上，捨正應二，見多金而說從，不能保身。朱子：六三不中不正，見以金賂已而挑之，不能有其身，若秋胡之爲者。朱震云：上九不正，艮男夫，乾金，金夫。六三不正，三之上不順，故戒勿用取女。項安世：三上正應，見九二盛而失身。金以利言，非義合，故爻言勿取，象言不順。三稱不順，從二明矣。李衡引：二金夫，下比二，體坎水，水性下，志從二不從上。梁寅：六三近九五，是邪淫之女見多金之夫而妄從之。立身一敗，萬事瓦裂。來知德云：九二乾爲金，六三應上，體坎趨下，不相應上，自暴自棄，有發蒙之責者棄而不教可也。王船山：三不當位，躁進之爻，溺陽歆利，女不貞之尤者。上九雖應，當決棄勿與瀆也。李光地：三下求上，諂非正，女見金夫不能自持。毛奇齡：本上應，今爲他所有，是既不能取又不能嫁，逆矣。李塨：九二納婦逼近六三，勿取之矣。九二陽剛多金，上九艮止不合，女與取者皆不利。伊籐長胤云蓋愚而多欲，非教化能遷，愼遠之。丁壽昌云：易例陰爻下求上皆凶。馬通伯引白虎通：男不自專娶，女不自專嫁，必由父母媒灼。李郁：女指三，應上，金夫也。懷利忘身，女貪若此，何足取！胡樸安三女未及年不可取，金夫剛强之男，女若嫁之則无所利矣。高亨金謂匳金，詩之賄。李鏡池云：取女，搶奪女子；金夫，武夫。是搶婚遇武力抵抗，喪了命，蠢。金景芳謂朱子以金賂己若秋胡之爲者，不對。傅隸樸：取女乃寓言，實際是師道。上九位尊而多金，六三仰慕勢力，不守婦道。如向師道掃地的人請教有何益處！如同行不正，女不可取。黃慶萱：六三可名「昏蒙」，傲，偏激，看見有錢的丈夫，忘了自己是誰，取這種女子，也跟着倒楣。

從上可見以男性爲中心，從而建立之社會新秩序也。之所以著一「新」字，由大家共釀成一股新氣候也。女子之必依三從四德之禮，七出之立，男主外女主內，逐漸成爲兩性由單方所建立之共識矣，遵之即道德，反此即違天地之和氣，其然乎哉？遠古母權，只知有母之社會，由男性主筆修書立法，書經中牧誓：「牝雞之晨，惟家之索。」與易經尊陽卑陰相互表彰，女子任由男性糟塌矣！男子之逢場作戲視作當然，女子主動求男子即下賤，即結褵夫妻之敦倫，女子亦不得先發，否則，視作淫賤無格矣！男人男人，多少罪惡因女而起！妻之言齊也，婦之言輔也，直同虛文矣，女子之買賣，由來久矣！六三之勿用取女，被視作誡彼三所應之上「勿檢破爛」也，蓋六三曾爲所愛金夫九二所淫也。爻辭「勿用取女」，豈有本身爻辭以戒他爻云「我乃破爛貨」不可取者！不自鬻賣瓜（誇）而自貶者，古今同無也。又漢族之外居中國之內者百族，豈皆漢化爲男婚女嫁？男子亦得嫁女子之俗，近廿一世紀仍存此傳統，則知娶女乃周公定六禮後，宗法社會之產物也。又上九一爻，有云事外，有云垂老，卦終轉換之際，上九國師，上九變，稱末，稱窮，稱高、亢、極、天、首、頂、角，能無時不我與之嘆？叔梁紇公，胡鐵花公，皆以垂老再取女，未聞女有「恨不見夫君青壯時」之嘆，女之不嫌棄老夫者，男子有金權生活之保障也，莫可奈何也。孔子、胡適雖未爲母伸屈，然幼孤之痛，母氏一肩順承，養孤長幼含苦茹辛，稺齡婦何虧厥責！孔胡母氏聖善也。虞翻云「初變成兌，故三稱女兒。」少女也。女少慕虛榮，慕少艾，又多金之翩翩佳公子，居近水樓臺之位，乘剛而不有少女之尊矣，故「勿用取取女」，乃六三之意，六三不欲聚合上九也。女，上九也。少女剛愎自用，祇見情愛，未睹生死，利害得失，社會價值，全置諸腦後，氓詩之唱，「乘彼垝垣」矣！「于嗟女兮，無與士耽。」逆耳之勸也。爻辭之判決爲「无攸利」，即男女兩造皆无所利也。處六三之時位，讀者知所勉矣夫？

茲輯大家之見錯後：

三誠上，三拒上之聚合也，蓋淫與金夫二矣。

三求上，女先男也，行不順也。上九爲金夫。戒勿取女。

三不中正，上九不正，三與二利合。三溺陽歆利。不貞

三近九五，見多金之夫而妄從。

九二近六三，勿取。

九三未及年不可取，金夫剛强之男，女嫁則无所利。

取女爲搶奪女子：金夫爲武夫，爲搶婚而喪命。蠢。

女行不正，不可取。六三昏蒙，偏激，忘了自己是誰！

胡樸安以六三稺女，發育未完全成熟，金夫剛强之男子，若結合，女子災難也，蓋如何敏著姑妄言之

老少配故事，一不惑財閥，以龍馬精神追湯氏女爲小星，僅及笄，婚夜，有調侃之者謂新娘幼小怕日，習以爲常則不怕日，日不怕，三十、四十則惟怕不日。可爲胡樸安六三爻解之注腳。六三與九二，上九間三角關係，所愛非所配，所當配者非所愛，所愛者又未必愛己也。故大家判定爲：

三拒上就二。（云近九五）（二爲金夫）

上拒三，戒勿取。（上爲金夫）

三求上，三不中正，三昏蒙，三未成熟，三溺陽歆利。

女子不能開拓新局面，爭得新主動權，固然以數千年雙方所共有之默契共識有關，即孔子尙以「邦無道愚」爲常人所不可及。不能扭時代趨勢，得識時務也。若夫眞豪傑之士，則愚蒙一時可也，安可一世愚蒙！蒙運至六三，不以愚蒙爲蒙，只求遂志而乏遠識，又違世俗干利，正愚而好自用，自專之流也，六三之无攸利也豈不判然若剝？

## 六四、困蒙，吝。

象曰：困蒙之吝，獨遠實也。

王弼：獨遠於陽，處兩陰之中，闇莫之發。困於蒙昧不能比賢以發其志，亦以鄙矣，故曰吝也。

正義：六四在兩陰之中，去九二既遠，无人發去其童蒙，故曰困于蒙昧而有鄙吝。

程頤：四以陰柔而蒙闇，无剛明之親援，无由自發其蒙，困於昏蒙者也，其可吝甚矣。吝不足也，謂可少也。

蘇軾傳象：實，陽也。

朱熹：既遠於陽，又无正應，爲困於蒙之象，占者如是，可羞吝也。能求剛明之德而親近之，則可免矣夫。

朱震：九二剛實，四獨遠二，介於不正，无以發其蒙。困而知學，吝自取也。二坎，三動成兌澤，無水困，故曰困蒙之吝，獨遠實也。陰消爲虛，陽息爲實，相爲去來。消降，息升。實滿，虛耗。升貴，降賤。滿貴，耗貧。陰陽相循，禍福更纏，故又爲貴賤，禍福之象。太玄曰：盛則入衰，窮則更生，有實有虛，流止无常。又曰：消與息糾，貴與賤交，禍至而福逃。

項安世：六四所比、所應、所居、六爻中獨无陽，故曰獨遠實也。凡爻陰爲虛，陽爲實，處蒙而无師傳，困而不學民斯爲下矣，故爲困爲吝。

李衡引輔：既不近二，又不近上，故曰獨遠實。

梁寅：以陰居陰，柔暗之主。遠於二陽，又无正應，蒙蔽之甚。

來知德：六四上下遠隔于陽，不得賢明以近之，又无正應輔之，蒙无自而發，困于蒙矣。終于下愚，故可羞也。

王夫之：四爲退爻，柔處，初六不能養己，困於無聞，不聞正言，生無道之世，日與流俗相親，雖有承教之心而無可觀感。然此爻得位，雖困而未自失，故吝而不凶。

李光地：陽實陰虛，卦惟此爻於陽無比應之義。

毛奇齡：互震之終，上爲艮始，介動止之交不能決，是困也。四處眾虛之中，隔三不與之比，是遠之也。獨遠也。（自注王蒙曰卦凡四陰，初與三爲二比，五爲二應，故四獨遠實。）

李塨：陽實，卦凡四陰，初與三或比陽、應陽，惟四爲獨遠實，遠實則蒙，无自啓困矣。

吳汝綸：獨遠於陽，闇莫之發也。

伊籐長胤：自困於蒙，四最遠于陽，初不應，可吝之甚。蓋蒙昧者非陽輔何所取益！賢者不可不親倚也如此。

薛嘉穎：四無陽剛比應之師友之資，坐困於蒙，亦可羞吝。

丁壽昌：蘇蒿坪艮木多節，坎木多心，四變坎處中，有寘叢棘之象，故曰困，變互未濟亦困象。

曹爲霖：誠齋傳蒙非教不瑩，教非賢不親。窒通困，嗇復吝。吝疾諱醫，吝過諱師，四困吝親賢，陳同甫之流。

馬通伯：胡炳文六四比應皆陰。蔡清三四自暴自棄者，雖聖人不能化。姚配中化失正，未濟不化，蒙不除是困吝。其昶案三剛惡，四柔惡。

劉次源：以陰比陰，誰發其蒙？下无正應，困于昏庸，其羞吝也，終于蒙也。

李郁：四無應，動失位故吝。所比皆陰，上无良師，下无益友，置身群小之間，其困宜矣。

胡樸安：納婦後有室家之累，困難見矣！使自動謀生活，若不自謀生活則吝矣！所謂吝者，生活問題也。

高亨：蒙借爲矇，愚矇之人處困境，謂之困矇，舉措艱難，故曰困矇吝。

徐世大：以關夜學譯困蒙，頗似現在的惡性補習，不另收補習費，先生犧牲自己，未必一定有效。

屈萬里：困扼蒙者。傳象：陽稱實，謂九二，上九。

李鏡池：困借爲捆，與包義近，這是換辭法。吝爲另占。

金景芳：這一爻最困，處境最不好，所以叫困蒙，吝。九二、上九離它遠，王弼說闇莫之發，不能比賢以發其志。

傅隸樸：處兩陰中與二上隔無從就教高明象。困而不學、吝即鄙下。因爲他不知「就有道而問焉。」

黃慶萱：六四無師友之輔，永困於暗，性既愚昧，又缺人支援，永被蒙昧所困，眞令人憾惜。

林漢仕案：六四困蒙，象之言「遠實」，即判定六四所以吝也。各大家即在「遠實」著眼敍六四之時位固當如此也，茲聚眾賢發揮遠實之蒙，六四之所以困說於后以爲比較：

象曰：獨遠實也。

王弼：遠陽，處兩陰中，闇莫發，不能比賢，故吝。

正義：去九二遠，无人發其童蒙。

程頤：无剛明之援，无由自發其蒙，可吝甚矣。

朱熹：遠陽，又无正應，可羞吝也。

朱震：遠二，介於不正，无以發其蒙。

項安世：六四所比，所應，所居，獨无陽。陽爲實，困而不學，民斯爲下矣。

李衡引：既不近二，又不近上，故獨遠實。

梁寅：以陰居陰，柔暗之主。

來知德：終于下愚，故可羞也。

王夫之：四爲退爻，初六不能養己，生無道之世，日與流俗相親。然此爻得位，雖困而未自失，故吝而不凶。

丁壽昌引：四變坎處中，有寘叢棘之象，變互未濟困象。

馬通伯：三四自暴自棄者，雖聖人不能化。

李郁：四无應，動失位，所比皆陰，上無良師，下無益友，置群小間，困宜矣。

六四就所居之位言其闇者有：處二陰間，去九二，上九遠，又无正應，以陰居陰，幽暗主，變坎，變互未濟亦困。六四固當困矣！千夫所指，曾无一賢稱六四守分，得位。王夫之幸而稱之，然衹解其不凶，獲吝也輕其禍而已！

易本身即含易簡，變易，不易。蒙爲其初形，初九之發蒙——具可開發之性，其不蒙矣，蒙而不蒙，臆必脫桎梏而擠身常人之林，故準斯往必吝。二則知蒙而孕育蒙，守拙若愚也，應六五童蒙，與上六合大明，燭照遍天下矣，非衹其愚不可及，其知亦不可及也。是易之所謂變易，其有不易者，蒙爲大前提也。見金夫，不有躬，所謂儒者好名，即孔孟亦不免興「沒世而名不稱焉」、「吾未免爲鄉人」之嘆。常人殉利，利之所趨，幾見生死？是天下人皆蒙也。適性愛山丘者昧於癡，癖於逐利爭一襲金鏤衣者，亡身而不惜，世人皆五十，百步之笑也，猶之吾笑和尙青燈面壁念彌陀之愚，和尙笑吾永墮六道輪迴之不悔！孰爲裁判？六三以逐利爲是，旁觀者淸而斷彼六三无攸利也。六四困蒙，象謂遠實，陽爲實，不比不應，項安世謂其「困而不學，民斯爲下矣！」來知德判其「終于下愚，故可羞也。」然則其愚，非天愚，六四之愚爲不學，甘心終于下愚矣！六四之得人期許如是，六四若知羞、知吝，六四亦不愚矣！若不知蒙之羞，不知蒙之吝，人未秉賦可塑性，所謂IQ低於九十，雖十孔子、蘇格拉底、杜威，也莫可如之何矣！蓋彼榮辱混，智齡僅及常兒二三歲也。六四得位，守分，本身條件具備，六四不當爲低能兒，六四近君爲多懼，六四之無援，六四其薛居州矣！孟子謂宋僅一薛居州，其如宋王何也！猶之後世責北宋王安石變法用小人之不當，所謂君子賢者不爲己用，曾无一語以責賢者之執着，責賢者之不是，正因賢者之不來效力，致小人群來比附，孟子所謂「賢與不肖之相去，其間不能以寸」也！六四之困，蓋如是乎？吝固非六四之一爻吝，周遭環境皆吝矣！責小人之不是，君子亦當自省也。

## 六五、童蒙，吉。

象曰：童蒙之吉，順以巽也。

虞翻曰：艮爲童蒙，處貴承上，有應于二，動而成巽故吉也。

荀爽傳象曰：順于上，巽于二，有似成王任用周召也。

王弼：以陰質居尊位，不自任察而委於二，不勞己之聰明，猶若童稚蒙昧之人，故所以得吉也。

孔正義：六五以陰居尊位，其應在二，二剛而得中，五則以事委任於二，不勞己之聰明。

程頤：五以柔順居君位，下應於二，以柔中之德，任剛明之才，足以治天下之蒙，故吉也。童取未發而資於人也。爲人君者苟能至誠任賢，以成其功，何異乎出於己也。

蘇軾：六五之位尊矣，恐其不安於童蒙之分而自强於明，故教之曰童蒙，吉。

朱子：柔中居尊，下應九二，純一未發以聽於人，故其象爲童蒙，其占爲如是則吉也。

朱震：艮少男童也，五求於二成坤，坤順也。二往資五成巽，巽，巽也。順則易從，巽則易入。順則樂告之以善道，巽則優柔以開導之。以此治蒙，優於天下矣，童蒙之吉也。五君位，成王求助之爻乎！

項安世：言心猶童子，專心向二，既順且巽，所以獨吉也。五互坤爲順，動交二成巽，在下，入之象。自下而上爲順，上而下爲巽，故臣子弟言順，帝位言巽，所以別上下也。

李衡引牧：居尊以誠待物，而物无所猜，衆以錫其誠而貢其明，吉斯臻也。

梁寅：童蒙者必非童稚也。蒙闇不明如童子之无知。六五以陰居陽，居尊位與九二應，柔中順巽，蒙發昭然，豈有不吉乎！

來知德：艮爲少男，故曰童蒙。專心資于人者也。又六五以順巽居尊，應二比上，專心資剛明之賢。占者如是則吉也。

王船山：虛中待教，得童蒙之正，其吉宜矣。傳象：下順二聽其包，有忠信之資而能好學者也。

李光地：易凡言子，言童者，皆初爻象，惟此卦之彖有童蒙求我之辭，五求二。傳象順從於師，以巽入於正道。

毛奇齡：以男居尊位，惟剛中是應、是順且巽也。

李塨：六五柔中，是蒙之未鑿者也。童蒙也。

吳汝綸：五順於上，童蒙之象。

李富孫：釋文巽，鄭當作遜，說卦巽，入也。說文遜，遁也。具也。正義巽，順也。廣雅始訓巽爲順。遜有逡遁退讓之意。巽訓爲入。遜巽同。

伊籐長胤：有幼主之象。賴九二輔佐而守成，故童蒙吉。蓋幼而不孫弟，疏忠言，遠耆德隳成業者！五順二所以吉也。

薛嘉穎：六五柔中，其心純一，是大人不失其赤子之心者，童蒙之象。唯至誠故能承教於二，德業日進而吉。

丁壽昌：釋文巽音遜，鄭云當作遜。案古巽遜通。

曹爲霖：誠齋傳曰有童穉之蒙，小民之蒙，學者之蒙，聖上之蒙。六五君順而自居童穉之蒙，下學於九二，此聖人之蒙，睿知而守愚者也。所以聖益聖，所謂蒙養正聖功者也。

馬通伯：黃道周曰衞武公詩云嗚呼小子，未知臧否。可謂童蒙之求矣。其袒案蒙以養正，爲五言也，六五非正應，二以養其正。

劉次源：五處艮中，心誠无私，虛心受教，作聖之基。

李郁：艮爲童，五自二來，此求教之童蒙，受教而退故吉。

胡樸安：游牧時代，攘奪而食，知識童而安於童，受刑教而說桎梏，聽上命故吉。象言順巽以聽命，安於童也。

高亨：此言童蒙以順伏無過，老子比於赤子，毒蟲不螫，言雖殘暴之人不加害於赤子也。童蒙即赤子，故吉。

徐世大：譯文役使懞懂，好的。洒掃應對，教育已如此。

屈萬里傳象：釋文鄭云：「巽當作遜。」按同音通用。陰稱順巽。

李鏡池：童借撞，擊也。撞蒙，砍伐樹木。

金景芳：在蒙卦中，六五童蒙，九二發蒙的，靠他的力量去發天下之蒙。

傅隸樸：童稚無知，才位不相稱，下應九二，以人之智爲智，蒙反獲吉。以人君問道於臣正符此爻。大智若愚也。

黃慶萱：陰爻居九五，代表天眞未鑿的兒童，具有開發的潛力，是很可慶賀的。

林漢仕案：履園叢話評鄭板橋書「難得糊塗」於座右爲極聰明人語。糊塗人難得聰明，一自作聰明非吝則无攸利也，初三四是也。聰明人又難得糊塗，苟懂糊塗之爲用，非祇荆棘不生，往无不利也，九二之包蒙者是也。正乃彌勒菩薩之題像「容天，容地，於人何所不容。」糊塗之妙用，其即老氏所謂大智若愚乎！

相傳胡適之氏曾勸蔣氏介石作一無能總統，作齊桓，劉禪無爲之君，其臣下必有能、有爲、盡分。史書檢討各朝末世之君，類皆无能，宰臣之專，可以有爲，然篡奪隨之。「吾其爲文王乎！」曹阿瞞雖未有其躬即加弑奪，能逃得幾時？晉惠帝雖欲無爲，其可得乎？準此，無能非無能也，無爲非無爲也。君無爲無所不爲者，或所謂「聖人之蒙，睿知而守愚者。」或環境之不可，懼史書之審判。管仲，諸葛不得不盡力心於是。胡適之欲效齊桓、劉禪之議，置自詡爲英明者於童稚未鑿耶？抑大智若愚耶？統御者不自任察而委人，守純一未發以聽於人，假人以勢，此韓非之利器不輕易授人也。蔣氏之不爲聽，自任之專，終彼一生天下无事，胡氏之言，猶强齊桓，阿斗之靴，着蔣氏之腳之不可也明矣！

蒙與童非昏闇庸俗，宋稗類鈔載：「蔡京諸孫云『米從臼裏出，米從席子裏出。紈袴不辨菽麥，與晉帝不吃肉糜，遼王之不食乾臘同樣庸闇。』」亦與法王不吃蛋糕同。蒙其童具可塑性高，模仿性强，有充足可開發之資源無限，六五之童蒙如朱子謂「純一未發以聽於人。」朱震之「男童。」伊籐長胤謂「幼主。」傳隸樸之「童稚無知。」黃慶萱之「代表天眞未鑿的兒童。」奈何蒙之已歷初

二、三、四矣！五君位，雖俗有所謂「百歲奴，侍候三歲主」之說，然「童」字不一解，廣雅釋詁一，童，使也。童蒙，使蒙也。曹爲霖引誠齋易傳云聖上之蒙，睿知而守愚者也。所以聖益聖。高亨謂老子比於赤子。薛嘉穎謂大人不失赤子之心。皆以童爲用，與李塨之言未鑿，來知德之艮少男，蘇軾之不安童蒙而自强於明，是眞童昏，童騃異？童昏者，陸機之謂「利盡萬物，不能叡童昏之心」也。韓愈謂「童騃無所識，但聞有神仙。」非六五之謂也。六五果眞奴童幼穉之蒙，霍光雖無篡奪之心，寧無專權之志？六五如何吉？周召二公之輔成王，大環境有所不可也，三監之流言畏也，征罷三監而自立，如何服天下人口？而蒙之大環境蒙也，六五又蒙，是眞蒙也，如何駕馭九二？如何專心資于人？如何不自任察而委於二？欲不勞己之聰明而能御人者，是天下最高統御藝術，韓非所謂守其利器、老子之大巧若拙之用世也。君守拙則天下皆爲之用矣，臣守拙可以免難，可以全生。其用也無窮，要以不着痕跡爲高，孔夫子知愚之用，詐而已矣。君王試誠以待物，衆亦心輸誠貢明矣！李光地故言，「凡言童，皆初爻象。」今五爻言童，故不可以奴僮？童穉爲五象也，童蒙，使蒙也，使蒙，正是難得糊塗，正是守拙，九二其敢不盡其心，竭其誠以佐其應乎？吉乃自至，因御人而致吉也。虞翻之言艮童，荀爽謂巽二、朱震坤順，李鏡池之言借撞，擊也，砍伐樹木，此處皆略而不述。

觀乎此，欲人之不我欺，不可欺，不忍欺之難也！六五宜乎有此胸襟：「見相是未必眞是，彼相非未必眞非，容其是非是非容，有容乃大包混同。」蒙六五使蒙之吉，何可言也。

## 上九，擊蒙，不利爲寇，利禦寇。

象曰：利用禦寇，上下順也。

虞翻曰：體艮爲手故擊。謂五已變，上動成坎，稱寇而逆，乘陽故不利爲寇矣。禦止也。此寇謂二，坎爲寇，巽爲高，艮爲山，登山備下，順有師象，故利禦寇也。

王弼：處蒙之終，以剛居上，能擊去童蒙以發其昧者也，故曰擊蒙。童蒙願發而已能擊去之，合上下之願，故莫不順也，爲之扞禦則物咸附之，若欲取之則物咸叛矣，故不利爲寇，利禦寇也。

孔穎達：處蒙之終，以剛居上，能擊去眾陰之蒙，合上下之願，故莫不順從也。若因物之來即欲取之而爲寇害，物皆叛矣，故不利爲寇也，若物從外來爲之扞禦，則物咸附之，故利用禦寇也。

程頤九居蒙之終，是當極蒙之時，人之愚蒙既極，如苗民之不率爲寇爲亂者，當擊伐之。然上九居上，剛極而不中，故戒不利爲寇。治人之蒙，乃禦寇也。肆爲剛暴，乃爲寇也。周公誅三監，禦寇也，漢武窮兵誅伐，爲寇也。

蘇軾：以剛自高而下臨弱，故至於用擊也。發蒙不得其道而至於用擊，過矣！故有以戒之。

朱熹：以剛居上，治蒙過剛，故爲擊蒙之象。然取太過，攻太深則必反爲害。惟捍其外誘以全其眞純，則雖過於嚴密，乃爲得宜。

朱震：爲寇者九二也。擊蒙禦寇者上九也。坎爲盜體師，盜用師，寇也。艮爲手，擊也。爲寇者利於蒙闇昏亂之時，蒙極暗明，故曰不利爲寇。上九乘其蒙解時，自上之三擊之，坎毀成兌，民悅而從之。孟子謂取之而燕民悅也。坤順，故曰利用禦寇，上下順也。易傳曰：舜征三苗，周公誅三監，禦寇也。陸震亦曰卦有反合，爻有升降，所以明天人之際，見盛衰之理焉。

項安世：爲寇謂侵人也。兵入他境謂寇，禦寇者止於吾境而已。孔子不攻陽虎，而攻冉求；孟子不罪臧倉，而罪樂正子，皆禦寇者。又上九所擊之蒙，莫近於五、四，若擊之，於理不順，六三與上正應，見金背上，恃險爲盜，擊之是禦寇，於理爲順。上應在下，敵亦當在下。

李衡引房：六五以童蒙宅至尊之位，居師保之任，此姬旦，霍光之流。利禦寇者乃心王室，滅管蔡，誅上官是也。爲寇則失忠順之道，故不利也。引陸：寇，害也。凡事非理皆爲害，學者非分則爲賊。童蒙但求發，教之非性分則賊夫人之子也。不利爲寇者，以動害蒙故也。教之止其分，師逸功倍。利禦寇者禦其所以賊害之道也。

梁寅：上九過剛，非師傅之道，乃將帥之事，故不言發而言擊，謂用兵以擊伐其蒙也。貪忿之兵爲寇，无故加人爲寇；聲罪致討禦寇，名正言順禦寇。爲寇，禦寇相類，得失利害可不愼哉！

來知德：擊蒙者擊殺之也。坎盜錯離爲戈兵，艮手，擊殺之象。三上正應，三柔淫亂，上爲寇亂；三蒙昧，上治蒙；三蒙昧，爲寇有擊殺之凶，上治蒙，惟利禦止其寇。聖人哀矜愚蒙兩有所戒止。

王夫之：越境攻人曰寇，易豈爲占利不利哉！上九一陽遏止二陰，九二雖嚴而位柔，得中。上九居高，剛以臨下，故爲擊蒙。然童蒙本順，心無邪僻，若苛責甚，反損幼志，養蒙之道，止其非幾，勿使狎於不順而已矣。

李光地：以剛居上，擊蒙之象，治教不可無威嚴以儆其惰，然過猛反傷害之，是爲寇也。惟懲其頑惡，去强暴，禁淫邪，是禦寇，雖嚴不傷，與刑人之義相爲終始也。

毛奇齡：二上陽剛發蒙之人，二中正包容，上過高，分峙之勢成焉。上剛居艮首爲石，石投水有似擊蒙然，雖曰坎盜當擊，然坎剛中爲發蒙之長，是主人、主寇不兩立。爲寇何利焉！

李塨：上九于三不惟桎梏，且下石擊蒙矣！六爻初可用刑，上用擊；二爲包而接五，五爲童而巽二，三爲見陽失身，四遠陽失實，絡始見於初上，曲折備於中爻。

吳汝綸：上剛有擊蒙之才，爲寇禦寇二事，利此不利彼，戒辭也，當依蔡邕引利用下有用字，小象同。

李富孫：釋文云擊。馬，鄭作繫。說文毄與擊義同，牲毄，此用爲係字。毄，後人加手或系，故有不同字形。利禦寇，蔡邕明堂月令論引作用禦寇。

伊籐長胤：陽在上頑而剛，蒙蔽之極，當攻擊之。蓋人之爲惡本出無知，上剛亂昏蒙所致，不可逞其誅鋤，聖人治蒙，仁至義盡也。

薛嘉穎：上以過剛，治蒙有擊蒙象。然取必太過，攻治太甚，愛之反以害之，是爲寇也，何利之有！

丁壽昌：釋文擊，王肅治之，馬鄭作繫。虞仲翔擊坎爲寇，吳草廬寇謂六三，坎體陰柔不中正，禦止使不爲寇。

曹爲霖：擊蒙乃就教化說，蒙至擊，則繼之以怒矣！至包極蒙猶不化，至於爲寇，不得已攻伐，詞順，人心亦順，則彼寇者何利？虞之三苗，周之三監，蒙爲寇者也。

馬通伯：上有擊蒙之任，其剛既不可變，懼應三，故曰利禦寇；懼陵五，故曰不利爲寇，蓋童蒙宜養，不順可擊，伊尹啓太甲之蒙，孟子曰有伊尹志則可，無則簒也。不順也，故或禦或寇，易辨名分嚴矣！

劉次源：上以剛嚴臨下，是擊蒙操之過急，適以賊其向上之心。遏其外誘則物欲去，養蒙利于善爲導迎也。

李郁：艮手曰擊，艮反震能禦寇。上九降五成坎，坎爲寇，故曰不利爲寇。袪習全性，遠惡明善，童蒙之教此其要。

胡樸安：擊之正以教之，教民愼勿爲寇，若寇來禦之則必利也。不僅巽順聽命，且可收爲己用矣。故象上下順也。

楊樹達：潛夫論邊議篇，易制禦寇，（盧文弨云制疑利。）詩美薄伐，自古有戰，傳曰兵所以威不軌而昭文德也。又蔡邕集明堂月令論易曰不利爲寇，令曰兵戎不起不可從我始。樹達按令謂月令，引文屬孟春，邕以蒙爲正月卦也。

于省吾：京房擊暗釋疑，陽道行也。釋文王肅擊治，馬鄭作繫。按虞翻艮手是也。易林逸象艮爲刀劍，則擊之象顯矣。

徐世大：譯文體罰懞懂，不宜做强盜，宜抵抗强盜。總釋上爻擊蒙，是體罰，幼時就學所習見，頑皮學生可收效。

屈萬里：擊，釋文：「馬鄭荀作繫。」上爻多爲征伐。此蒙謂冥頑不率教者，言利禦侮，不利侵伐也。傳象上下謂君臣。

李鏡池：擊蒙同撞蒙。寇，侵略。作者从農業社會中經驗出反侵略。本爻指斥搶掠者是蠢人。

金景芳：蒙至此發展到極點，是教人的，但過躁，擊蒙必須把握分寸，擊蒙適度，上下願意就是禦寇，擊蒙過度，上下不欲就是爲寇。

傅隸樸：擊蒙是教育的末路。初六發蒙無效，九二包蒙也無效，只好强制教育，以打擊方式改正其愚行。寇是害。伊尹放太甲是擊蒙，若利用其愚篡位，那是害蒙。伊尹不乘太甲之危，復子明辟，是不利爲寇，利禦寇的表現。

黃慶萱：各種教法都試過，最後採處罰方法，但不可過於剛孟，只要能阻止粗暴行爲就行。

林漢仕案：上九擊蒙，利與不利說，主擊者何人？擊之對象孰是？寇義有無特定對象？茲逐項剝析於后：

虞翻謂寇爲二，坎爲寇。

王弼云擊去童蒙以發其昧，故曰擊蒙。爲之扞衛則物附，取則皆叛。

孔穎達云蒙終剛上，能擊去蒙陰之蒙，合上下之願，故順。物來欲取，爲寇害，故不利爲寇。扞禦則物附，利禦寇也。

程子：上九極蒙，愚極，如苗民爲寇，當擊伐之。上九剛極不中，戒不利爲寇。治人蒙禦寇；肆剛暴，乃爲寇。

蘇軾：以剛自高臨弱：發蒙至用擊，過矣，故戒之。

朱熹：以剛居上，治蒙過剛，擊，取太過反爲害，惟捍其外誘以全其眞純，雖嚴，得宜。

朱震：九二寇也。擊蒙禦寇者上九也。坎盜體。上擊三坎毀成兌，民悅從之。

項安世：爲寇者侵人，兵入他境。禦寇者止於吾境。上九蒙，五蒙，擊三是禦寇，上應在下，敵當在下。

李衡引利禦寇，心王室；爲寇則失忠順之道。寇，害也。非理皆爲害。教童蒙非性分則賊夫人之子。教止分，禦其所以賊害之道。

梁寅云上九過剛，乃將帥非師保，故不言發，而言擊。

來知德：擊殺之也。三淫亂，上寇亂，三昧，上治蒙，利禦止其寇，聖人哀矜愚蒙而有所戒。

王夫之：上九居高臨下遏止二陰，故爲擊蒙。九二位柔得中，童蒙本順，若苛責甚，反損幼志。

李光地：以剛居上，擊蒙之象。過猛反傷人，是爲寇。惟懲頑禁淫是禦寇。

毛奇齡：二中正包容，上過高，分峙成，主寇不兩立。

李塨：上九于三不惟桎梏，且下石擊蒙矣。

吳汝綸：上剛，有擊蒙之才，爲寇禦寇二事，利此不利彼。

李富孫：引擊作繫，利作用。

伊籐長胤：陽上頑而剛，蒙蔽極，當攻擊之。

薛嘉穎：上過剛，治蒙有擊蒙象，太過大甚，是爲寇。

曹爲霖：蒙至擊，繼之怒，不化爲寇，蒙爲寇者也。

馬通伯：上有擊蒙之任。懼應三故利禦寇，懼陵五，故不利爲寇，童蒙宜養，不順可擊。

劉次源：上以剛嚴臨下，擊蒙過急。養蒙利導。

李郁：上九降五成坎爲寇，故不利爲寇。

徐世大：體罰懞懂，不宜做强盜。

李鏡池：擊蒙同撞蒙。寇，侵略。反侵略，斥搶掠是蠢人。

金景芳：擊蒙須把握分寸，上下願意是禦寇，上下不欲是爲寇。

傅隸樸：初二發蒙，包蒙無效，只好以打擊，寇是害，放太甲是擊蒙，篡位是害蒙。不乘危是不利爲寇，復辟是利禦寇。

黃慶萱：各種教法都試過，最後採處罰，但不可過剛猛。

上廿八大家之見，孰爲寇？主擊者又爲何人？孰爲蒙？

二爲寇，坎爲寇。（虞）（朱震）擊蒙禦寇者上九。

物來欲取爲寇（害）不利，扞禦則物附，利禦寇。（孔）

上九愚極，不利爲寇。肆剛暴爲寇。（程）

擊三是禦寇。（項）

六三淫亂，不利爲寇，爲寇有擊殺之凶。上利禦止其寇。（來）

上九止二陰，故爲擊蒙。過剛傷人是寇。懲頑禁淫禦寇。（李）

二中正包容，與上分峙。（毛）

陽上頑蒙極，當攻擊之。（伊籐）太過爲寇。（薛）

上有擊蒙之任。（馬）

上降五成坎爲寇。（李）

主九二爲寇者，蓋山水蒙，下卦坎，坎爲盜也，然李郁亦以上九降五成坎，則五亦寇矣。九二爻王弼稱其剛中，傳隸樸讚其有教無類，毛奇齡謂九二中正包容。至此，混淆二之角色矣！

上九爻文擊蒙，朱震謂擊蒙禦寇者，馬其昶云：有擊蒙之任，而程子，伊籐皆謂上九愚極，何相反至是也。

不利爲寇，利禦寇，乃一體兩面，李光地謂擊蒙過猛傷人，是爲寇。項安世以寇爲「侵入，兵入他境。」吳汝綸謂寇，禦寇二事，利此不利彼。程子云「治人蒙，禦寇」朱熹云「惟捍其外，誘以全其眞純，雖嚴，得宜。」爲禦寇。是即注與正義所謂「扞禦則物附，利禦寇」也。李光地故謂「懲頑禁淫禦寇。」猶之今人言體罰侵人爲寇，禁人爲非爲禦寇。實則兼容並蓄於擊蒙之過程中具體教學法也，失之寬則縱，失之嚴則苛，如之何可得中道而行之，不師心自用爲尙。來知德謂「上利禦止其寇。」即禁人爲非也。爲非即爲寇。來謂「爲寇有擊殺之凶。」師保如之何忍心學子遭斯橫逆！爻屬上九，程子之極愚蒙之說似不稱爻意，然謂「治人蒙，禦寇；肆剛暴爲寇。」說則甚允當。來之擊爲殺，似過暴，蒙而遭殺者乃師保失職也，蓋蒙非罪也。馬通伯謂「上有擊蒙之任。」正乃爻文所載也。總此，蒙卦其大者亨，利貞。既謂「童蒙求我」，則其蒙非眞蒙，我執着告與不告，視彼求與瀆之行。我有耐心，則有教無類發彼之蒙，吉也。在教育原則上開發彼蒙，時其可發也。

初發蒙，近九二，陽明照幽闇，初蒙得發，亦不得不發，用刑罰脫其愚蒙之桎梏，達到刑期毋刑，恩威並施，太寬，大嚴皆小疵也。九二剛中，有容乃大，然以「難得糊塗」孕育愚蒙意識，與物混同。納婦，子克家，皆明哲於養蒙獲福之中。六三不甘愚蒙而求遂志，然乏遠識，違俗干利，愚而好自用，不安蒙分而貽笑大方，招辱之所從來也。六四愚而不好學，甘心下愚乎，非也，六四近君而無援。似孟子所謂宋祇一薛居州正人君子也，其如宋王何！六四之困吝，固不止六四一時，一地，一人而已矣！六五睿知守愚，所以聖益聖，守拙得吉也。上九治愚蒙，過猶不及也，戒執中，既欲禁人爲非，又宜駕御得法，不至剛暴使生反制心理，寬嚴相濟，不利寇，利禦寇在其中矣！心賊之已去則治蒙圓滿，卦辭之蒙亨者，眞不我欺也。君子之用蒙，存乎一心也已。

# ䷅ 訟卦（天水訟）

訟，有孚，窒，惕，中吉，終凶，利見大人，不利涉大川。

初六，不永所事，小有言，終吉。

九二，不克訟，歸而逋其邑，人三百戶，无眚。

六三，食舊德，貞厲，終吉。或從王事，无成。

九四，不克訟，復即命，渝安貞，吉。

九五，訟，元吉

上九，或錫之鞶帶，終朝三褫之。

䷅訟，有孚，窒，惕，中吉，終凶，利見大人，不利涉大川。

彖曰：訟上剛下險、險而健、訟。訟有孚、窒、惕、中吉。剛來而得中也。終凶，訟不可成也。利見大人，尚中正也。不利涉大川，入于淵也。

象曰：天與水違，行訟。君子以作事謀始。

干寶：離之遊魂也。離爲戈兵，此天氣將刑殺，聖人將用師之卦，訟不親也，兆民未識天命不同之意。

荀爽：陽來居二而孚于初，故曰訟有孚也。

虞翻：遯三之二，孚謂二。窒、塞止也。惕、懼二也。二失位故不言貞，遯將成否、則子弑父、臣弑君、三來之二得中、弑不得行，故中吉。二失位、終止不變則入于淵故終凶。

侯果：大人謂五，斷決必中，故利見也。訟是陰事，以險涉險，故不利涉大川。

盧氏傳彖曰：險而健者恆好爭訟。

王肅：以訟成功者，終必凶也。

王弼：窒謂窒塞也，皆惕然後可以獲中吉。

孔正義：凡訟者，物有不和，情相乖，爭而致其訟。凡訟之體，不可妄興，必有信實，被物止塞而能惕懼，中道而止，乃得吉也。終凶者，訟不可長，若終竟訟事，雖復窒惕，亦有凶也。物既有訟，須大人決之，故利見大人。以訟不可長，若以訟而往涉危難，必有禍患，故不利涉大川。

程傳：卦之中實爲有孚之象，訟者與人爭辯而待決於人，雖有孚亦窒塞未通，不窒則已明无訟矣。事未辨、吉凶未可必，得中則吉，終極其事則凶。訟求辯曲直，故利見大人決所訟、訟非和平之事，當擇安地而處，故不利涉大川。

蘇氏易傳：初六信於九四，六三信於上九，九二塞之，故曰有孚窒，而九四、上九亦不能置而不爭，此訟之所以作也，故曰上剛下險，險而健，訟。九二知懼則猶可免，故曰惕，中吉，剛來而得中也，言其來則息訟而歸矣，終之則凶。大人謂九五也。又天下之難，未有不起於爭，今又欲以爭濟之，是使相激爲深而已！

朱子本義：訟，爭辯也。上乾下坎，乾剛坎險，上剛制其下、下險伺其上、內險外健、己險彼健、皆訟之道也。九二與上无應，卦變自遯來，剛來居二、當下卦之中、有有孚而見窒、能懼而得中之象。上九過剛、居訟極、有終極其訟之象。九五剛健中正以居尊位、有大人之象。以剛乘險，以實履陷、有不利涉大川之象。故戒占者必有爭辯之事，而隨其所處爲吉凶也。

朱震乾，健也。坎，險也。兩者相敵，所以訟也。无險則无訟。无健則不能訟。此兩體言訟也。訟自遯來，九三擠於二陰之中，剛實有孚、信而見窒於人、不窒則无所事於訟矣。剛失位，見窒於二陰，能惕懼則免矣。離目、巽多白眼，故有孚，窒惕，中吉。剛過不反，終成訩必凶。九五大人，中正无所偏，故九二利見之。天下之難，未有不起於爭，聖人戒之不可成。漢唐之亂，小人爲險，君子疾甚、而國從亡。故不利涉大川，入于淵也。卦氣爲清明三月節，故太玄準之以爭。

項安世：訟以有實，故訟。无實而訟，情得必窮。故以有孚爲主。訟主九二在坎中，即坎有孚也。曲直未明故窒。勝負未分故惕。中止則吉。終成則凶。訟之情狀曲盡矣。利見大人，或不與之校；或和解；或心化；或辨明；皆訟者之利也。不利涉大川，涉險道利在同心，此豈相爭之時哉！又凡訟皆起於剛止於柔、初六、六三居剛而德柔、故終吉。九五全剛可訟、而居中履正、非好訟者，故元吉、上九以剛居柔，可以不克訟矣！居高用剛，不勝不已，此終訟之凶人也，亦不足敬。

李衡引陸：九二剛而得中，是以有信實；失位於險，是其窒止；壩爲心憂，是其懼；水性內明，是求中也。引胡人之所以興訟，必由中之信實於己而爲它人所窒塞，不得已而興訟，中道而止則可以獲吉。

梁　寅：凡訟者必有孚也然後有以信於上；必窒塞也，然後有以絕乎私；必畏惕也，然後有以禦其奸；必得中心然後有以勝其邪！訟有四者吉也。若无徒訟則凶矣。然聽訟者非陽剛中正之大人，雖孚而窒惕而中，亦安能伸其屈乎！見大人固利，然不顧義理，安能自免於罪！欲其戒慎未訟之先也。

吳　澄：訟，以言相爭辯，以二人言則上剛下險，以一人言則內險外健、所以爲訟。中實感人、猶窒塞未通，得乾健之中畫，故惕。中、時中、中半而止則吉。訟至終極則凶，勝亦凶況不勝乎！大人乾九五。二三四互離爲舟，利進不利退，訟主爻九二自三下來爲二，退舟所以不利也。

來知德：有孚者心誠實而不許僞也。窒塞能忍。戒懼畏刑罰。中和而不狠愎。人能此四者必不與人爭訟，所以吉也。可已不已，終訟則凶。利見九五大人決訟。不利涉大川者，不論事之淺深、冒險入淵興訟也。九二中實有孚象。一陽沉溺二陰間，窒象。坎加憂，惕象。二中象。九五居尊，大人之象。中爻巽木，下坎水，本可涉，三剛在上，陽實陰虛，遇巽風則舟危，不利涉之象。

王船山：凡勢位不相敵而負直以相亢，懷險以求伸則訟。乾往不與九二應，二不平與五相訟。有孚者，二五合志，以實心事之也。窒爲六三所間，自處憂危之中求陽而安之，惕中之吉也。五不我應，激而成訟，忠信反爲捍逆，以下訟上，凶矣！利見大人者，五本中正，不以二忤而終絕，見則疑忌消而志道仍合，所以利也。不利涉川者，健前行不恤險在後，上九之亢而不知退也。傳彖上剛激下險，上怙其健，訟之所以成也。

李光地：上剛下險，上以威猛齊民，下以詐僞應之。訟之源也。人無和合，隔絕乖爭，訟之成也。有孚而窒，則情直而事不伸，可以訟也。中懷憂懼，無好爭之心，乃可得吉。終訟雖有情實，亦必凶也。訟事必直於大人，不利涉大川者，涉以和濟，訟不和，有危陷之機，故涉不利。

毛奇齡：內險外健，所以訟也。訟多虛辭易逞，愍不知畏，是必孚以窒之，惕中以息之，而後訟不成，不至于凶。訟所自來中孚，一自无妄，大離近噬嗑，訟口善噬，今剛橫坎中是塞窒也。一自大過體大坎，憂勞，是惕中也。一自遯，三上剛不止，必致訟，易則不成是吉也。一坎居下大川壅成淵，不利涉焉，大人在上，可以訟乎！

李　塨：乾剛來居下坤中爲坎，有孚象，兩剛敵應，窒象，坎一陽陷二陰中，惕象。訟情辭爲人所窒。九五大人，訟以平故利，若持坎險，一遭風波將墮矣！漢焦延壽有一陰一陽自姤復說，仲氏易因之爲推易，朱子以爲非作易本旨。乃卦成後有此象，其言近是。

吳汝綸：有孚，言訟必有徵驗。窒馬鄭本作咥，覺悔貌。窒惕者，覺悔而懼也。中吉者，合乎中道則吉，即九五元吉也。

李富孫：釋文窒，馬作咥，讀爲躓，猶止也。鄭云咥，覺悔貌。案窒咥从至聲，義略同。毛傳咥，笑；鄭覺悔，蓋以笑若有覺悔之意也。

伊藤長胤：者爭辨取決于上，上剛下險，九二求決，九五決之者。窒，塞也。惕，恐懼也。訟者非君子之所好，不可恃理終窮其事，故終凶，九五剛中故利見大人，不可犯危難行事，故不利涉大川。訟求快足，或貽後悔。

薛嘉穎：凡訟興必有實情，因受誣枉窒塞故訟，然訟非美事，九二陷二陰故窒。終凶失中道也。使民無訟惟九五大人，上九終極於訟。苟不審時度勢將陷深淵之中，其占不利。

丁壽昌：釋文訟爭也，言之于公也。鄭云辨財曰訟。窒馬作咥，猶止也。鄭云咥覺兒。有孚窒，惕中吉爲句，本義从之。蘇蒿坪曰坎有孚，隱伏，加憂，淵象。離見象，巽木可以涉川，剛乘險有不利象，互巽爲入，故入淵。

曹爲霖：金谿陳氏曰訟之有孚而窒惕得中而吉者，以九二剛中也。如霍光奏昌邑王罪狀。不利涉大川若乾金臨坎水，陷于淵也。訟心者祥，訟人者殃。

馬通伯：語類云二正應五，五亦陽故窒。通書云情僞微曖，其變千狀，非中正明達不能治。李光地曰理明於素則爭心不生，慮周於先則爭端不起。其昶案，上炎上水潤下，本乎天者親上，違者不親，知天與水之爲訟矣。

劉次源：乾健坎險，健則欲勝人，險則欲陷人。 上恃剛陵下，下走險以相伺，險象成不悟， 危身破家，五中正明決上亢極，何可涉大川！欲人反觀內自訟其過于心也。

李　郁：爭奪生辭讓亡，九二化柔有孚，窒謂四絀，惕謂三信，四化柔不健，三變剛不險，訟何有！二五坎中爻故中吉，剛成終故終凶，大人九五故利見，上九不宜來三以入于險故不利涉大川也。

胡樸安：訟爭也，不親也。窒即相訟。惕中吉者，順聽敬之吉也。有孚窒而終凶。利見大人九五，不利涉大川也。

高　亨：孚罰也。窒止也，即有罰暫緩執行，能惕懼可暫免，不能終免，見大人則利，涉大川則不利

楊樹達：人物志釋爭篇，是故君子求勝，以推讓爲利銳，以自修爲棚櫓，戰勝而爭不形，敵服而怨不搆。險而訟，是柙兕而攖虎，怒而害人亦必矣，易曰險而健者訟。

于省吾：陸德明讀有孚窒，惕中吉。或讀作有孚，窒惕，中吉。並非。應讀作有孚窒惕。窒咥作至，惕通易，窒惕即至易。有孚至易，即有孚甚易也。

徐世大：敘俘奴，窒惕，屏息傷心，受審時俘奴態度，乃單方面之訟，求見大人是勝訴之一道，涉大

川爭吵屬不宜。

屈萬里：應至孚絕句。虞翻：「窒，塞也。」按从馬鄭並作至惕爲長，謂訟至而惕懼也。傳彖：「成亦終義。訟二即需五，自外轉于內，故曰來。傳象：謀始，謂慎其始也。天氣上騰，水性潤下，人情各走極端而訟，能慎始財免訟矣。

金景芳：訟也要有孚，沒有信，沒有實際力量，那不行，還打什麼官司。有孚受窒了才打官司，謹慎小心，找大人評理裁斷，要中途休止，勿打到底。

李鏡池：訟，爭訟、斗爭、談斗爭。有孚，獲得俘虜。窒借爲恎，懼也。卦辭主要說俘虜，防止逃跑。但終于逃跳了。戰俘成奴隸，逃跑是一種斗爭手段。「利見大人」屬附載。

傅隸樸：「無揑不成辭」訟首要有孚，次要窒。俗語「一代官司九代仇」第三要惕，得饒人處且饒人。君子不爲已甚，故第四條件是中。大人指九五，不利涉指上九。

黃慶萱：象遇到陷害而奮其剛烈，爭訟不和，雖有事實依據，但仍要恐懼警惕，官司打到底就不好了。利見公正的大人家，不適合涉水渡河。

林漢仕案：訟，經籍中訟有賚（責），公、爭、不親，誦說，讙譁，容，申理。尚書堯典「嚚訟、」釋文馬本作「嚚庸」。嚚，孔引左傳僖公二十四年云：「口不道忠信之言爲嚚。」易傳家以序卦首敘訟起於飲食，故从物生蒙穉，至需養而飲食而衆起，訟者爭食也。文明未生，弱肉强食之時無訟，蓋無制裁機構足以制之也。訟爲文明產物也明矣。是責、爭、公、誦訟，申理，不親，皆訟之直系親屬。强凌弱假訟，弱抗强，不平之鳴也。然社會秩序進入協商世界則爲无可疑者，人類生存進化之痕跡，假於理，弱肉不得强食矣，衆不得暴力寡矣！孔子作春秋，亂臣賊之所以懼者，訟之於社會大衆，訟之於歷史也。從爪牙決勝至方寸口舌間折衝，辯論，邏輯之學理則大明焉，訟之爲義大矣哉乎？序卦而后彖象乃解天水造成訟，非祇釋字義也，卦象卦德與焉。玆詳列易傳家釋說訟字如后：

彖：上剛下險，險而健，訟。

象：天與水違，行訟。

干寶：訟不親。

盧氏傳彖險而健者恆好爭訟。

孔穎達：凡訟者，物有不和，情相乖，爭而致其訟。

程頤：訟者與人爭辯而待決於人。

朱熹：訟，爭辯也。上剛制其下，下險伺其上，訟道也。

朱震：乾健，坎險，兩者相敵，所以訟也。无險則无訟，无健則不能訟，此兩體言訟也。

項安世：訟以有實，故訟。无實而訟，情得必窮。

李衡引胡：人之所以興訟，必由中之信實於己而爲它人所窒塞，不得已興訟。

吳澄：訟，以言相爭辯，以二人言，則上剛下險，以一人言，則內險外健，所以爲訟。

王船山：凡勢位不相敵而負直以相亢，懷險以求伸則訟。
李光地：上以威猛齊民，下以詐僞應之，訟之源也。人無和合，隔絕乖爭，訟之成也。
毛奇齡：訟多虛辭易逞。
伊籐長胤：訟者爭辯取決于上。
薛嘉穎：凡訟興必有實情，因受誣枉窒塞故訟。
丁壽昌：釋文訟，爭也。言之于公也。鄭云辨財曰訟。
馬通伯：上炎上，水潤下，本乎天者親上，違者不親，知天與水之訟矣。
劉次源：乾健欲勝人，坎險欲陷人，上恃剛凌下，下走險以相向，危身破家。
胡樸安：訟，爭也；不親也。窒即相訟。
屈萬里：人情各走極端而訟。
李鏡池：訟、爭訟、斗爭、談斗爭。
傅隸樸：無揑不成辭，訟首要有孚。
黃慶萱：象遇到陷害而奮其剛烈，爭訟不和。
　　不恃暴力而理之可伸，社會去茹毛飮血已遠，文明之可愛爲公衆肯定，是以申理、責，公、爭，不親，讙譁，原委在其中矣！傅隸樸以「無揑不成辭」認定訟之一造揑辭製造爭端，黃慶萱以遇陷害奮其剛烈，馬其昶引通書云「情僞微曖，其變千狀。」傅黃之說只得一體，於訟之形成千狀不能賅備也。季鏡池之訟爲斗爭。是時代環境產物也。蓋訟不平，協議得平，孔子之使無訟論，正乃以互助爲義之社會進程，桃花源記所塑造成之烏托邦世界，一部人類生存發展史，歷史進化之重心，正乃从協議和諧中以互助爲體也。不克訟之於理，其衝突或即其用乎！訟非斗爭也明矣！訟之源，起於私，私心一起，天理何價？墨者之去私，第五倫之滅私，皆著有我之境，佛要無我，就無執著，腹脝之去私殺子，第五倫之探侄病與未嘗視親子之病，皆著我字之執。殺人者死，鉅子執行家法而誅其子，欲以服衆也。與王莽誅其獨子用心何異？第五倫睜眼一夜，自承私心未滅！神無私心，神有私心，神亦以大法力爭訟更大之空間世界，人有私心。知識文化之興起，正是先哲用以治紛爭，降私心之共同法寶。訟結果得裁奪，理因辯而兩明，化不親爲親，不和爲和，情得以宣洩，殊途極端一變爲同其利害，「聽訟吾猶人也，必也使無訟乎！」非以威猛齊民，以德養民也，以禮齊民也。易大象謂天水違，行訟。天水違離，本風牛馬，何爲行訟？象以天剛，水險爲訟，盧氏傳明險而健者恆好爭訟。是下坎訟上乾也。朱熹故以上剛制下，下險伺上釋訟卦卦辭，易傳家多發揮其矛盾統一哲學。从六爻之中比應飛伏半象製造矛盾，李鏡池所謂斗爭，金景芳常謂其中有辯証法，沙少海謂本卦包括生產斗爭，階級斗爭，與貴族內部斗爭。卦辭吉、亦以世應、遊魂、旁通、互體、卦變言其所以吉。如本卦上剛下險，旁通則成上柔下乾卦矣！（按注謂離爲乾卦）是訟卦从卦象中說何以訟者。物有不和，爭辯待決，訟以有實，勢位不相敵負直者相抗求伸，上威下詐，多虛辭，乃所以致訟，乃从卦辭訟，覓之所以致訟之原因而立說。皆是也。物不平則鳴，亦鳴之而已；人不平則訟，訟必有是非曲直，是人爲之也。黨同伐異乃人性，故曲者伸直者曲，不得視爲公理，誣枉窒塞本乎人者親乎人也。訟之所以無已時。天下之膠擾所以無已時，斯世界之所以无寧日也。故聖人訟卦名后緊箸有孚、窒、惕、中吉、終凶也。有孚。荀爽謂陽居二孚于初。

虞翻：孚謂二。

孔正義以孚爲信實，

程傳以中實爲有孚之象。

蘇軾句讀爲「有孚窒。」乃初六信於九四、六三信於上九、九二窒之，故有孚窒。

朱子二上无應，卦自遯來，剛居二，當下卦之中，有有孚而見窒。

朱震：訟自遯來，九三搾於二陰之中，剛實有孚，剛失位見窒於二陰。

項安世：訟主九二在坎中，即坎有孚也。

李衡引陸：九二剛而得中，是以有信實。失位於險是窒。

梁寅謂訟者必有孚也，然後有以信於上。

來知德謂有孚者，必誠實而不許僞也。

王船山：有孚者，二五合志，以實心事之也。窒爲六三所間。

毛奇齡：訟所自來中孚，一无自妄，大離近噬嗑，訟口善噬，今剛横坎中，是塞窒也。

李塨謂乾剛來居下坤中爲坎，有孚象。兩剛敵應，窒象。坎一陽陷二陰中，惕象。

蘇蒿坪曰坎有孚。

李郁：九二化柔有孚，窒謂四紲，惕謂三信。

高亨：孚，罰也。窒，止也。

徐世大：孚爲俘奴。

李鏡池：有孚，獲得俘虜。

孚之通釋爲信，高亨爲罰，徐世大，李鏡池爲俘，而以孚信之說爲眾。而孚者本身有謂二孚初，二中實有孚，二坎中有孚，二五合志有孚，九二化柔有孚。有謂初六信九四，六三信上九，九二窒之。或二上无應，遯來居二，有孚見窒。遯三有孚，入訟失位，見窒二陰。爲覓象而勞心苦搜，謂自遯來（天山），自來中孚（風澤），自无妄（天雷），大離近噬嗑（火雷），訟口善噬，剛橫坎中爲窒。毛氏奇齡之說，可貞如彼序之回惑，迷罔！

訟之有孚，言任一方有誠信，則訟之孤掌難鳴矣！傳隸樸是言首要有孚也。孚之見窒，必盡力以決之，訟主與被訟主，洎乎聽訟者，導決宣洩得宜，窒者通矣。惕者以不窒爲心也，不以事端之起爲惕者，必以悔吝隨之。故訟者與聽訟者之解將結之結，必以毋窒爲惕也。中吉也者，訟不成，平安即福也。「中」乃過程，「終」亦言其過程堅持到底，一訟至終，悔吝生焉，故著一凶字。 利見大人，利見能排難解紛之大人，傳易者皆以九五爲大人也，蓋代表剛直，有其位，明足以察秋毫之末者也，非只能斷是非曲直，亦能於力於理信於女也。不利涉大川者，不利繼續行險也。訟克溝通則理明氣順，無睚眥之恨。如何溝通；利見大人，其訟已形，故以惕為先，惕無訟而窒礙通，中吉也。提升窒外不通之憾而終其訟，勝負皆凶，故明告之終凶。恨無以舒解，惟見大人一途，不在求勝訴，而在尋所以訟，窒不通之源。不利涉大川，不能不知彼亦不知己而涉險往訟，不利，言往則凶也。涉大川者盲目賭運氣，蔽於不知險而涉險也，愍之故示之機先，此訟卦之所以多吉也。

## 初六，不永所事，小有言，終吉。

象曰：不永所事，訟不可長也。雖小有言，其辯明也。

虞翻：永，長也。坤為事，初失位而為訟始，故不永所事也。小有言謂初四，易位成震言，三食舊德，震象半見，故小有言，初變得正，故終吉也。

盧氏傳象：初欲應四而二據之，蹔爭事不至永，雖有小訟，訟必辯明，故終吉。

王弼：處訟之始，訟不可終，故不永所事，然後乃吉。凡陽唱陰和，陰非先唱者也。四召而應，見犯乃訟。處訟之始，不為訟先，雖不能不訟，而了訟必辯明矣。

孔穎達：永，長也，不可長久為鬥訟之事。初六應九四，九四陽先來非理犯己，初六見犯乃訟。雖不能不訟，是不獲已而訟也，故小有言。處訟始不為訟先，故終吉。又云：始入訟境，訟事尚微。陰柔待唱乃和，故云不為訟先。

程頤：六以柔弱居下，不能終極其訟者，故於訟初因六才爲之戒，曰若不長永其事，則雖小有言，終得吉也。蓋訟非可長之事，以陰柔之才而訟於下，難以吉矣！以上有應援而能不永其事，故雖小有言，終得吉也。有言，災之小者，不永其事而不至於凶，乃訟之吉也。

蘇軾：九二處二陰之間，欲兼有之，初不予而强爭焉。初六有應於四，不永事二而之四。以爲從强求之二，不若從有應之四也。二雖有言，而其辨則明故終吉。

朱熹陰柔居下，不能終訟。

朱震：初與四應，九二間之，此初六所以訟也。訟事險者，不永所事，以訟不可長也。永其訟者，未有不及禍者也。兌爲言，陰爲小，小有言也。四剛初柔，各得其正，其辯易明，故終吉。初以四爲終也。

項安世：終吉者時之終，初不撓，終无他也。在訟爲不終，在人爲有終也。又初六爲四所訟，始以居剛，雖與之辯，終以性柔不敢力爭，故不永所事，小有言，終吉。

李衡引盧氏：初欲應四而二據之。引陸初與四俱失位相應故小有言。引牧：初雖應四而體相違，故訟。四以剛處柔，能變其志而不成訟，故得中吉。引石訟者持剛壯務勝、九二、九四、上九以剛壯訟九五、初六、六三。

梁寅：柔居訟之初，必不終其訟也，故曰不永所事。柔居險之下，必不極其險，故日小有言。訟而如是則終吉矣。

吳　澄：柔弱居下示能終訟，邵子所謂意象。始雖有言語之傷，至終則吉也。

來知德：不能永終其訟事也。但小有言辯白而已！變兌為口舌，應爻乾為言，居初故小，終吉，得辨明也。又初六才柔位下，不永其訟，在我不免小有言辯，然溫柔能釋人之忿怨，得辯明而占得吉也。

王船山：所事，訟事也。永，長也。初六與坎為體，二訟，不能不與其事，柔居事外，固無爭心，雖小有言，恆欲退息，與四相應，歸於和好，故終得吉。

李光地：惟九五居尊中正取聽訟為義，餘爻皆取訟義。初謀始者也，雖小有言語爭訟，不長永以消釋，必得終吉也。傳象：古人無辨止謗之言諒矣。

毛奇齡：初作訟人，少不更事者。初本中孚之兌，兌為說，烏能無言！互離在前，一辨即明。六爻自九五外皆訟人，然皆曰吉，終吉，豈非以不終故耶！

李塨：才柔位下，訟事原不可長，故雖變兌而小有言，然互離一辯即明矣！

吳汝綸：訟不欲剛而欲柔，初六以不永所事而終吉。柔貴也。

伊藤長胤：有言，以言而辨也。陰柔居下而訟上，事雖直而不可長永其事求全勝以致悔，不可不戒焉

薛嘉穎：初為九四陽剛所陵，不獲已而訟，但居柔下非終好為訟者，不過小有言卒得伸其直焉，訟止故吉。

丁壽昌：四非與初六為援者，陰在下四不克訟。蘇蒿坪坎水永象，兌川壅澤故不永所事，變兌小有

言，兌決辯明象。

曹爲霖：漢劉寬不與失牛者爭，有頃送還叩謝，所謂小有言，其辨明也。詩召南行露，易噬嗑，教聽訟也。

馬通伯：張浚曰互離在前，離明。胡一桂曰小有言以初動成兌，其祖案初失位，變故不永所事。

劉次源：以陰弱難持久，不永所事。終吉者不訟何敗也。

李　郁：不久訟故曰不永，柔爲小，初失位，變兌小有言，終化爲剛故終吉。

胡樸安：爭奪飲食之訟，其事不永。辨明而吉也。

高　亨：所事未久而中輟，將小受訶譴而終吉。言當作咅，訶譴也。

楊樹達：後漢書梁節王暢傳：和帝詔報暢，今王深思悔禍，一日克己復禮天下歸仁，易不云乎，「小有言，終吉。」

徐世大：初爻較小型爭訟，此時如有調人，可言歸於好，故稱終吉。

屈萬里：事謂訟事，傳象，長，永也。

金景芳：不永所事，官司不往下打，可能有一點小傷害，但終是吉的。

李鏡池：做事不能堅持長久，有頭无尾，省主詞，實指貴族，諱言之，故省。言，借爲愆，罪也。貴族腐敗，犯了小罪，後來終歸沒事。

傅隸樸：初六位卑力弱，我不犯人，人卻犯我，以不延長訟事，不纏訟稍作答辯就算了。

黃慶萱：初位陰，不要延長訴訟，雖小有不當，但是結果是好的。

林漢仕案不永所事，所事者何？請聞先賢析說：

小象以不永所事爲訟事，故謂訟不可長。

虞翻謂永，長也。坤爲事。所以不永所事者爲初失位而爲訟始。

盧氏謂初應四，二據之，蹔爭事不至永。

王弼：訟不可終，故不永所事。

孔穎達：不可長久爲門訟之事。九四非理犯己也。

程頤：訟非可長之事，六以柔弱居下，不能終其訟者。

蘇軾：九二欲兼初，初四有應，不永事二，从有應之四也。

朱熹：陰柔居下，不能終訟。

朱震：訟不可長也。永其訟者，未有不及禍者也。

項安世：初六爲四所訟，性柔不敢力爭，故不永所事。

李衡引牧：初雖應四而體相違，故訟。四以剛處柔，能變其志而不成訟。

梁寅：柔居訟初，必不終其訟，故曰不永所事。

吳澄：柔弱居下，不能終訟。邵子所謂意象。

來知德：初六才柔位下，不能永終其訟事也。

王夫之：所事，訟事。永，長也。初六體坎，柔居事外，固無爭心。
李光地：初，謀始者也，雖小有言語爭訟，不長永以消釋。
毛奇齡：初作訟人，少不更事者。
吳汝綸：訟不欲剛而欲柔，故初六不永所事而終吉。
伊藤長胤：有言，以言而辨也。柔下訟上，雖直，不可長永其事求全勝致悔。
薛嘉穎：初爲四剛所陵，不獲已而訟。小有言伸其直而訟止。
馬通伯：初失位，變故不永所事。
胡樸安：爭奪飲食之訟，其事不永。
高亨：所事未久而中輟。
金景芳：官司不往不打。
李鏡池：做事不能堅持長久，有頭无尾。
傅隸樸：位卑力弱，我不犯人，人卻犯我，不纏訟。
黃慶萱：初位陰，不要延長訴訟。
从以卜述說中，所謂事，乃：
　訟事。（鬥訟之事，猶今云打官司）
　坤爲事

言語爭訟（類口角，鬥嘴）
做事。（所事未久而中輟）

爲何訟？胡樸安云爭奪飲食；訟二阻初四應；訟四非理犯己；四訟初；初爲四所陵，不獲已而訟。永？爲何不永？

不永爲不長，故謂永爲不長也。原因爲初陰失位，蹔爭；初六柔弱居下；永其訟者未有不及禍；四以剛處柔，能變其志而不成訟；初六坎體，柔居事外，固無爭心；飲食訟其事不永；所事未久而中輟；做事不能堅持長久有頭无尾；位卑力弱，不纏訟。彙而言之：

初六陰柔失位，卑弱，只能蹔爭，因無爭心。
飲食之爭，其事不永。
明訟久未有不及禍者。
四以剛處柔，變其志不訟。
做事不能長久，中輟，有頭无尾。

虞翻「坤爲事」最爲無理，爲覓象而从說卦中湊合，如此而象其象矣，猶之今人言「事後有先見之明。」「馬後砲也」。如此因事造象，豈眞觀象玩解，觀變玩占？虞翻之坤爲事，見說卦逸象，而其注爲「發於事業。」初六不永所事，似不當言初六不能長久發展事業！再所謂坤，二變成坤耶？抑衹初爻爲六即謂坤？下卦明明著坎也。以一爻代全體，固然乾坤六子屬一體，然則可否謂孔德成侍奉官即代表孔子其人？孔德成乃孔子裔孫，孔德成與孔子各有其成就，時代空間各有所歸，無嫌籠統附會邪？是以不永所事，宜以訟初其位言，無論四訟初，二據初，初訟四，初宜剛而今柔，是無膽無量者，未必明於訟不可長，勝負皆凶之理。是初之不訟，質柔，外弱心强，處不爭之爭，然无老子水德。坎水乃下三爻半象，居初，似之矣，老子水德處柔處下，攻堅莫勝於水，初無是焉，然天下之理往往因柔因下而獲福，柔勝剛克剛聖者已先得我心，老氏以下全民已獲共識矣，苟能行之，雖無大福，然我知必非「死之徒」也！初之退讓，不以所事—訟—爲事，「小有言」固必然之也！然則小有言也者，傳易先賢如何發揮？且亦敘說如下：

虞翻：小有言謂初四易位成震，震象半見故小有言。

盧氏：小有訟。

孔穎達：初之見犯乃訟，是不獲已而訟也，故小有言。

程頤：有言，災之小者。

蘇軾：不永事二而之四，二雖有言，辨明故終吉。

朱震：兌爲言，陰爲小，小有言也。

李衡引陸：初與四俱失位而相應，故小有言。

梁寅：柔居險之下，必不極其險，故曰小有言。

吳澄：雖有言語之傷。

來知德：變兌爲口舌，應爻乾爲言，居初故小。在我不免小有言辯。

李光地：雖小有言語爭訟。

毛奇齡：初，小不更事，初本中孚之兌，兌爲說，烏能無言。

薛嘉穎：小有言，卒得伸其直焉。

曹爲霖：漢劉寬不與失牛者爭，有頃送還叩謝，所謂小有言也。

李郁：柔爲小，變兌小有言。

高亨：小受訶譴。言當作諐，訶譴也。

金景芳：可能有一點小傷害。

李鏡池：言借爲愆，罪也。貴族犯了小罪。

傅隸樸：稍作答辯。

黃慶萱：雖小有不當。

易象隨心轉，故人見人殊，無所謂是，也無所謂非，爻卦文字，目標也。半象，爻辰，航道也，航道可以萬變，殊途而同歸，目標不變也。震爲言，爲講論，孟氏之逸象。虞翻氏未察兌說亦可以爲言，其原文「爲口舌」，口舌非言乎？初四易，或僅初變，下卦成兌，來知德即不許虞翻氏之半象，而以變兌爲口舌。又因孟氏逸象乾爲言，爲信，故來氏明知兌已爲口舌矣，又不欲遺說卦逸象現存之象，於是乎來氏象中更著一象「應爻乾爲言」，較朱震氏又略盡一分覓象之能事矣。王弼之欲掃象數，吾於是乎知之矣，屈萬里氏稱美王氏「矯象收之謬悠，粹然歸宗於易傳，不可謂非人傑也。王氏掃象數之妖氣，一歸於十翼及先秦易家之平實，功不可沒。」孔穎達謂「輔嗣之注，獨冠古今。」其發皆有的也。王氏之一把大掃把，掃不完象數所謂妖氣，孔穎達之謂江南義疏，辭尙虛玄，義多浮誕，背本違注，然而本書仍引虞翻朱震以下以象數著述者，蓋以比較而知其枉，亦可謂彰先人雖枉於理，而著述之勤，自信之篤，比較之餘可增一唏噓也，毛氏奇齡妄中尤枉於象數，尤迷貿後人讀彼仲氏易也。「小有言」，毛奇齡之謂初六作訟人，少不更事者。釋一小字。初本中孚之兌，兌爲說，烏能無言？按說者悅也，悅未必需乎言！虞氏易以象數釋卦爻辭屈萬里氏詳爲：「縱能圓通，已非其旨，況支離謬悠，至於此極哉！」王弼掃象，范寧斥之「罪浮桀紂」。然漢末支離之易學，如王氏言，「互體不足，遂及卦變，變又不足，推致五行，一失其原，乃愈彌甚，縱復或值，而義無所取」。朱熹亦謂「漢儒創互體、變卦、五行、納甲、飛伏之法、參求偶合。然上無所關義理之本原，下無所資於人事之訓誡，又何必苦心極力，以求於此而欲必得之哉。」象數繁瑣可以休矣！王氏摧陷廓清之功，程頤之說理易傳，比王氏尤精，易由漢學入帶玄之哲學，再入以主敬爲主之宋儒學。本書均兼容並蓄，不詆漢學，亦不偏好宋學，然漢學之世應，歸魂繁瑣，虞創半象之用，朱漢上尙譏其牽合，前人已有駁詰，知彼之解易雖出曲解，附會，然其耗心費力，蒐整古籍，未嘗不有可視爲解迷之一法也。讀書不認眞妄則不知書中眞味，及其精神所在。前人仍以漢學傳易，至少尤勝今人僅於八卦，電腦二進位附會六十四卦組成原理，天文星象說易，科學易，五行易，之有理論依據，蓋彼卦爻辭均有妥善歸宿也。

言歸正傳，小有言，約有九說：

小有訟。

有、言災之小者。

兌爲言，陰爲小。（柔爲小）

初四失位相應，故小有言。

言語之傷。言語爭訟。（一點小傷害）

小受訶責。

言、罪也，貴族犯了小罪。

稍作答辯。

雖小有不當。

上九說中，虞氏震半象者不在其中。上九說中以陰爲小，「有言」及針對上文「不永所事」之發言。

訟初之不永所事之訟，於己於人，未嘗說皆無怨言，甘心彼主我奴。甘地之不抵抗主義，强者必怒於言，弱者必怒於色矣！小爲陰小，小人，眼光短淺，一憤亡身亦不惜者，彼不知我也。有小批評，小指責，小不滿，終因息訟寧人大計，得因訟而溝通，不永所從事之訟說公有理，陰小知短識小，雖有所不滿，然大原則謂終吉也。雙拳不打笑臉人，是訟初六終獲吉也夫！

**九二，不克訟，歸而逋其邑，人三百戶，无眚。**

象曰：不克訟，歸逋，竄也。自下訟上，患至掇也。

虞翻：謂與四訟，坎爲隱伏，故逋乾位，剛在上，坎濡失正，故不克也。眚，災也。坎爲眚。謂二變應五，乾爲百坤爲戶，三爻故三百戶，坎化爲坤故无眚。

荀爽傳象：三不克訟，故逋而歸。坤稱邑。二者邑中之陽人。逋逃也，謂逃失邑中之陽人。又云：下與上爭，即取患害。无眚，二者下體之君，君不爭則百姓无害也。

王弼：以剛處訟，不能下物，自下訟上，宜其不克也。若能以懼歸竄其邑，乃可以免災。邑過三百，非爲竄也。竄而據强，災未免也。

正義：克，勝也。自下訟上，與五相敵，言訟不得勝也。逋竄其邑。强大，則大都偶國，非逋竄之道。若狹小三百戶乃可也。三百戶者，一成之地也。苟不敢與五相敵，則无眚災也。

程傳：二五兩剛不相與，相訟者也。九二自外來，以剛處險，爲訟主。五以中正處君，其可敵乎！是爲義不克也。若能歸而逋避，以寡約自處，則得无過眚也。三百戶，邑之至小者。若處强大，是猶競也、能无眚乎！眚，過也。處不當也，與知惡而爲有分。

蘇軾：初六，六三本非九二之所當有也。二以其近而强有之，以爲邑人力征而心不服，我克則來，不克遂往，以我卜也。故九二不克訟而歸，初六，六三皆棄而違之，失衆知懼，猶可少安，故无眚災。逋其邑人者猶曰亡其邑人三百戶云爾。

朱熹：九二陽剛，爲險之主，本欲訟者，然以剛居柔得下之中，而上應九五，陽剛居尊，勢不可敵。邑人三百戶，邑之小者，言自處卑約，以免災患。

朱震：二五本相應，兩剛不相下，二所以訟五也。五君，其德中正，訟不可也，況訟君乎！不克，義不克也。故逋竄，其邑人三百戶得以无眚也。坎爲隱伏，坤爲衆，坎動入於衆中，竄也。自下訟上，於勢爲逆，於義爲非，禍患至於逋竄，自取之。二在大夫位爲邑，三爻坎，內爲眚，二動去位則无眚。三百戶舉其全數也。

項安世：逋與渝皆指變象言之，遯九三來居二成訟、二復歸遯則訟息，故不謂之渝而謂之逋。逋即遯也。三百戶指下三爻。震九四在坎中，亦稱百里。二遯則下三爻皆不成坎。一家好訟，百家受害。言三百戶无眚，見安者之衆也。此即卦辭所謂有孚，窒惕，中吉。有孚是以訟，窒不克，惕是以歸逋竄，中吉是以能保其邑戶而无眚。此爻以逋明遯，所以發凡例使人知六十四卦皆復姤十二卦所變也。

李衡引王昭素：邑小人，少取，退避之義，不然即掇患於己。引注：三百戶一成之地，下大夫之制。掇，猶拾也。

梁　寅：九二與五爲敵，五乾體中正，勢不敵，以下訟上，義不勝。故不克訟。二亦剛中，知理勢不敵而遜避，故歸而逋。邑人三百戶，其所自有者也。坎一君二民，恃險健欲爭奪，理勢不敵，故退而安處其邑，雖地狹民寡，可終无眚。世之不能度德量力，貪以取敗者觀此可戒矣。

吳　澄：二五訟，五剛中正居尊位，非可勝者。九二變剛爲柔以避五，還爲遯之六二，故曰歸而逋。二變成坤，爲邑。二爲人。坤三耦爲三百戶。眚過尤也，處弱避强，邑小民寡，所以无眚。

來知德：克勝也。下訟上不克而還。歸逋逃避也。坎隱伏，逋象。易中言邑國者皆坤土也。中爻坎錯離，三百之象，言其邑小也。不敢與五爲敵，方可免眚。需訟相綜，曰來曰歸皆有所本，坎眚變坤則无眚矣。又九二剛爲險主，然以剛居柔、知理不當訟、上應九五、知勢不可訟。又羑里之囚，不辨不爭，而曰聖明，內文明外柔順也。

王船山：不克，不勝也。歸而逋，退處二陰之間自匿也。邑人，謂初與三。三百戶，盡其邑之人也。災自外至曰眚。九二挾德訟上，賴九五中正，曲諒其有孚之實而恕其悍，不加刑使保其封邑，罪不及初三，皆得无眚。蓋訟不勝，枝蔓傍生，且有意外之禍。

李光地：爲訟主，然有中德，九五非敵，故能度理而不克訟，且退避之，甚至逋焉，人能如此，所居亦化，其邑人皆无災眚，蓋退讓成俗也。

毛奇齡：二剛爻居坎險之中，健而險，得位，訟主固，但三剛在前，何能訟勝？不勝而逃，至破家產然無大災者，不終也。下二坤即邑，三百戶合三爻言，逃亡負物曰逋，眚，災也，坎爲眚。二剛中出險，故无眚。

李塨：五剛在上，何能訟勝？幸剛中能出險。逋，遯也。坤爲邑，坎本坤，三百戶通邑戶也。一人好訟，一邑受害，三百戶无眚，息訟安眾也。坎爲眚。

吳汝綸：訟非美事，故陽爻皆主爻變爲義。唯九五以中道得吉。剛變柔則不爭矣。歸而逋者，變爲陰。下三爻有三百戶之象，是以无眚。

李富孫：釋文掇，鄭本惙，云憂也。案形似，疏引王肅云若手掇拾物然，不如鄭義長。

伊籐長胤：逋，逃竄。三百戶，封邑之小者。眚，過也。九二剛中有直理，然上下之勢不可抗衡。不免逃竄，唯當知不敵而避之，故邑人三百戶無眚。

薛嘉穎：二剛險訟之主，與五不相得者也。然二居柔守中，自知勢不敵五，訟必不勝。竄伏於至小之邑。二變坤爲邑。

丁壽昌：眚，妖祥。（子夏傳）災也。（馬云）過也。（鄭云）釋文以逋絕句，王注邑爲句。鄭玄云小國下大夫采，地方一成，定稅三百家。蘇蒿坪：竄患皆坎象，變互艮有掇象。

曹爲霖：誠齋傳曰九二興訟主，恃其剛訟上九，九四，以寡訟眾，以下訟上，不勝宜矣！能幡然改退歸其邑逋焉，庶無刑戮之眚，不然掇禍無日矣！子玉剛而無禮，陽處父剛而犯怨，所以不危也。

馬通伯：胡一桂曰，邑本坤象，三爻三百戶。惠士奇曰春秋孫林父乃臣與君爭而勝，季札曰必加戮，下訟上也。沈夢蘭曰國語卅家爲邑。李國松曰竄也爲句、二之歸逋由五竄之也。下訟上之患如此，邑人无眚，明罪不連坐也。

劉次源：剛而惕中，訟以不克，五陽不可敵，坎隱伏，歸逋匿，變坤爲邑，戶三百无眚者，免株及也

李郁：二訴主，遇九五訟敗，故不克。二返三成遯，外卦三陽，三百戶，二逋訟息，災可解故无眚

胡樸安：爲團體之訟，不勝而逋逃，邑人三百戶勿連坐也。

高亨：古代蓋有大夫受封邑而虐其人，邑人訴王所，其主敗訴，邑被奪，將獲罪，乃歸逃，其邑人遂免於災虐。

徐世大：此爲有爵邑者之訟事，无災，言僅易主而已！

屈萬里：逋，竄逃也。眚，馬融曰「災也。」十室爲小邑，則百戶大邑也。謂其邑人如有三百戶之眾，則逃歸可無災眚也。傳象掇，說文「拾取」。釋文玄：「惙，憂也。」按同聲致訛，作掇乃與自下訟上句應。

金景芳：二五二剛不相與而相訟，九二外來處險，九五中正處君位，官司不能打，九二只好逃，它一跑掉，它的邑人三百戶便无眚，不受九二連累了。

李鏡池：克，勝。逋，逃亡。眚，災禍。貴族爭訟失敗了，回到采邑，奴隸逃跑了三百戶，大概跑光了。但只是逃亡，不是暴動，所以說不至造成災禍。

黃慶萱：陽居二位，自己立場不正，不可興訟。回到下卦隱伏，因爲能不爭，所以使三百戶人家連帶躲過了災禍。

林漢仕案：不克訟，孰不克訟？象稱自下訟上。虞翻謂與四訟，剛在上，坎濡失正，故不克也。荀爽傳象謂三不克訟。王弼云以剛處訟，不能下物，下訟上，宜其不克。正義稱與五相敵，言訟不得勝

也。程頤亦謂二五兩剛不相與，相訟者也。九二外來訟主，九五中正處君，義不克也。蘇軾謂二強有初與三，九二不克訟，初與三皆棄而違之。朱熹：九二陽剛訟主，上應九五，勢不可敵。朱震：二于本相應，兩剛不相下，二所以訟五。不克，義不克也。梁寅：九二與五為敵，五乾中正，勢不敵，下訟上，義不勝。來知德：九三剛為險主，以剛居柔，知理不當訟，上應九五，知勢不當訟。王船山：九二挾德訟上，九五曲諒其孚之實而恕其悍。李光地：九二訟主，有中德，度理不克訟，且退避之。毛奇齡：二剛居險中，健而險，得位，訟主固，三剛在前，何能訟勝？李塨：五剛在上，何能訟勝？伊籐長胤：九二剛中有直理，然上下之勢不可抗衡。曹為霖：九二訟主，恃剛訟上九，九四，以寡訟眾，以下訟上，不勝宜矣。馬通伯引惠士奇曰：春秋孫林父與君爭而勝，季札曰必加戮，下訟上也。李郁：二訴主，遇九五訟敗，故不克。胡樸安以為團體之訟，不勝而逃。高亨稱古代蓋有大夫受封地虐其人，邑人訴王所，其主敗訴，邑被奪。李鏡池：貴族爭訟失敗了，回到采地。

傅隸樸：二與五訟，二失位，五中正，二逃歸本邑。僅三百戶不足為亂。

象稱自下訟上，掀開訟之旅程：

虞翻謂與四訟。

荀爽謂三不克訟。

正義稱與五相敵。

蘇軾云九二與初六，六三訟，初三棄而違之。
毛奇齡謂二與三剛訟。
曹爲霖謂九二與上九，九四訟。
胡樸安以爲團體之訟。
高亨稱大夫封地虐人民，民訴於王所，大夫采邑被奪。
李鏡池云貴族爭訟失敗了，貴族回到采地。
一九二耳，其與全卦爲敵，有是哉！於全卦各爻爲敵猶未足，另生團體之訟，封邑小民訟其主，貴族爭訟失敗，自回采地。
象之籠統有其籠統美，作象傳者其時代早於漢以后之一切易經傳注，故其言能得衆心戚戚焉而興起共鳴，讀彼「自下訟上，患至掇也。」虞翻以下訟上，單挑四。正義單挑五，程傳以下大家多從正義矣。毛奇齡猶未足九二與九五訟，謂二抗上三陽。曹爲霖以爲九五君，不可訟，又不違象之「下訟上」，故謂二與上九，九四訟，避開九五君也。
以上九二無論單挑九四，或九五，或抗上三陽九四九五上九、抗上九，九四，九二扮演輸家，得歸竄其邑。蘇軾不以象傳爲然，自闢蹊徑謂九二與初六，六三訟者，亦以九二爲不克訟，皆以爻辭相吻，雖然蘇軾違背「下訟上」之理路，以初，三棄二而違之，然二仍爲輸家也。惟荀爽前輩獨樹一幟，謂不克訟者三也，二乃不體之君。高亨之下訴上，李鏡池之大夫互訟，其一失敗回采地，雖不失小象之言而高亨所謂下，又離九二爻文外，另生初民之訟二於五矣，五沒收二采邑，是下勝利矣，爲人下者揚眉吐氣，對爲人上者固有戒損恐懼，亦合易爲君子謀。然孔穎達，程子，朱熹各大家皆主二五訟而戒爲人下者之當守分也。下不與上鬥乃不爭事實。不得以特例下訟上而勝之者爲說也，蓋其勝算有不一耳，九二非小人也，故亦不失仍爲君子謀。

下文歸逋其邑，人三百戶，无眚。何謂也？

象：逋竄。荀爽：逋逃。王弼：歸竄其邑，可以免災。

正義：二歸竄其邑，一成之地。程傳：歸而逋避，寡約自處則无過。眚，過也。蘇軾：逋其邑者亡其邑人三百戶云爾。朱子：三百戶邑之小者，自處卑約，以免災患。項安世：逋與渝皆指變象言，逋即遯，二歸遯則訟息。李衡：三百戶一成之地，下大夫之制。梁寅謂遜避爲歸而逋。來知德：歸逋逃避也。王夫之：二退處二陰間自匿。邑人謂初與三。毛奇齡：逃亡負物曰逋。李塨：逋遯，三百戶，通邑戶也。吳汝綸：歸而逋者變陰，下三爻三百戶之象。薛嘉穎：竄伏至小邑。曹爲霖：幡然改退、歸其吧逋焉，庶無刑戮之眚。馬通伯引：國語三十家爲邑。五竄二。劉次源：歸逋匿，三百戶免株及。李郁：二返三成遯，外三陽三百戶。胡樸安：不勝逋逃，邑人勿連坐也。高亨：邑主敗訟，邑被奪，大夫逃，邑人免災虐。 屈萬里：十室爲小邑，百戶爲大邑，謂其邑人如有三百戶之眾，逃歸可無災眚。金景芳：九二跑掉，邑人三百戶不受連累。傅隸樸：二逃歸本邑，僅三百戶不足爲亂。李鏡池：貴族爭訟失敗了，如隸跑了三百戶，大概跑光了。只是逃亡，不是暴動，故不至造成災禍。黃慶萱：回到下卦隱伏，因不爭，三百戶人家躲過災禍。

本文句讀，釋文洎馬通伯引李國松以逋爲句，王弼注以邑爲句。前者句法爲「不克訟，歸而逋，其邑人三百戶，无眚。」後者爲「不克訟，歸而逋其邑，人三百戶，无眚」本書句讀乃取後者王注也。逋意爲竄、逃、變象、遯、避、幡然改退，跑掉，隱伏，從象之二三易位，天山遯，而至釋逋爲遯，下卦坎而取坎象爲隱伏，二之不克訟，遯，隱伏，竄逃矣！然下文接「逋其邑」。又見異說矣！有云一成之地。下大夫之制。初與三爲陰，邑人。三十家爲邑。十里爲小邑，百戶爲大邑。然則三百戶，大邑數三也。然而蘇軾云亡其邑人三百戶云爾。朱子三百戶，邑之小者。毛奇齡謂三百戶爲通邑戶也。吳汝綸以下三爻爲三百戶。李郁以外三陽爲三百戶。馬通佰謂三十家爲邑。屈萬里十室爲小邑，百戶爲大邑。李鏡池以三百戶爲奴隸大逃亡。由不克訟而无眚，孰爲訟者有九說，而以二與五訟較爲允當，故謂九二歸竄其邑，其封地三百戶人家毋須連坐。其說似不能圓融無疵，讀者諸君從上文約略析說中，仍有容您大作文章演繹歸納之餘地也。

**六三，食舊德，貞厲，終吉。或從王事，无成。**

象曰：食舊德，從上吉也。

虞翻：乾爲舊德，食謂初四，二已變之正，三動得位，体噬嗑食，四變食乾，故食舊德。三變在坎正危，貞厲，得位終吉。乾爲王，二變否，坤爲事，故或從王事。道无成而代有終，故曰无成，坤三同義也。

侯果傳象：雖失其位，專心應上，故能保全舊恩德者也。處二剛間而皆近不相得，乘二負四，正之危也。剛不能侵，故終吉也。

王弼：体夫柔弱以順於上，不爲九二自下訟上，不見侵奪，保全貞有，故得食其舊德而不失也。居爭訟之時，處兩剛之間，而皆近不相得，故日貞厲。柔体不爭，繫應在上，衆莫能傾，故曰終吉。上壯爭勝，難可忤也，故或從王事，不敢成也。

正義：六三以陰柔順從上九，不爲上九侵奪，故保全已文所有。貞，正也；厲，危也，居爭訟之時，處兩剛之間，須貞正自危厲。六三柔体應上，衆莫能傾。六三无敢觸忤，无敢先成，故云无成。

程傳：三應上，然質本陰柔處險，介二剛間，危懼，非爲訟者也。祿者稱德受食，舊德謂處其素分，貞謂堅固自守，厲終吉謂能佑危懼則終獲吉也。守素分而无求則不訟矣，處危謂在險，承乘皆剛，與居訟之時。又柔從剛，三从上，故日或从王事。无作謂從上而成不在己。初三非能訟者也，二爻皆以陰柔不終而得吉。四亦以不克渝得吉，訟以能正爲善也。

蘇軾：六三與上九應，二，四欲得之而强施德焉。六三應上九，天命所當有，非爲有德之我，二，四之德不能奪矣！食者食而亡之，不報之謂也，猶言食言云爾。與二陽近而不報其德，故厲！而後吉者，有討於舊，從之可，成之過矣。

朱熹：食猶食邑之食，言所享也。六三陰柔非能訟者，故守舊居正，雖危而終吉，然或出於從上之事，則亦必无成功，占者守常而不出則善也。

朱震：上九陽極而老舊也。三之上成兌，爲口食，食舊德也。食舊德者，食其素分，猶言不失舊物也。古者分田制祿，公師以下必有圭田，以德而食，其來舊矣。六三從上而四間之，宜有訟，然三柔而明，柔則不能訟，明則知不可訟，是以上而食舊德。六三介九二、九四兩剛之間而失位，厲也。往从上九則上屈其剛就之，無所事訟，得位而食，終吉也。易傳曰：訟者剛健之事，故初則不永，三則從上，二爻皆以處柔不終而得吉。訟以能止爲善也。

項安世：初與三皆有正應，在訟時相應乃相訟也。六三爲上所訟，上終訟之人也，不可與辯，三貞守舊德而不敢動，猶懼其見危也。或不幸與爭王事，則明其事理而讓其成功，以存从上之禮，庶可吉也。又六三之舊德，坤也。中爻動成坎，初六、六三皆舊爻。曰貞，或从王事，无成，皆六三之舊辭，故聖人引之以實其義，所以發凡起例，使知三百八十四爻皆乾坤之舊也。又六三之无成，進不敢居其前，退不敢從其後，終始皆无矣。此其所以貞厲也歟！

李衡引牧：雖失其位，專心應上，故能保全舊恩，食舊德也。處二剛之間，近不相得，乘二負四，正之危也，剛不能侵，故終吉。

梁寅：三陰柔應上九剛健，陰順不與抗，故三不能訟，唯食其舊德而已！食舊德者，守舊安常之謂也。恃之以正固，處之以危厲，方得終吉，不正不固，己雖不訟，强故奪之矣。若夫從王事，非陰柔之所能，莫若守其常分而已！

吳澄：五四三兌之倒体，口向內而食也。六三食於上九，舊謂素常，德謂所得之食，上九食人，六三食於人，三從上乃得食也。

來知德：德乃其人之惡德，舊日懷恨不平，藏畜胸中，必欲報復，所以訟也。食者呑聲不言。中爻巽綜兌口，食象。王事，國家敵國忿爭之事。變巽不果，或象。中爻離日，王象。應爻乾亦王象。无成者不能成功也。如宋之與虜，柔極稱臣，安得有成！

王夫之：食舊德，謂保其封邑也。六三不從九二，上從乾，災害不及。與二爲坎体，必爲二所不滿，守正亦危。然二逋竄，五正位，是以終吉。或思出而從王，內爲二所掣，外遇上九之亢，處嫌疑之際，可自安而不可圖功之象也。

李光地：六三柔質，當進退之交，處凶危之地，故發爲占戒。言人安分守正，雖危終吉。或不得已從王事，不可居功，退讓，不爭之道也。

毛奇齡：由初祇訟黨耳，由上雖亦訟黨而我應。且能以乾剛據高位，是我所自來處，即舊德。食，噬沒，蝕同又吐而復呑曰食，悉以敗創毀蝕爲義。三忘舊德與上讎訐，此又一訟也。三巽順，貞以固守，厲以惕中，改從上則吉。成則有終，終王事者終此訟也。初爲始，三爲終，但當愼始，不當成終。

李塨：下卦本坤，以剛來爲坎，坎新德，坤舊德，六三不變，故食舊德而順上，是不訟者也。居險爲二牽，正亦厲，終吉矣，故其從王事无成也。

吳汝綸：六三即坤六三，諸爻多變爲陽，六三未動，故云食舊德貞，取坤六三之辭繫之也。

伊藤長胤：食舊德，言處其素分也。安其素分以待上之聽斷，貞固自守，雖危終吉，从王事才柔地險，當歸美君，唯聽上之號令，不可强求直之也。

薛嘉穎：三柔順從上非敢與上爭者，唯安其素分，保其因有，長食先人之舊德而固守不變已矣。處兩剛之間，其勢危，柔不與爭，終得其吉。惠棟爻位三爲三公，曰食舊德，食父故祿也。无敢居成功，无敢先成，不與人競功也。

丁壽昌：許慎五經異義曰三爲三公，食舊德，食父故祿也。程傳以貞字絕句。似非。蘇蒿坪食坎象，坎本坤体故曰无成。

曹爲霖：下民之爭訟主怯，王家之爭訟主才。誠齋食舊德保其祿位也。從王事從上九也。

馬通伯：劉牧曰雖失其位，專心應上，故能保全舊恩，食舊德也。張惠言云卿大夫世祿不世位。孟子以文王治岐，仕者世祿，據此食舊德謂食父舊祿，或從王事復父故位也。

劉次源：以坎承乾，食父舊德，雖正亦厲，不訟終吉，占者當自守勿出也。

李　郁：舊德者，舊所得也。食已得不貪未得則寡爭。知足守已，人所難能故貞厲終吉。三進四从五從事，巽順難成，三變爲巽，血去惕出，訟事無成，亦可稱吉。

胡樸安：舊德傳世之業，貞，事也，食其食而事其事，言安傳世舊業，不自爲主從上則吉也。欲爲團体主必无成也。

高亨：竊謂食借爲蝕，食舊德謂虧損其故日之行爲。則危難至，知惕懼可無敗。從王事貴克忠克勤始終如一。否則將無所成。

徐世大：三爻是自守基業不與人爭競者。無爭故終吉。德得通，德澤亦通。從王事固可多得祿，无成則不免受懲戒！

楊樹達：藝文類聚五十一引魏武帝讓封書：臣聞易豫卦曰利建侯行師，有功乃當進立以爲諸侯也。又訟六三食舊德或從王事，謂先祖有大德，若從王事有功者，子孫乃得食其祿也。

屈萬里：禮記禮運：「天子有田以處其子孫，諸侯有國以處其子孫，大夫有釆以處其子孫。」此所謂世祿，即舊德也。

金景芳：六三與上九爭訟，爭訟不過，六三應安分自守。能自佑危懼，則終必得吉。一切服从上九，成事在上九。

李鏡池：舊德。以前狩獵貯存的食物，如臘肉。德通得，承上文狩獵无得，終于有得。王事，指戍爭。前半寫生產斗爭，後半寫民族斗爭。貴族以戰爭侵奪，注定失敗，所以无成。

傅隸樸：六三柔質，處九二，九四兩剛間，地位危。一心上應，雖然仍吉，故曰貞厲終吉。上九非可訟者，六三奉命行事不敢專，故曰无成。食舊德即保有舊祿，不失官位。

黃慶萱：陰居三好像靠祖先德業吃飯的三公一樣，必須安分守已，服從上級領導，不以成功者自居。

林漢仕案：食舊德何謂也：

小象食舊德，從上吉。「食舊德」三字未加詮釋。

虞翻：乾爲舊德，食謂初四，四變食乾，故食舊德。虞翻似作文字遊戲，然無一定規則，如謂初四食，二變之正，則變訟爲否。三動得位，得變否爲天山遯。以原來訟則爲天風姤。毫無火雷噬嗑縱影。虞謂「三動得位，体噬嗑，食。」只爲噬嗑卦彖曰頤中有物。虞翻何不云初二變，五再變，庶有火雷噬嗑象。或係二變之五之誤，設虞云二變之五，五亦變之二，然後三動得位，噬嗑卦火雷象庶得見，然絕無九二變六五，九五變六二，兩剛皆變之理也，蓋旁通變卦，錯卦不只變卦中二爻而已也。

王弼：三体弱不爭，柔弱順上，不見侵奪，保全眞有，故得食其舊德而不失也。

程傳：祿者稱德受食，舊德謂處其素分无求應上。

蘇軾：食，猶言食言云爾。食者食而亡之，不報之謂也。二，四施德不能奪三上天命所當有也。

朱熹：食猶食邑之食，言亨也。守舊，守常也。

朱震：三之上成兌爲口食，食舊德也。食其素分，古公卿有圭田，以德而食，其來舊德，故猶言不失舊物也。

項安世：三貞守舊德，不敢動，六三之舊德，坤也。三百八十四爻皆乾坤之舊也。

李衡引：失位，專心應上，能保全舊恩，食舊德也。

梁　寅：三應上，守舊安常。唯食舊德也。

吳　澄：六三食於上九，舊謂素常，德謂所得之食，三从上乃得食也。
來知德：食者呑聲不言。德乃其人之惡德。舊日懷恨不平，藏蓄胸中，必欲報復，所以訟也。
王夫之：食舊德，保其封邑也。不從九二，上從乾。
毛奇齡：應上即三所自來處，即舊德。食，噬及，三忘舊德，敗創毀蝕與上讐訐。
李塨：六三食舊德而順上，是不訟者也。
吳汝綸：六三即坤六三，諸爻變陽，六三未動，故云食舊德貞。
伊籐長胤：言處其素分以待上之聽斷。
薛嘉穎：長食先人之舊德而固守不變。惠棟爻位三爲三公，食舊德，食父故祿也。
曹爲霖：誠齋易傳謂食舊德，保其祿位也。
馬通伯謂保全舊恩，孟子謂仕者世祿，據此食舊德謂食父舊祿。
李郁：食已得不貪未得則寡爭。
胡樸安：言安傳世舊業。
高亨：食借爲蝕，食舊德謂虧損其故日之行爲。
楊樹達引：謂先祖有大德，若從王事有功者，子孫乃得食其祿也。
屈萬里：禮記禮運：天子有田，諸侯有國，大夫有釆以處其子孫。此所謂世祿，即舊德也。
金景芳：六三與上九爭訟，應安分。服从上九。

李鏡池：德通得，舊德，以前狩獵存食物，如臘肉。終于有得。（狩獵有得）

傅隸樸：保有舊德，不失官位。

黃慶萱：三好像靠祖先德業吃飯的三公一樣。

同名異訓，各詮其是，讀者諸君其裁判也。若云迷罔，自是我之不智。如鏡花水月，賞心猶未以為足，欲據而長有，距實体之花月，寧有通里可計？有所隔則有所蔽，明明物象在前，可感而不觸，況褻玩乎！

「食舊德」之義，歸納有十一說：

一、三不爭，柔順上，保全其有（王弼）

二、祿者稱德受食，處其素分无求應上。（程頤）古公卿有圭田。（朱震）

三、食猶言之食，二四施德而不報，天命應上，非為其有德於我。（東坡）

四、食邑之食，享也。守舊，守常不出。（朱熹）

五、三貞守舊德不敢動，三百八十四爻皆乾坤之舊也。（項安世）

六、保全舊恩，德謂所得之食。保其封邑，上從乾。安於傳世舊業。

七、食，呑聲，德，惡德。舊日恨藏胸中，必欲報復。（來知德）

八、食，噬及，舊德即三所自來處。三忘舊德與上讐訐。（毛奇齡）

九、三為三公，食父固祿也。（薛嘉穎引）保其祿位。（曹為霖引）

十、食借爲蝕，食舊德謂虧損其故日之行爲。（高亨）

十一、德通得，舊德，以前狩獵貯存食物。（李鏡池）

傳隸樸之「不失官位」，黃慶萱之「三像靠祖先德業吃飯的三公一樣。」可併入二六九三說中，王弼之「保全其有」又可籠統一概其餘。東坡先生以二四有德於我爲舊德，我（三）可食言不報，蓋謂應上而失二四之曾有德於我者。朱熹以食爲享，故謂食邑之食，稍異於二六九三說者，「守常不出則吉」也。來知德以食爲呑聲，德爲惡德，謂三忍聲呑氣，恨積胸臆而必欲申也。毛奇齡以食爲噬及本身所自來處，與上仇。高亨借蝕爲食，舊德爲往日行爲，故謂虧損往日行爲爲食舊德。李鏡池以食儲存舊日獵得之食物如臘肉。

回顧初爻之不永訟，雖小有不滿，蓋因溝通而息訟故終吉。九二之不克與訟而无眚。六三若安於食祖德如上歸納二四六九說，則訟卦已息訟久矣，何勞九四之爻辭不克訟，九五之訟，元吉之文！是六三仍在訟中。惟來知德之食爲呑聲，毛奇齡之噬及，高亨之蝕，蘇軾之食猶食言，李鏡池之食即口食，喫也。皆未爲愜於爻意，三之不當位，以從前種種經歷爲舊德，初之不永訟，二之不克訟，食以本義喫，六三喫下訟之不永，不克，積怨不得解也，以之爲貞，如何不病？日夜以思，正亦病，常亦病，卜亦病。佛家以食爲「增益身心。」以仇恨怨訟之種子增益身心，貞亦厲，六三之歷練，猶未足以化訟爲不訟之眞理也。故愈貞愈危厲，愈貞愈病其貞，然得終吉者，剛位柔居，蟄伏待時乎？爻文「或从王事，无成。」非爲不敢成也。亦非柔極如宋之向虜稱臣爲无成。也非王夫之云「

處嫌疑之際不可圖功。」薛嘉穎之「不與人競功。」蓋以舊恨激盪胸中，以爲增益滋潤，其从王事也，正以負成長，抵銷王事之有成爲意，暗中掣肘使之无成也。來知德之「必欲報復。」正乃六三之居心。故謂以舊德增益身心，其卜危厲，其正亦危厲，常如此亦病也。之所以終吉者，幸其柔而未發，然亦以實質發其蘊積以抵銷王事，使之无功，故謂有心掣肘，負成長爲六三訟爻之志也。

**九四，不克訟，復即命，渝安貞，吉。**

象曰：復即命，渝安貞，不失也。

虞翻：失位，故不克訟。渝變也。復位變成巽，巽爲命令，渝動而得位，故安貞吉，謂二已變坤安也

侯果傳象：初既辯明四訟妄也，訟既不克，當及就前理，變其詔命，則安靜貞吉而不失初也。

王弼：初辯明也。處上訟下，可以改變者也。故其咎不大，若能反從本理，變前之命，安貞不犯，不失其道，爲仁猶已，故吉從之。

正義：九四非理陵犯初，初能分辯道理，故九四訟不勝。復即命渝者，復反也，即就也，九四若能反就本理，變前與初爭訟之命不與初訟。命渝倒經渝字在命上，渝變也，變前之命不復犯初，爲仁由已，故吉從之。

程頤：四以陽剛居健体，不得中正，本爲訟者也。承五履三而應初，義不克訟，居下而柔，不與之訟，正應而順，非與訟者也。四雖剛健欲訟，无與敵對，其訟无由而與。居柔應柔，乃能止之義，

若能革其(剛忿)心，平其氣，安貞則吉。命謂正理，失正理爲方命，故以命爲復，方不順。書經方命圮族，孟子方命虐民。四剛健不中正則躁動，故不安，所以好訟。若義不克訟反就正理，變不安爲安則吉矣。

蘇軾：九四命之所當得者，初六而已！近三而强求之，故不克訟，然有初應，退而就其命之所當得者，自改而安於貞，則有可以不失其所有也。

朱熹：就也。命，理也。渝，變也。九四剛而不中，故有訟象。以其居柔，故又爲不克而復就正理，渝變其心，安處於正之象，占者如是則吉也。

朱震：訟生於仇故，故有忿爭不安其命焉。九四承五，乘三，應初。五君不可訟，三从上，初从四，无與爲敵者，故不克訟。相應則情義相得，各復其所，何訟之有！復即命，命即正理。九四處柔体離巽，柔巽故无狠怒，巽爲風，風天之號令，在人則命也。

項安世：四互離也，自見其非而不克訟，故其辯明。又訟爻皆以祿位爲象：二有邑，戶；三有食，有王事；上有錫帶。則四之命亦爵命。九德剛，居四爲柔，若能自復於正，變爲六四，則以柔居柔，長无好訟之失矣。故曰復即命，渝安貞不失也。九四變爲巽，巽主命，故爲即命。此亦以渝字發逐爻自變爲四千九十六卦之例也。

李衡引子夏：三柔附我故從三，不能固初之訟。引牧：凡變，上從下稱渝。引介：九于爲聽訟之主，不克訟則自反而親就聽者之命，雖即命，獨有剛動之志，變志而爲安貞則吉。

梁　寅：四雖剛健而居陰位，非至健者也。與初爲敵，初聽順不與之校。近九五則聽訟者乃中正之大人，此其所以不克訟也。自反於正理，變志安於貞正可以吉矣。

吳　澄：四亦訟五不能勝。變剛爲柔，四變成巽，巽爲命，故有復受命之象。渝變訟上逆命之非，安靜正王事吉也。

來知德：四變巽，命象。渝變。渝安貞者，安處于正也。即，就；命，理也。內變忿爭之心，外去忿爭之事，變正吉矣。二之歸，識時務也；四之復，明理義也。改圖不失矣。

王夫之：不克，事不成也。九四以剛居柔而爲退爻，上承九五，下應初六，不欲成訟，承宣五之德命，諭二使復受命，雖處變而自得安貞之吉矣。

李光地：陽居柔而履懼，故能自止不訟。四應初，是以理自反而安於正，是以吉也。

毛奇齡：四从中孚初，陽入互巽，無非順敬，無如據剛爻處陰位，亦一訟人矣！近尊有應，斷非終訟者，返聽命曰渝，改行安于正。即，就也，謂俯就聽訟者命。巽爲命令，返柔巽，有聽命之象，渝變同。

李塨：四居互巽，亦有何訟！（餘同毛奇齡傳）

吳汝綸：渝者亦變爲陰，故有安定之吉。

伊籐長胤：復反，即就，安天命也。渝變更，四與初應，相黨而健訟者，不中正而近五，雖有理不得昭雪！安處其貞吉。

薛嘉穎：可剛强任事，隨九回則吉。與初訟，上訟下，勢雖可乘，理固不勝。四居柔履懼，反就正理。龔原四以上訟，不克者理。胡文炳以九四命指理言。四與初訟本有失，安則心順理安，无所失矣，故吉。

丁壽昌：渝，鄭云然也。正義誤解王注割裂經文，復即爲句，命渝爲句。非也。蘇蒿坪曰互震爲動有渝象，互艮爲止，有安象。

曹爲霖：九四訟初，以上訟下，挾貴而訟，以强訟弱，挾力而訟，初雖非敵，然辨明則訟不勝矣！隋時辛公義治并州，訟者多兩讓而止，劉曠平爲平鄉令，獄中草滿，不克訟之吉者也。

馬通伯：王安石曰五爲訟主，不克訟，則反而親就聽者之命。其䄂案，四化陰承五，利見大人也。位本不正，變而後正，即文言所謂不失其正也。

劉次源：才剛則欲訟，居柔則不克訟。天命，渝，變動，復其天命之无妄，動心忍性不訟，安閒貞靜之用也。

李　郁：九二訟四，四自退，二無可訟，復謂四復三，三剛四柔，各得其正，故曰即命。渝變，變而後安。

胡樸安：即就，命本位，復就己之本位。渝變，貞事，變險健行爲，安舊有事業則吉。如此則不失其舊有之事業。

高亨：渝，猶敗也。凡事物由美轉惡，由利轉害，由成轉毁，皆謂之渝，故渝可訓敗，訓墮。字亦作輸。不克訟不勝訴，歸而從上令，訟事失敗，筮占安貞吉。此句與上文無涉。

徐世大：四爻是一敗訴者，冤忿之餘，或者企圖以他法報復。玆以不齊譯渝爲形容詞，報復未必可能，安居久爲好。

屈萬里：即令，即命，乃就而聽命（受命）也。（左傳文公六年杜注：「即，就也」。按即命，即得正以死之意，猶正命也）左傳定公四年杜注「即，就也。」是即命乃就而聽命也，易義與此合。渝，變舊行而安常。尙書洛誥「即命。」義與此別。

金景芳：九四初六正應，按理不能訟，不是按力不能訟。王弼說「變前之命，安貞不犯，爲仁由已，故吉从之。」

李鏡池：不克訟：這里是邑主斗不過邑人。復：回去。命：王命。渝：變。把邑主調到別的邑去。這寫被統治階級斗爭勝利的事。邑主壓迫，邑人反抗，國王知道衆怒難犯，只好給邑主調換一个邑。

傅隸樸：九四憑勢凌人，上壓下，非理相干，經初六辯明，曲在九四，九四反身從理，安守正通便吉。渝，改變，安貞即安分守正，便不訟了。

黃慶萱：訟四立場不正，雖好訟，沒有爭訟對象，於是回頭聽九五命令，改變好訟氣質，安分守已，眞是可慶可賀！

林漢仕案：九二之不克訟，說者謂與各爻訟，而與上訟之不克較爲允當，上者九五也。於歷程言，九二因不克訟，故歸而逋其邑，坐失攻之前機，未能先下手爲强也，故歸逋。或謂因不克訟而無眚，識時務之俊傑乎？而九四之不克訟，陰柔其位，陽剛其体，何爲不克訟，茲誌各大家之見如后：

虞翻：失位，故不克訟。

侯果：初辯明四訟妄也。

孔正義：九四非理陵犯初，故九四訟不勝。

程頤：四剛健欲訟，承五履三應初，義不克訟。居柔應柔乃能止之義。

蘇軾：九四近三而强求，故不克訟。

朱熹：九四剛而不中，故有訟象。

朱震：訟生於仇敵，初从四，无與爲敵者，故不克訟。

項安世：四互離，自見其非故而不克訟。

李衡：三柔附我故從三，不能固初之訟。

梁寅：四非至健者，初聽順不校，五聽訟主，所以不克訟。

王夫之：不克，事不成也。九四以剛居柔而爲退爻，承五應初，不欲成訟。

李光地：陽居柔而履懼，故能自止不克訟。

毛奇齡：四从中孚初，陽入互巽，無非順敬，無如據剛爻，亦一訟人。近尊有應，斷非終訟者。

薛嘉穎：四與初訟，勢可乘，理固不勝。四與上訟，不克者理。

曹爲霖：九四挾貴而訟，挾力而訟，初雖非敵，辨明則訟不勝矣！

馬通伯引王安石：五爲訟主，不克訟。
劉次源：才剛欲訟，居柔則不克訟。
李郁：九二訟四，四自退，二無可訟。
徐世大：四爻是一敗訴者。
金景芳：九四按理不能訟，不是按力不能訟。
李鏡池：這裏寫被統治者階級斗爭勝利的事，邑主斗不過邑人。
黃慶萱：四立場不正，雖好訟，沒有爭訟對象。
「不克訟原因在：失位。王夫之謂不克爲事不成。孔正義爲訟不勝，徐世大謂九四爲一敗訟者。「不克訟」另一原因在初柔順，九四按理不能訟，九五訟主不可訟。前者謂訟事已成，瞋目相見，然九四敗陣；後者雖可訟而未之訟，仍保持彼此風度，雖爭而不失君子也。虞翻以下說爻者多從爻位斷爻辭，大同小異，李鏡池以新社會階級斗爭稱古社會人民與邑主之衝突，可予官吏們當頭棒喝，然未必謂九四曾敗訟。　上下關係辨明，又有訟主在，其乃訟之於理性，非爲生存競爭，階級斗爭可比，所謂易非寫歷史社會變遷者也。
蘇軾九四强求之三，近水樓臺。李衡之三柔附我，故从三，馬通伯引五爲訟主，謂九四之不克訟者，三固非四可通，五固非四可褻也。說四不克訟之對象六三，九五，異於眾家之見。
項安世謂四互離，二三四爻爲離，離爲明故能自見其非也。　毛奇齡四从中孚初，陽入互巽，　乃濫用象，風澤中孚，謂三四五風巽，一二三非澤兌，乃初六，九二，六三坎也，如何成風澤中孚？毛隨意解爻，蓋視前人胡突，我亦胡突後人也乎？李郁謂「九二訟四，四自退，二無可訟。」李郁於九二爻辭云「二訴主，遇九五訟敗，故不克」今九四爻辭何爲再申二屈四，二非其位，四亦非其位，何厚愛二而貶四？今九四言不克訟，非謂二敗於九五之餘，二無可訟，二爲愛訟之瘋狗亦不至爻過重提，時過境遷而令年光倒流，復二之訟也。二不能再訟四，即四亦不訴二，於比應之理明矣，李郁之訟不當也可見。黃慶萱之「四立場不正，雖好訟，沒爭訟對象。」悻悻然改變，安分之情何以堪！何喜之可賀！

說易者以爻辭爲主，附會其象以足其義，於是解圖識字，可極盡變化之能使象見而意適。設九四爻辭，新出土而又爲大家所信服者，謂九四下爲克訟，無不字，九五下爻辭多一可字，爲「可訟，元吉。」吾輩解易卦爻辭之大家轉而聚訴於九四之「克訟」，九五之「可訟」理可以順，象可以見，文可以組織美化，紛紜附麗於新象，造新意矣！所慶幸九四仍然「不克訟，」九五仍然「訟。」新資料未出土，舊解說仍得延續，而以上大家說仍然未見愜切也。

劉次源謂四才剛欲訟，四位柔故謂居柔不克訟，是九四欲訟而未克訟也。虞翻之謂「失位」也者，次第發明初辯明四妄，初柔順，承五，履三，應初，九四剛居柔爲退爻，（陽居柔履懼）挾貴挾力之可訟，理固不可，皆以陽剛之資，居履四柔之位而立言，四之不克訟者，居柔位也。剛其表，柔其質，侯果，王弼，程頤，朱熹皆有同說，四之不克訟者，失位也。

「復即命，渝安貞，吉。」亦有異辭：

象以「不失」總復即命，渝安貞之意。

虞翻謂渝，變也。復變巽，巽爲命令，二變坤安也。

侯果謂變其詔命，則安靜貞吉而不失初。

王弼：反從本理，變前之命，安貞不犯，故吉從之。

正義：復，反也，即，就也，變前與初爭訟不復犯初也。

程頤：命謂正理。若能革心平氣，安貞則吉。

蘇軾：九四退而就其命之所當得者，自改安於貞則不失所有。

朱熹：即就，命理，渝變。復就正理，渝變其心，處正則吉。

項安世：四之命變爵命，九變六，以柔居柔，長无好訟之失，故曰復即命。九四變巽主命，故爲即命，渝安貞不失也。

李衡：凡變上從下稱渝，四自反聽九五命，變志安貞則吉。

吳澄：渝變訟上逆命之非，安靜正王事則吉也。

來知德：內變忿爭之心，外去忿爭之事，變正則吉。二歸識時務，四復，明理義也。

王夫之：九四承宣五之德命，諭二使復受命，雖處變而自得安貞之吉。

李光地：四應初，是以理自反而安於正，是以吉也。

毛奇齡：四訟人，近尊有應。返聽命曰渝，渝變同。安于正，俯就聽訟者命。巽爲命令。
吳汝綸：渝者變爲陰，故有安定之吉。
薛嘉穎：四與初訟本有失，安則心順理安无所失矣，故吉。
丁壽昌：渝，鄭云然也。互震爲動有渝象。互艮止有安象。
馬通伯：四化陰承五，不正變正。
李郁：復謂四復三，三剛四柔，各得其正故曰即命。
胡樸安：復就已之本位，變險健行爲，安舊有事業則吉。
高亨：渝猶敗也。訟事失敗。筮占安貞吉與上文無涉。
徐世大：報復未必可能，安居久爲好。
屈萬里：就而聽命也，渝變舊行而安常。
李鏡池：復，回去。命，王命。渝，變。把邑主調到別邑。
小象一言「不失」，而后不失指實爲不失初。不犯初。不失所有。不失正理，九四變六四，九四反聽九五。渝變有言其位，有言渝變其心，丁壽昌云渝，鄭云然也。孫堂疑當作俞。高亨以渝訓敗，輸。屈萬里以渝變舊行，泛指以前種種。李鏡池之渝爲變換主管。復即命，反就本理，程子以命爲正理，項安以命爲爵命，李衡引以命爲九五之命，李郁以三四兩爻復，各得其正，徐世大訓復爲報復。李鏡池謂復爲調回去。以上雖仍然處訟而聚訟紛紜，然爻前冠「不克訟」，下著一「吉」字，則復即命，渝安貞」離題太遠如何能不訟？如何得「吉」？讀者諸君亦已有腹案如何圓不克訟與吉之經文也。

## 九五，訟，元吉。

象曰：訟元吉，以中正也。

王肅：以中正之立德，齊乖爭之俗，元吉者也。

王弼：處得尊位，爲訟之主，用其中正以斷枉直，中則不過，正則不邪，剛无所溺，公无所偏，故訟元吉。

孔疏：居九五之位，當爭訟之時，是主斷獄訟者也。五是卦尊位之主，餘爻是卦義之主，五猶天子總統萬機，諸爻爲偏主一事。不速客三人謂下卦三陽來。凡二人訟，必一曲一直，九五聽訟能斷，故云以斷枉直。

程頤：以中正居尊位，治訟者也。治訟得其中正，所以元吉也。元吉，大吉而盡善也。

蘇軾：處中得位而无私應，故訟者莫不取曲直焉，此所以爲元吉也。

朱熹：陽剛中正以居尊位，聽訟而得其平者也。占者遇之，訟而有理必獲伸矣。

朱震：九五聽訟之主，大人得尊位以中正，无所偏係，邪枉不行，故吉。

項安世：人謂九五爲聽訟之君，非也。爻象皆稱訟，何謂聽訟？訟五爻皆不正，惟九五既中且正。中則我不終訟，正則人不克訟。相訟者即中求正，好訟者見正中止，此訟之最善者，故曰訟元吉，以中正也。五德尊位尊，不必專指人君，諸家爲君位所惑，謂君无訟理，遂以聽訟解之，殊不思君豈聽訟者哉！

李衡引註：以中正爲訟之主，故吉。

梁寅：九五爲訟主，有陽剛中正之德，明能照之，公以服之，健以決之，訟其有不平乎！諸爻初則不永，三食舊德，二四不克，上終凶，皆由九五善聽斷，故始訟而終无訟，其爲吉之大亦宜哉。

吳澄：九五爲德之尊，或位之尊，既中且正，中則我不終訟，正則人不克訟，此訟之最善者。項氏曰九五爲聽訟之君，非也。

來知德：九五訟主，聽訟而得其平者，凡訟，占遇之則利，見大人訟得其理，元吉矣。

王夫之：剛健中正，初无失德，雖爲下訟，无能爲損，吉所固有也。

李光地：九五，彖所謂大人，有大人之德，故未訟。感化已訟，有訟者當元吉也。

毛奇齡：大人中正以聽訟，故元吉。

李塨：九五以中正之德，聽有孚之訟，故訟大吉。

吳汝綸：辭但言訟，不言聽訟，說者以爲聽訟之主，非也。

伊籐長胤：蓋訟以辨是非，析曲直，過剛則有苛酷之失，過柔則有寬縱之誤，能中正可以治獄矣。五中正居尊位，善決訟者，訟者遇之，吉莫大焉。

薛嘉穎：九五正彖所謂大人也，未訟則感之而化，已訟則就而直。五中不過差，正不邪曲也。

丁壽昌：文言元者善之長也。爻以元吉爲盡善，大吉次于元吉。正義以元吉爲大吉非也。

曹爲霖：五以陽剛居尊，當無敢與之訟者，余爲五之自訟也。如湯之禱桑林以六事自責。此五之訟所以元吉也。

馬通伯：張爾岐曰九五陽剛中正以居尊位，聽訟而得其平者也，有孚而窒者遇之，自然獲伸。姚配中曰元，乾元也託位於五，所謂利見大人也。

劉次源：九五正元之所由生，以中正，卦名訟而實无訟可興，民被元氣薰陶，自无雀鼠之爭，此訟卦之元吉。

李郁：五聽訟者，剛正故元吉。象傳以剛折剛故能聽訟也。

胡樸安：九五聽訟之主，以公言解決一切之爭，中正合理故元吉。元吉即大吉，不言大而言元者，元善之長，聽訟善也。

高亨：元吉，大吉也。筮遇此爻，訟事大吉。

徐世大：訴訟大好。五爻是惟一勝訟者。

金景芳：大吉而盡善。是治訟的大人，聽訟能公正裁決，平息乖爭而達到元吉。

李鏡池：無主詞。是說爭訟是常有的事。元吉，另一占辭，不一定連讀。

傅隸樸：以陽剛居陽剛位，是居得其正，態度公正，賞罰嚴明，審斷獄訟，訟者大幸，故曰訟元吉，元吉就是大吉。弱小原告籲天告哀，帝王執法無私，君民皆因此受福。

黃慶萱：陽居五位，能平息天下人的爭訟，是最可慶幸的。

林漢仕案：九五是君，是大人，訟邪？有无受訟對象？蓋謂五爲訟主也。以五爲聽訟主，五爲訟外，非是非人也。有謂五不可訟，五爲王亦非聽訟主。茲匯易家眾見如后：

象謂元吉，以中正也。王肅謂齊乖爭之俗。王弼謂處尊位，爲訟主。孔正義遂謂主斷獄訟者也，五謂天子總統萬機，訟必一曲一直，九五聽訟能斷。項安世謂人以九五爲聽訟之君，非也；諸家謂君無訟理，遂以聽訟解之，殊不思君豈聽訟者哉！梁寅謂初不永，三食舊德，二四不克，上終凶，皆由九五善聽斷。朱熹，來知德謂占者遇之元吉。李光地以九五有大人之德，故未訟，感化已訟。曹爲霖讀易，發現五既非被告，亦非原告，也非主審大人，另覓蹊徑，謂九五陽剛居尊，當無敢與訟者，故以五爲自訟。如湯禱桑林自責。劉次源全盤否定之餘，未能建立可信之九五訟，元吉經文新義，劉謂：「卦名訟，實无訟可興，民被元氣薰陶，自无雀鼠之爭。」明明九五訟，謂无雀鼠之爭！奈何所盜之鈴叮叮響！鹿馬豈容亂指！徐世大謂五爻是唯一勝訟者。李鏡池謂無主詞。「九五訟」，九五非主詞？九五爻詞不作九五時位解，有勞動女學者，污女手眼著書說卦？吾見其污易不能反自污也！傅隸樸謂帝王執法無私，君民皆因此受福。仍主九五爲聽訟主，顯然不以項安世，吳汝綸之「爻辭但言訟，說者以爲聽訟主，非也。」爲是。

卦辭謂訟，有孚……利見大人，不利涉大川。爻辭从初之小有言，九二之不克訟，三之食舊德，四亦不克訟，六之錫鞶帶，三褫之。以爻之時位言，九五確然應是大人，是聽訟者，梁寅謂九五善斷。二卦辭所謂總一卦之文有著落，初二三四之發放，有依據。若以進程言，訟卦之進程，初仍憤懣，二迫於情勢之不克訟，三之負成長，暗中掣肘，四挾貴，挾勢可訟而未訟，五則挾一切可勝之機，徐世大所謂五爻唯一勝訟者也。上爻所以賜，又三褫，傳隸樸所謂「一代官司九代仇」，時差運錯，三褫之羞，積憤之得舒，以牙還牙之興奮，終將付出代價，春秋所謂後九世之仇，齊襄公不德，孔子諱其滅紀之實。五之得高志滿，大快於前時，錫鞶帶乃人生最風光時段之延續，餘震，三褫之來，不祇榮辱相隨，亦所謂欺人亦將人欺也，暮年之如是，亦可哀也。九五之訟，如梁寅之言爲大人，爲聽訟者，則何以發落上九？徐世大常望文生意，錄徐文聊備一格而已，而本爻徐意有可採之處，「唯一勝訟者也！」易家對五爻之岐見，可條分如右：

九五是居，是大人，是訟者。亦爲勝訟者。

九五陽剛中正之聽訟主，是君，是帝王。

九五不必指人君，中且正之人，訟之最善者。

九五正元之所生，民被元氣薰陶而无訟。

九五自訟也。如湯禱桑林以六事自責。

占者遇此爻，理得伸而元吉。

五爻無主詞，是說爭訟常有的事。

七說中以九五唯一勝訟者爲本訟卦立意所在。讀者諸君處卦外觀本訟卦之歷程，亦將有一得矣夫？

## 上九，或錫之鞶帶，終朝三褫之。

象曰：以訟受服，亦不足敬也。

虞翻：錫謂王之錫命。鞶帶大帶。男子鞶革，初四已易位，三二之正，巽爲腰帶，故鞶帶。位終乾上，二變時坤爲終，離爲日，乾爲甲，日出甲上故稱朝。應在三，三變時艮爲手，故終日三拕之，使變應己，則去其鞶帶，体坎乘陽，故象曰不足敬也。服爲鞶帶，見拕，乾象毀壞。

侯果：褫，解也，乾爲衣，爲言，故以訟受服。

荀爽：二四爭三，三本下体，取之有緣，或者疑之辭也。以三錫二，于義疑矣。爭競之世，分理未明，故或以錫二。終朝者君通明，三者揚成功也。君道盛則奪二與四，故終日三拕之也。鞶帶，宗廟之服，三應于上，上爲宗廟，故曰鞶帶。

翟元：上以六三錫下，二陽群剛交爭，得不以讓，故終一朝之間，各一奪之爲三。

九家易：初，二，三，四皆不正，以不正相訟而得其服，故不足敬也。

王弼：處訟之極，以剛居上，訟而得勝者也。以訟受錫，榮何可保，故終朝之間褫帶者三也。

正義：上九剛居上，若以謙讓蒙錫，則可長保有，若因訟而得勝，不可長久。

程頤：九陽居上，剛健之極。又處訟終，極其訟者也。人之肆其剛强窮極於訟，取禍喪身，固其理也設或善訟能勝，窮極不已，至於受服命之賞，是與人仇爭，所獲安能保之！故終一朝而三見褫奪。

蘇軾：六三，上九之配，二與四嘗有之矣。不克訟而歸上九，上九之得也，譬之鞶帶，奪諸其人之身而已！服之於人，情有赧焉！故終朝三褫之，既服之矣則又褫之，愧不安之甚。二四訟不勝者也。然且終於无眚與吉也。上九訟而勝，有三褫之辱可也？曰此止訟之道也。夫使勝者自多其勝，以夸其能；不勝者自恥其不勝，以遂其惡，則訟之禍吾不知其所止矣！故勝者褫服，不勝者安貞，无眚止訟之道也。

朱熹：鞶帶，命服之飾。褫奪也。以剛居訟極，終訟而能勝之，故有錫命，受服之象。然以訟得之，豈能安久，故又終朝三褫之象。其占爲終訟无理，而或其勝，然其所得，終必失之，聖人爲戒之意深矣。

朱震：三，腰之象，上九之三，或錫之乾變金，腰以金飾鞶帶也。三離日之上終朝，兌爲毀折，毀有褫之象。自五之三，歷三爻，三褫也。上九成訟居上位，內自愧恥，是以終朝三褫之。爭訟逆德，非人本心，以訟受服則愧而三褫。

項安世：自三至上所歷三爻，故爲三褫。褫，鄭康成本作拕，言三加之也。因象言不足敬，故人皆以拕爲褫，今按不足敬者，謂受服爲可鄙，非見其褫服而後慢之也。又或錫，上之或錫，即三錫之也上本乾之亢龍，以剛終訟，於法當凶，自无勝理，以三從之，故有或來之錫，或言出望外，三理勝而上受服也。鞶帶者，柔服之象，帶柔在身中，猶三柔在卦中。

李衡引牧：以訟受服，惡人之見，自徹去之，恥以衒人也。三明理而不拒命，雖勝三而曲在己。引介：以訟得賞，侮而侵之者衆，三者衆辭。

梁寅：上與三訟者，三柔不敵，上健又不中正，故訟或錫鞶帶，訟而有得也。終朝三褫，得必復失也。訟雖得必失，理固然也，終凶之戒，可不畏哉！

吳澄：錫，與也，鞶帶，革帶也，所以繫韠。凡命先束革帶，乃加大帶。自旦至食爲終朝。褫鄭本作拕，徒可切。褫訓拽，亦拕之義。訟勝受服，矜喜之極，故終朝之間三拕拽加諸身也。

來知德：鞶，大帶，命服之飾。又紳也。男革女絲，乾爲衣，爲圜，上變爲兌口，中爻爲巽命令，錫服之象。或未必然也，褫音恥，奪也，坎盜，褫奪之象。命服以錫有德，豈有賞訟之理，及設詞極言訟不可終之意。又上九剛猛，窮極于訟，取禍喪身，即勝受賞，亦仇爭所得，豈能長保！象縱受亦不足敬，況褫奪隨至，終不可訟也明矣。

王夫之：鞶，車飾。帶，服飾。車服所以行，賞或者儌幸偶得之辭，二訟上，上九健，與二隔絕激成訟者也。三既屈服見諒於五，必惡上之釀禍而亟褫之，鼂錯忠而見誅。

李光地：訟以柔爲善，初三終吉。上剛質健極，終訟而凶者也。雖榮必辱，況未必得乎！

毛奇齡：上從大過之三來成乾，訟勝之人也。乾爲言，爲衣，故訟勝受服。互離爲腹，爲革，則其所受服，有似鞶帶者。（大帶也）上應三，離大剋上。乾金錫必將褫之。訟多端，故褫亦不一，初固畏罪，三悔非，二四上互結，一不勝而逋逃，一歸命，惟此獨受賞束帶，頃刻而奪之，再至于三，訟亦何利乎！可以省矣。

李塨：健在上，訟勝之人也。訟勝受服，應爻互離爲腹，爲革，然終朝三奪之矣，何足敬哉！應爻互離，終朝之象，上變兌成困，兌毀折，褫象，三爻三褫象。

吳汝綸：三褫幷九四，九二言之，三陽皆變爲三褫也。

李富孫：釋文鞶，王肅作鞶帶。釋文帶亦作帶，鞶又作槃。左傳般，注囊也。般即古槃字，與鞶竝通，詩五棨梁輈，本又作鞏，則从木从革亦通。帶說文無此体。又三褫之褫，鄭本作拕，徒可反。

褫，奪衣也，拕，奪也。褫讀若池，即拕譌。段氏曰拕者褫之假借字。

伊籐長胤：鞶帶者命服也。褫，奪也。此爻以陽剛肆求理者，或能蒙賞，然不能長，故終朝三褫之。

當安所値，不可役智力以求必勝也。

薛嘉穎：上九質剛健，極終訟而凶者也，縱使倖而取勝，或賜以命服之飾，錫，賜也。徐氏與喬上九受服，訟勝也，九二，九四不克訟，訟不勝，安貞无眚，勝者褫服，止訟之道也。黃道周曰健訟者事若鴻毛，釁積邱山，至兩敗俱傷，聖人使民無訟，清源之意也。

丁壽昌：馬云大也，徐云王肅作槃。終朝，馬云旦至食時爲終朝。褫，王肅云解也，鄭本作拕。惠定宇曰尙書大傳鄭注，平旦至食時爲日之朝，故終朝。褫，墨子作扡，淮南作拕，高誘注奪也，字異義同，蘇蒿坪曰，凡言錫皆取坎，互巽爲帶，終朝，上九之象。

曹爲霖：宋孝宗時太上皇后女弟夫張說簽樞密院事，未拜而罷，終朝三褫類是也。高宗時樓炤簽樞密院事，李文會劾罷，遂令文會代炤，所謂以訟受服也。

馬通伯：王安石曰以訟得賞，侮而侵之者眾，三者眾辭。李心傳曰訟而見抑者必懲創，訟而獲勝者將滿，有後憂，三褫者憂未已也。焦竑傳發明言外之意，以謂雖不見奪，亦不足敬也。

劉次源：上以健極處訟極，怙過不屈，雖有錫以鞶帶之榮，難免終朝三褫之辱，甚其訟之不可黷也。

李郁：鞶，大帶，革為之。錫，賞。褫，奪。陽為朝，上為終，故曰終朝。上九非正，錫之者或人，授受曖昧，故三褫之。終朝者得之不當，失亦易。傳象上九唆訟之人。故不足敬。

胡樸安：聽訟主錫鞶帶，不能無過失。三褫予奪一秉至公，仍不失為中正。

高亨：錫借為賜。鞶从革乃命服。褫鄭本作拕，借為褫，拖俗作拕。或錫之鞶帶，終朝三褫之，言君寵命變易無常也。

徐世大：有賞大帶的，到晌午剝奪他三次。在上位的權力無限，喜怒無常之君主，予奪隨時，未可永保勝利也。

屈萬里：鞶作槃，同音通假。今魯西稱大帶猶曰鞶帶。褫，馬注同，鄭荀虞並作拕。按古音歌支通轉。褫，說文：奪衣也。淮南子人間訓「拕其衣被」高誘注：「拕，奪也。」今魯人謂去衣曰拕。

金景芳：以剛居終極，可能勝訟，可能因勝訟得受服之榮，然豈可長久？其必終朝之間三次被褫奪。

李鏡池：或：泛指貴族。鞶帶：皮革的帶子，代指官職。終朝：一天形容時間很短。褫：奪也。反映貴族任人唯親，互相傾軋，矛盾斗爭相當尖銳。這是講斗爭的專卦，反映作者對當時社會的認識。

傅隸樸：上九是健訟敢訟者，又出而主張公道，伸張正義是值得褒獎的，如以訟爲利祿捷徑，天下就要大亂，故結以一日之間三奪所賜鞶帶以止訟風，防止其流弊。

黃慶萱：像好訟獲勝的人，或許會賞賜官服讓他做官，但是一天之中，會三次下令追回賞賜的東西。

林漢仕案：本爻重心在賜與褫，爲何人所賜？因何獲賜？同理孰褫之？又爲何褫奪之？

小象：「以訟受服。」所賜之鞶帶指明爲服。又謂「不足敬。」乃所以褫之者也。

虞翻謂錫，王之錫命。服爲鞶帶，男子鞶革，腰帶。

侯果：褫，解也，乾爲衣，爲言，故以訟受服。

荀爽：鞶帶，宗廟之服。

王弼：訟得勝受錫，榮何可保！故終朝之間褫帶者三。

程頤：肆其剛强，善訟能勝，至於受服之賞，是與人仇爭。

蘇軾：二與四嘗有三，不克訟而歸上九，讎之鞶帶，奪諸其人之身。勝者自多其勝，訟之禍不知所止矣。

朱熹謂鞶帶爲命服之飾。訟勝故有錫命，受服之象。訟得豈能長久，故又三褫之象。聖人爲戒之意深矣。褫，奪也。

朱震：三，腰象，乾變金，金飾鞶帶也。爭訟逆德，非人本心，以訟受服，內自愧恥三三褫。

項安世：象言不足敬，謂受服可鄙，非見其褫服而後慢之也。上亢龍，三錫之。鞶帶，柔服之象，帶柔在中如三在卦中。

李衡引：以訟受服，自徹去之，恥以衒人。又引：以訟得賞，侮而侵之者眾，三者眾辭。

梁寅：上九與三訟者，錫鞶帶，訟而有得也。三褫，得必復失。

吳澄：鞶帶所以繫。凡命先束帶再加大帶。旦至食爲終朝。褫訓拽，拖，訟勝受服故終朝之間三拕拽加諸身也。

來知德：鞶，大帶，命服之飾。又紳也。命服以錫有德，豈有賞訟之理？極言訟不可終。即勝賞，仇爭所得，不足敬。

王夫之：鞶，車飾。帶，服飾。車服所以行，九二與上九訟，二見諒於五，必亟褫之，鼂錯忠而見誅。

毛奇齡：訟勝之人受服。訟多端，褫亦不一，訟亦何利乎！

吳汝綸：三褫幷九四，九二言之，三陽皆變爲三褫也。

伊藤長胤：此爻以陽剛肆求理者，或能蒙賞，然不能長，故終不可役智力以求必勝也。

薛嘉穎：上九剛健，倖而取勝，錫，賜也。黃道周曰健訟者釁積邱山，至兩敗俱傷，聖人使民無訟，清源之意也。

馬通伯引：訟而獲勝者將滿，有後憂，三褫者憂未已也。

李郁：陽爲朝，上爲終，故日終朝。得之不當，失之亦易。

高亨：言君寵命變易無常也。
徐世大：賞大帶，到晌午剝奪三次。在上位喜怒無常君主，予奪隨時，未可永保勝利也。
李鏡池：或，泛指貴族。鞶帶，官職。終朝，一天。形容時間很短。褫，奪也。反映貴族傾軋斗爭。
傅隸樸：主張公道正義之訟値得獎，爲利祿訟，天下就要大亂，一日三奪止訟風。
黃慶萱：好訟獲勝，或許賞官做，但一天三次下令追回。
何人賜帶？
一、王者。（虞翻謂錫謂王之賜命）
二、六三賜之。（項安世謂上之或錫，即三錫之也。或言出望外。）
三、九五賜。（聽訟主）
四、或人，泛指貴族。（李鏡池）
五、或人。（李郁云錫之者或人，授受曖昧。）
因何獲賜？小象總論雖獲賜，不足敬。以訟受服，訟得勝受賜，受賞，幾爲易家難得之共見，而所賜之鞶帶則有十一說：男子鞶革，腰帶。
宗廟之服。
乾爲衣。
命服之飾。

金飾鞶帶。

柔服之象。

大帶。又紳也。

鞶，車飾，帶，服飾。

鞶帶．革帶，所以繫韠。

官職。

蘇軾之譬之鞶帶，指奪六三之身而佔有之，未曾實指。

「終朝」，虞翻謂「終日」。朱震謂「三離日之上爲終朝。」吳澄謂「自旦至食爲終朝。」子郁云「陽爲朝，上爲終，故曰終朝。」徐世大云「到晌午。」李鏡池云「終朝，一天。」傅隸樸亦謂「一日之間。」黃慶萱謂「一天之中」。

孰褫之也？除上文王者，六三，九五，或人（貴族），或人外，朱震云「上九內自愧恥，則愧而三褫。」準朱之意，九五爲君，爲權力核心，六三陰柔而居臣妾之屬，九五尚不可無禮於上九，況他爻乎！故謂自愧恥。以象言者略而不述。

爲何褫？如何褫？

虞翻謂應三，三變艮手，故終日三拕。見拕，乾象毀壞。

荀爽：君道盛則奪二與四，故終日三拕之也。

翟元：上以六三錫下，二陽交爭，各一奪之爲三拕。

王弼謂：以訟受賜，榮何可保，故終朝褫帶者三也。

程頤：上九窮極於訟，受服命之賞，與人仇爭，故三見褫奪。

蘇軾：六三，二與四嘗有之矣，不克訟歸上九，雖奪諸其人，勝者自多夸其能，不勝者自恥遂惡，訟不知其止矣，故勝者褫服，不勝者二四安貞无眚，止訟之道也。

朱熹：訟勝所得，終必失之，聖人戒意深矣！

朱震：三離日之上爲終朝，兌毀褫象，自五之三歷三爻，三褫也。上九以訟受服，自愧而三褫。

項安世：褫，鄭康成本作拕。自三至上歷三爻故爲三褫。言三加之也。受服爲可鄙。亢龍以三从有或來之福。

李衡引：以訟受服，恥以衒人，自徹去之。

吳澄：褫鄭本作拕，徒可切，訓拽。訟勝矜喜，故終朝之間三拕拽加諸身也。

來知德：褫音恥，奪也。設詞極言訟不可終之意。仇爭所得，豈能長保！

李光地：上剛健極，終訟雖榮必辱，況未必得乎！

毛奇齡：訟多端，褫亦不一，受賞頃刻奪之，訟何利乎！

吳汝綸：三褫並九四，九二言之，三陽皆變爲三褫。

李富孫：褫，奪衣，拕，奪也。拕譌。段氏曰拕褫假借。

丁壽昌：褫，王肅云解也。墨子作扡，淮南作拕，高誘注奪也。字異義同。

馬通伯引三者衆辭。又二三褫者憂末已也。

李郁：上九非正，授受曖昧，故三褫之。

高亨：三褫言君寵命變易無常也。

徐世大：在上位的權力無限，喜怒無常之君王，予奪隨時。

屈萬里：拕，今魯人謂去衣曰拕。

李鏡池：褫，奪也。反映貴族任人唯親，矛侑斗爭尖銳。

黃慶萱：訟勝或會賞官，但一天中會三次下令追回賞賜的東西。

褫義有：解，奪，拕，拽。以吳澄之「終朝間三拽加諸身」則爲榮而非辱，蓋矜喜也。訓奪，解則爲恥，故有毀折，自徹，予奪，追回賞賜之義。

蘇軾文字有曖昧處，似謂六三爲大衆情人，曾爲二四所有，終爲上九訟得，奪人身服之於人，情赧故三褫。服又褫，愧不安之甚。言三耶？抑二、四倆爻？三褫上九？抑二四合力褫上九？謂其將然而未必然也，故謂「此止訟之道也。」

褫既有　與褫奪二義，則爲何褫？如何褫？可各依立場依附可也，文章若只用以載道，明道，吳澄之「訟勝受服，矜喜之極，故終朝三拽加諸身。」爲孤立不可从矣，蓋失聖人爲戒勿訟之義也。

# ䷇比卦（水地）

**比，吉。原筮，元永貞，无咎，不寧方來，後夫凶。**

初六，有孚，比之无咎，有孚盈缶，終來有它，吉。

六二，比之自內，貞吉。

六三，比之匪人。

六四，外比之，貞吉。

九五，顯比，王用三驅，失前禽，邑人不誡，吉。

上六，比之无首，凶。

## 比，吉。原筮，元永貞，无咎，不寧方來，後夫凶。

彖傳：比，吉也。比，輔也。下順從也。原筮元永貞无咎，以剛中也。不寧方來，上下應也。後夫凶，其道窮也。

象曰：地上有水，比，先王以建萬國，親諸侯。

虞翻：師二上之五得位，衆陰順從，比而輔之故吉。與大有旁通。引子夏傳云：地得水而柔，水得土而流，比之象也。夫凶者主乎乖爭，今既親比，故云比吉也。又傳彖曰：水性流動，故不寧，坤陰爲方，上下應之，故方來也。「後謂上，夫謂五。坎爲後，艮爲背，上位在背後，无應乘陽，故後夫凶。傳象：先王謂五，初陽已復，震爲建，坤萬國，爲腹心詩曰公侯腹心。是其義也。

干寶：比者坤之歸魂，世之七月，息來在已，去陰居陽，承乾之命，義與師同也。原，卜也，同禮原，非坤德，變化反歸其所，四方既同，萬國歸親。故曰比吉。考之蓍龜，以謀王業，大相東土，卜惟洛食，遂乃定鼎，故曰原筮。元永貞，逆取順守，居安如危，故曰无咎。天下歸德，不唯一方，故曰不寧方來，後服之夫違天，失人必災其身，故曰後夫凶也。

崔憬傳彖：下比于上，是下順也。

蜀才傳彖：此本師卦，六五降九二，二升五，剛往得中，爲比之主，故能原究筮道以求長正而无咎矣。

何晏：水性潤下，今在地上，更相浸潤，比之義也。

荀爽傳彖：後夫謂上六，逆禮乘陽，不比聖王，其義當誅，故其道窮凶也。

王弼傳彖：處比之時，將原筮以求无咎，其唯元永貞乎！夫群黨相比而不以元永貞則凶邪之道也。若不遇其主，則雖永貞而猶未足免於咎也。使永貞而无咎者，其唯九五乎！

孔穎達：相親比而得吉。原窮其情，筮決其意，唯有元大，永長，貞正乃得无咎。寧樂之時若能與人親比，不寧之方皆悉歸來。夫，語辭。親比貴速，若及早來，人皆親己，後至者或疏己，親比不成。或以夫爲丈夫，謂後來之人也。

程頤：比，吉道也，人相親比，自爲吉道，故雜卦云：比樂師憂。人相親比，必有其道，苟非其道則有悔吝。故必推原占決其可比者而比之。筮謂占決卜度，非謂以蓍龜也。所比得元永貞則无咎。元謂有君長之道，永謂可以常久，貞謂得正道。上之比下，必有此三者。下之從上，必求此三者則无咎也。又人之不能自保其安寧，方且來求親比，得所比則能保其安。當其不寧之時，固宜汲汲以求比。若獨立自恃，求比之志不速，而後則雖夫亦凶矣。夫猶凶，況柔弱者乎！凡生天地之間者，未有不相親比而能自存者也，雖剛强之至，未有能獨立者也。比之道，由兩志相求，兩志不相求則睽矣！君懷撫其下，下親輔於上。親戚朋友鄉黨皆然，大抵人情相求則合，相持則睽。比，輔也。

蘇軾：比未有不吉者也。然比非其人，今雖吉，後必有咎，故曰原筮，筮所从也。原，再也。再筮，愼之至也。元，始也，始既已从之矣，後雖欲變，其可得手！故曰元，永貞。始既已从之則終身爲之貞，知將終身貞之故，再筮而從，孰爲可以者？非五歟？故曰以剛中也。

又不寧方來，謂五陰也。五陰不能自安而求安於五。窮而後求比，其誰親之！

朱熹比，親輔也。九五以陽剛居上之中而得其正，上下五陰比而從之，以一人而撫萬邦，以四海而仰一人之象。故筮者得之，則當爲人所親輔，然必再筮以自審，有元善長永正固之德，然後可以當衆之歸而无咎。其未比而有所不安者亦將皆來歸之。若又遲而後至，則此交已固，彼來已晚而得凶矣！若欲比人，則亦以是而反觀之耳。

朱震：比吉者，比而吉也。凡物孤則危，群則彊，故比而吉。謂九五也。比，輔也。合兩體言比，一陽在上，四陰從之。然比不可以不與善，不可長久，不可不正，乃可无咎。原筮，再筮也。原筮，其愼至矣。復回變成比，不離於貞，永貞也。元，君德。審始善終，永貞則无咎矣。元永貞，九五也。九五乾元，位乎中正，剛中，坎往坤來，坎，勞卦不寧也。坤爲方，不寧方也。比時下不敢自寧，上下相應，多方來矣。上六所以凶，後夫三爻也。比道貴先故。

項安世：元者其始善也，永貞者其終善也。終始皆善，不變不回，則比道得而怨咎忘矣！是道唯九五能，剛實在中，堅固不變。故曰原筮元，永貞，无咎，以剛中也。屯之初九動乎坎中，故爲宜建侯而不寧，九五居坎下比，故爲不寧方來，皆以坎爲不寧也。又凡卦自上而下爲來，比之成卦，本以坤在下，爲下順而從上，又四陰在下皆順而从五，已得比輔之義矣。五位在坎中，憂畏不寧方且來比於下。上下相求，五居尊猶汲汲如此，上六獨安，居徐守窮陰之位，違人道欲不凶得乎！

又：夫，賢，上皆指五，以陽言之爲夫，德言爲賢，位言爲上。比之四有應在下，故謂五爲上。

李衡引陸：五以剛居尊得中正，上下相輔之，既親而安。諸侯有不寧者將比矣。若不誠實，必至於凶，謂上六也。引胡：所比善則吉，惡則凶，具三德然及親比之，爲比主，不寧者相率而親附之，後至不從，禹所以戮防風氏也。引陳皋：聖人以兵刑威下，所以齊不協，既服而來，必親之使不貳，故居上者親於來附，在下者順命之時也。

梁　寅：人親比，親比人皆吉道。九五一陽居尊，五陰比而從之，此爲人所親比者，必有其德，必再筮以自審。元永貞，元，善之長。永，長久。貞，正固。再筮有三德，則眾歸无咎矣。爲人上德爲下比，天下之人孰不舍暴歸仁，去亂從治？私比則殃咎至。後夫謂後至之人也。

吳　澄：一陽居尊，五陰从之如五家爲比，比長統之。原，再也。再熟之蠶謂之原蠶。再筮得此比卦，其占爲元德之人永久正主其事則可无咎。不寧，蓋諸侯之不朝貢。繼今以後方來也。眾陰从一陽，女事一夫不可以二，蓋不可再也。

來知德：原再也。元善也即仁也。永恆，貞正，長永貞固也。无咎者有元永貞三德也。坤爲方，不寧不遑，言四方歸附不暇也。後夫凶者如防風氏後至，田横不來也。夫指九五，四陰相率而來。一陰高亢于上，負固不服，後夫之象。

王夫之：相合無間之謂比。此卦群陰氣協情順，一陽居中，無有雜閒者。原，本也。筮，擇也。君子之交，以道合無所暱，故曰周而不比。本擇乾元之德，正位而永固，因不失其親，无咎矣。九五群陰之宗主，二外非正應，不寧之方猶詩言不庭方，近悅遠來託附，惟上六相亢，受後至之誅，是以凶。稱後夫者不能信友獲上，爲獨夫而已！

李光地：一陽居尊，衆陰輔之，爲比之義。又水在地上，派別甚多，必有所歸，乃天下勢自分而合之象。永貞，長守正固。元，大也。傳彖：比吉者，以其親附之義。不寧方來，上下應也，後夫凶，其道窮也。後夫謂上六。

毛奇齡：水附地曰比，下从上亦曰比。比必附，必下从上，有何勿吉！再筮者推自初復來，推上自剝來也。原筮者再推也。再推居中爲元，爲永貞，合乾媲坤，有何咎焉？上六陰處高位，乘剛抗陽，是道窮則凶。

李　塨：比則有輔矣。四陰順五。凡筮再得，原筮也。原筮得九五，剛正則永貞，長治之道也。上六知五之當比而逆，而高亢，是後至之夫也，其道窮矣，焉得不凶。

吳汝綸：比太玄擬爲密，爲親。蓋萬物自相比，陽比萬物，萬物比陽也。原，再也。初筮乾，再筮五爻皆變，九五不變，故曰元永貞。元，陽文。永貞，永定也。方，并也，並來歸五也。後至則刖之之例也。

伊籐長胤：比相附比，五得位，群陰附比，多助之至，天下順之，吉莫大焉。原，再也。再筮，再三詳審。未比者自不寧居，將來親比。夫，丈夫，剛强之稱。上非有剛中之德，下非有永貞之德，不足當上下之親比。及時則無後時之悔。

薛嘉穎：一人撫萬邦，四海比一人，吉之道也。在上自審果有元善正固之德？方、孔疏不寧之方。惠士奇朝者不寧方來。負固不服之徒後至，是自取征伐之凶。

丁壽昌：子夏傳地得水而柔，水得地而流，故比。干令升原，卜也。胡雲峰原，訓再。後夫，後來之人，孔疏夫爲語辭，非也。荀慈明謂上六爲後夫。方，惠定宇不來朝者方來，方且來，正義謂不寧之方，非也。蘇蒿坪，方來上下諸陰之象。後夫上六在外之象。

曹爲霖：誠齋傳曰商以離德亡，周以同心昌，故曰比吉。太公避紂待文王，馬援舍蜀歸漢曰當今非特君擇臣，臣亦擇君。酈生說田橫後服者亡，後夫凶也。

馬通伯：俞樾曰方，並也。何楷曰比，吉；漸，進，有咏歎意也。司馬光曰凡物孤則危，群則强，比者上下親，外不能侵者也。其昶案比本坤也，坤利永貞，乾元用九通坤，故元永貞矣。

劉次源：比者比附水麗于地。原筮者筮法之原，天一水數之始，地六坎成數始。元永貞者，乾坤屯三元相次，至比得八，八八六十四以當全易。比而能周，是以无咎。五比治，上後人至。

李　郁：比附善人匪人，觀所比，邪正可辨。比以一馭萬，以尊統卑，比人者人恆比之。比五即乾九五，故稱元。不可褻瀆，故曰原筮。不可輕動故元永貞。自二晉五得中道故無咎。不寧指坤。內坤外坎，由外遠而內近，故曰方來，後至者必誅故凶。

胡樸安：周禮五家爲比。說文比，密也，二人爲从，反从爲比。引伸比輔比親。雜卦傳比樂是也。原筮原永貞无咎者，原再。元善。貞事。再筮善，各安其事而无咎也。不寧方來者，無飲食不寧之小團體，皆來輔我也。後來者則凶也。

高　亨：原筮者後人追稱舊筮之辭。元下疑當有亨字。元亨即大享，永貞无咎言占問長期之休咎，此卦无咎。不寧方即不寧邦，詩不庭方，禮不寧侯，謂來朝也，後至之人誅，故後夫凶。

楊樹達：漢書地理志上，昔黃帝作舟車以濟不通，旁行天下，得百里之國萬區，易稱先王以建萬國，親諸侯。又漢記五惠帝紀論：荀悅曰諸侯之制，所由來尚矣，易曰先王建萬國……。

徐世大：譯，徵比：好麼！原來的筮大可經久，莫怪。不安定，才來了後夫，糟。　徵比宜訓爲徵斂。逾期用刑謂之敲比。爾時上層階級取給於下層階級之正當途徑。不安定而不免有更多的徵比，正如女子不安於室而有後夫然，故綴一凶字。

于省吾：虞謂夫五，後上。坎後艮背，上位在背後，无應乘陽，故後夫凶也。干寶後服之夫，違天失人。正義謂夫爲語辭。又謂後來之人。並臆解。夫大古通。俞樾謂原筮元永貞即在先吉與後夫凶相對，是也。按後夫凶即後大凶。後謂上，即上六比之无首凶之義也。

屈萬里：原筮即初筮。元者，善也。方者，國也，不寧之方國來歸附也。俞樾群經平議：「方竝也。」併竝同字。又原，譯言「重也」。比，親也。彖傳、王念孫以爲比吉也，也字衍文，比吉二字，應在下文原筮上，舉四證以明……（經義述聞卷二）

金景芳：人相親比是好事，所以雜卦比樂師憂。原筮，再筮，審慎意。元，善。永，久長。貞，正。

做人做到審慎又善，又永又正，人家才來親比。不寧方，方國，不寧方就是不寧侯，不安順的諸侯。說明天下咸服。有人後來親比，那就凶了。程朱不寧方說都不對。

李鏡池：比，有比幷，親比，阿比三義。原筮，並筮，即同時再占。古時占卜之法，三人占則从二人之言。元永貞，无咎：當是同時卜筮所得貞兆。不寧方：不願臣服的侯國。亦稱不廷方或不寧侯。後夫：遲到者。

傅隸樸：阿比之比音匕，相親之比音畀。馬援說當今之世，不惟君擇臣，臣亦當擇君。原筮便是選擇過程。原是推求，筮是抉擇。元大度量，永恆志節，貞正德行，人君具此三德，不惟志士來親比，即反側的人也將來親比，大家爭先相投，來遲者無所容納。夫讀同扶。比輔也。

黃慶萱：上下密合無間，親愛互助，後果值得慶賀。九五乾元君德，能永保貞正，四方朝貢，來得晚的，會遭受處罰的凶險。（語譯）

林漢仕案：比之所以吉者何也？原筮之義爲卜筮抑爲原究，原窮，推原，原再，原本，原來初筮？其句讀之離斷，不寧與後夫之爻別及其所界定之涵義，茲逐一細述如后：比所以吉者，彖傳比，輔也。下順从也。象謂先王以建萬國，親諸侯。虞翻謂衆陰順從，比而輔之故吉。孔穎達云相親比得吉。朱熹云比，親輔也。朱震云凡物孤則危，群則彊，故比而吉。李衡引云上下相輔，既親而安。梁寅云人親比，親比人皆吉道。吳澄：一陽居尊，五陰从之，如五家爲比。王夫之云相合無間之謂比。此卦群陰氣協情順，一陽居中無有間雜者。毛奇齡：水附地曰比，下从上亦比，比必附。吳汝綸：比，太亦擬爲密，爲親。陽比萬物，萬物比陽也。伊籐長胤：比，相比附。五得位，群陰附比，多助之至，天下順之，吉莫大焉。薛嘉穎：一人撫萬邦，四海比一人，吉之道也。丁壽昌引子夏傳云地得水而柔，水得地而流，故比。曹爲霖引：商以離德亡，周以同心昌。李郁：比人者人恆比之，比以一馭萬，以尊統卑。胡樸安謂周禮五家爲比。說文比，密也。雜卦比樂。李鏡池云比有比幷，親比，阿比三義。傳隸樸云阿比音匕，親比音畀。黃慶萱謂上下密合無間，親愛互助。

比之所以吉，彖輔象親，吳澄之「一陽居尊，五陰从之。」吳汝綸之「陽比萬物，萬物比陽。」至此彖之「下順从。」象之「親諸侯。」其義已顯。朱震之「物孤則危。」夫之先生「相合無間曰比」薛嘉穎之「一人撫萬邦，四海比一人。」之說明已充分補足其義矣。毛奇齡另以「水附地曰比下从上亦比」與子夏傳「地得水而柔。」乃以卦象水地比觀圖識字解卦也。吳澄之五家爲比乃行政組織，雖比未必親也。干寶比，坤之歸魂者，屈萬里斥爲穿鑿，見拙述乾坤傳識乾卦九三爻辭附錄。

原筮之義：干寶以原爲卜。蜀才以原爲原究筮道。孔穎達謂原窮其情，筮決其意。程頤謂推原占決，其可比者比之，筮謂占決卜度，非謂以蓍龜也。蘇軾云：原，再也，再筮，慎之至也。朱熹亦以「再筮以自審」爲原筮之義。項安世謂九五剛實在中，堅固不變，故曰原筮元。句讀以原筮元，永貞句。吳澄謂再熟之蠶謂原蠶，故以原爲再。再筮得此比卦。王夫之以再爲本，筮，擇。君子道合周不比。本擇乾元之德云云。毛奇齡以再筮爲推自復來，上自剝來，原筮爲再推。李塨謂凡筮再得，原筮也。劉次源謂原筮爲筮法之原。高亨以原筮爲後人追稱舊筮之辭。屈萬里謂原筮即初筮。釋言原，重也。李鏡池謂原筮爲幷筮，即同時再占。傳隸樸謂原是推求，筮是抉擇。原筮是選擇過程。

原筮之釋計有：

原卜；原究；原窮其情；推原占決；原，再也，再筮，愼之至也；再筮得此卦；再爲本，筮，擇，本擇乾元之德；再筮推自復來，上自剝來；筮法之原爲幷筮，即同時再占。原爲推求，筮是抉擇；原筮是選擇過程。上十一說，項安世斷句法「原筮元」尚不在其中。按原字一作邍，說文，高平之野，人所登，从辵備彔，闕。又水泉之本也。本也。原也（于注）察也（管子）上十七見中，以再筮爲義者必不得原筮之義，蓋六十四卦八八之數，从乾至未濟乃易之爲書之始終，人謀鬼謀安排一陽五陰之不可或缺者。毛奇齡之復來，剝來十二消息卦中無比卦。比卦卦辭，乃總一卦言，孔穎達之原窮之情，筮決其意，亦即傳隸樸之原是推求，筮是抉擇或即原筮之義。管子戒「春出原農事之不本者謂之游」注、察也，故原筮即察筮也。其文曰比，吉，推求其情，察所筮抉擇之意爲元永貞，无咎，不寧方來，後夫凶也。原筮即比卦之情意乃……，果爾，元永貞，无咎，不寧方來，後夫凶才是卦之斷辭。爲何无咎？後夫凶又何義？仍以比較百家言以見指撝：

元永元，无咎，彖謂以剛中也。干寶謂元永貞，逆取順守，居安如危，故曰无咎。蜀才稱本師六五，九二升降，剛往得中，推原筮道以求長正而无咎矣！王弼曰使永貞而无咎者，其唯九五乎！孔穎達謂元大，永長，貞正乃得无咎。程頤之比樂相親比，必推原占決可比而比，元謂有君長之道，永謂可以常久，貞謂得正道，上比下，下從上，求此三者則无咎也。蘇軾謂元，始，始既从，後雖欲變，其可得乎！故曰元永貞，終身貞者非五歟？朱熹云九五居上之中得正，上下五陰比從之，有一人撫萬邦，四海仰一人之象，必再筮自審，有元喜永固之德，可當衆之歸而无咎。朱震：比吉謂九五也。比不可不與善，不長久，不正，乃可无咎。項安世謂：元者始善，永貞終善，終始皆善，比道得而怨咎忘矣，唯九五能。梁寅：元善長，永長久，貞正固，再筮有三德則衆歸无咎。吳澄稱：其占爲元德之人永久正主其事則可无咎。來知德謂：元善即仁，永恆，貞正，長永貞固。无咎者有元永貞三德也。王夫之云：本擇乾无之德，正位而永固，因不失其親，无咎矣。李光地：永貞，長守正固。元，大也。毛奇齡：再推居中爲元，爲永貞，合乾媲坤，有何咎焉。吳汝綸：初筮乾，再筮五爻皆變，九五不變，故曰元永貞。元，陽爻。永貞，永定也。馬其昶云：比本坤也，坤利永貞，乾元用九通坤，故元永貞矣。劉次源：元永貞者，乾坤屯三元相次，至比得八、八八六十四以當全易，比而能周，是以无咎。李群：比九五猶乾九五，故稱元，不可褻瀆，故曰原筮。不可輕動故元永貞。自二晉五得中道，故无咎。胡樸安謂：元筮即元善，貞事。再筮善，各安其事而无咎也。高亨：元下疑有亨字，元亨即大亨。永貞无咎者占問長期休咎。金景芳：做人做到審慎又善，又永又正，人家才來親比。李鏡池：元永貞无咎者當是同時卜筮所得貞兆。傅隸樸謂：元大度量，永恆志節，貞正德行，人君具此三德，即反側的人也來親比。黃慶萱：九五乾元君德，能永保貞正，四方朝貢。以上合古今大家所纂，述者不煩再引者，以共見傳聞同，所見亦同，即解亦多同故也。之所以元永貞者，九五具此三德也，朱子謂一人撫萬邦，四海仰一人者，比九五也。馬其昶稱乾元用九通坤，即解毛奇齡合乾媲坤也。上九五陽，下三爻坤。吳汝綸之初筮乾，五爻變，九五不變，則當爲屯，而非比，劉次源之乾坤屯三元相次，似可與之通氣。至比得八也者，卦次八也，與倍，乘毫無牽涉，至卦辭元者不止乾坤屯比也，大有元亨，隨元亨利貞，臨元亨利貞，无妄元亨利貞，升元亨，鼎元吉。劉君豈以不相次而數不止三，不能定爲三元，即相次，其元亦不能以乾坤屯之元爲第八次比吉，原筮，元永貞之元字注腳，劉之解不切也如此可見矣！劉言之不當也。

比，吉。比卦吉也。原筮即察筮，爲具元善，永長，貞正三德者无咎。易家鎖定比主爲九五，九五有此三德，所以懷諸侯，柔遠人也。下文「不寧方來，後夫凶」正展示九五之媚力與氣魄，李衡引稱禹所以戳防風氏是也。試讀孰爲後夫？說者謂：

彖：後夫凶，其道窮也。

虞翻：水性流動故不寧，坤陰爲方。後謂上，夫謂五，坎爲後，无應乘陽，故後夫凶。傳象先王謂五。

干寶：天下歸德，不唯一方，故曰不寧方來。後服之夫必災其身，故曰後夫凶。

荀爽：後夫謂上六，逆禮乘陽不比聖王，其義當誅。

孔穎達：不寧之方皆悉歸來。夫，語辭。後至者或疏己。或以夫爲丈夫，謂後來之人也。

程頤：人不能自保安寧，來求親比則能保其安。若獨立自恃，而後雖夫亦凶。夫猶凶況柔弱者乎！

蘇軾：不寧方來謂五陰也。五陰求安於五，窮而後求比，其誰親之。

朱熹：上下五陰比从九五陽剛得正，若遲而後至，彼來巳晚而得凶矣！
朱震：坎勞卦不寧，坤方。比時下不敢自寧，多方來矣。上六所以凶。後夫三爻也。比道貴光。
項安世：坎爲不寧，九五居坎下比，五居尊猶汲汲如此，上六獨守窮陰違人道，欲不凶得乎！
又夫，賢，上皆指五，以陽言之爲夫，德爲賢，比四應下故謂五爲上。
李衡引：凶謂上六。又引：後至不從，禹所以戮防風氏也。
梁寅：後夫謂後至之人也。
吳澄：不寧蓋諸侯之不朝貢，繼今以後方來也。衆陰从一陽，女事一夫不可再。
來知德：不寧不遑，四方歸附不暇也。後夫如防風氏後至，田横不來，夫指九五，上後夫象。
王夫之：九五群陰之宗主，近悅遠來，上六相亢，受後至之誅，是以凶。稱後夫，獨夫而已！
吳汝綸：方，并也，并來歸五，後至則刖之之例也。
伊籐長胤：夫，丈夫，剛陽之稱。上非有剛中德，下非有永貞德，不足親比，及時無後時之悔。
丁壽昌：後夫，後來之人。孔疏夫語辭，非也。方且來。後夫，上六在外之象。
李郁：不寧指坤，後至者必誅故凶。
高亨：不寧方即不寧邦，詩不定方，禮不寧侯，謂來朝也。後至之人誅，故後夫凶。
徐世大：不安定，才來了後夫，糟。不安定不免更多徵比，正如女子不安於室而有後夫然。
于省吾：夫，大古通。後夫凶即後大凶。後謂上，即上六比之无首，凶之義也。

屈萬里：方者國也。不寧之方國來歸附也。
李鏡池：不寧方，不願臣服的侯國，亦稱不廷方或不寧侯。後夫，遲到者。
傅隸樸：即反側的人也將來親比，大家爭先相投，來遲無所容納。夫讀同扶，比輔也。
眾口一辭，幾無異義，皆以上六後至爲凶，雖然仍有一二異解者，不妨大方向也。如虞翻謂水流動故不寧。坤陰爲方。孔穎達謂不寧之方。蘇軾指不寧方來爲五陰。朱震謂坎勞坤方，多方來。項安世謂坎不寧，九五居坎下汲汲如此。吳澄：不寧蓋這時候不朝貢，方來也。來知德以不寧爲不遑，四方歸附不暇也。吳汝綸謂方爲幷。丁壽昌以方爲且來。李郁以不寧爲坤。高亨謂不寧方，詩不庭方，禮不寧侯來朝也。徐世大謂不安定，如女子不安於室。屈萬里以方爲方國。傅隸樸謂反側的人。茲爲不寧方來之異辭。
後夫亦有微末之異說，觀：
虞翻以後謂上，夫謂五。項安世即謂夫上皆五，以陽爲夫。項另謂上六守窮陰，欲不凶得乎！
干寶以後夫爲後服之夫。
荀爽以上六爲後夫。王夫之，丁壽昌，于省吾皆以上六獨夫，在外，比之无首故凶。
孔穎達以夫爲語辭。　又或以夫爲丈夫，謂後來之人也。
程頤以夫爲强人，其謂後雖夫亦凶，夫猶凶，況柔弱者乎！
朱熹謂遲而後至者爲後夫。　胡瑗所謂禹戮防風氏也。王夫之謂受後至之誅，又謂後夫猶獨夫。　朱震云：上六所以凶，後夫三爻也。比道貴先。

伊籐長胤之夫爲大夫，陽剛之稱。與虞氏項氏所以異者，宜自省其德，無後時之悔也。

徐世大云：不安定，來了後夫。女子不安於室而有後夫，故綴一凶字。

于省吾：夫，大古通，後夫凶，後大凶也。

以虞氏後謂上，夫謂五爲不可解，張惠言注「師震爲夫，同人巽爲婦，則比艮爲夫，大有離爲婦。」仍不能說明卦辭「後夫凶」之義，而虞氏之「坎爲後，无應乘陽。」若謂「坎之後，无應乘陽」，則明謂上六爲後夫矣，故謂後夫凶。而傳象以五爲先王，是虞氏之文有所未達。伊籐長胤以五爲丈夫，並謂五宜自省其德而免悔。與卦辭「凶」，不祇悔而已也。竊以爲後夫凶確然宜指上六「比之无首，凶。」與爻辭原意合，然古今大家皆有疏漏而未之詳審發抒者，不能一以貫之也，不能以禹戮後至之防風氏將卜得比卦之人置身事外。「後夫凶」所指即比處「不寧方來」時「後夫凶」也。乃比本身前吉後凶之文，大家隨文意他嫁，置比於事外矣！比之初爻吉，六二亦吉，附帶條件爲貞庶吉，六三比之匪人，干寶謂傷王政。六四亦貞吉。九五吉，上六比之无首，凶。朱子以六三其占大凶，上六雖正亦凶。處六三比之匪人，咎由自取；上六比之无首。雖曾顯比爲后。（後通后，希我后，后來其蘇之后），不寧方來之時，曾爲后之上六，凶咎終將難免矣！

**初六，有孚，比之无咎，有孚盈缶，終來有它，吉。**

象曰：比之初六，有它吉也。

虞翻：孚謂五，初失位，變得正，故无咎也。又坤爲缶，坎水流，坤初動成屯，屯者盈也，故盈缶，終變得正，故終來有它吉，在內稱來也。

荀爽：初在應外，以喻殊俗，聖王之信，光被四表，絕域殊俗，皆來親比，故无咎也。又傳象云：缶者應內，以喻中國。既盈滿中國，終來及初，非應故曰它也。謂信及非應然及吉也。

王弼：處比之始，爲比之首者也。夫以不信爲比之首則禍莫大焉！故必有孚盈缶，然後乃得免比之咎。故曰有孚。比之无咎也。處比首，應不在一，心无私吝，則莫不比之著信立誠盈溢手，質素之器則物終來无衰竭也。親乎天下，著信盈缶，應者豈一道而來！故必有他吉也。

孔穎達：處比之始，之首，若无誠信，禍莫大焉！必終始如一，爲之誠信乃得无咎。應不在一，心无私吝，莫不比之，有此孚信，盈溢質素之缶，以此待物，物皆歸向，從始至終，尋常恆常，非唯一人而已，更有他人並來而得吉。初六無應，是應不在一，故心先私吝也，若心有偏應即私有愛吝也。

程頤：初六，比之始也。相比之道，以誠信爲本。中心不信而親人，人誰與之！故比始必有孚誠乃无咎也。誠信充實，若物盈蒲於缶中。缶，質素之器，言若缶之盈實其中，外不加文飾，則終能來有它吉也。它，外也。誠信中實，雖外皆當感而來。從孚信，比之本也。

蘇軾傳象：言致他者，初六之功也。

張載：柔而无應，能擇有信者親之，己之誠素著顯，終有它，吉，比好先也。

朱熹：比之初貴乎有信，則可以无咎矣！若其充實則又有它吉也。

朱震：初六不正，未能信也。比道以信爲本。四與初本相應，初動正，往比則有孚信矣。孚者，信之應也。春秋傳曰小信未孚。初六坤土，坤爲腹，動之四成兌，兌爲口，巽爲繩，土器有腹，有口，而繩引之，坎水盈其中，盈缶也。缶所以汲，質素之器，誠之象水，盈其中亦誠信充實而無間之象。有孚之謂也。初始，四終，初自四復位終來也。四非正應，子夏曰非應稱它，初比之以誠，信其終，來有它之吉矣，若比不誠，其能終有它乎！陸績曰變得正，故吉是也。

項安世：初當比四，以陰比陰，雖若有咎；然四有孚於五，上後於五，故六三比之爲匪人。四孚於五，故初六比之爲无咎。九五之孚，盈六四之缶，自四來及初，初五本非正應而得其吉，故曰有他吉。坎卦五爲有孚，四爲用缶，坎水盈則下流，故初六取以爲象。

李衡引牧：缶，時用之器，居順之首，爲比之先，衆願從之，故有它吉。引介：比乎人者己从往它，爲它所有；它來从己，爲己有之。比初上下之分未定，唯盛德則能有它吉也。

梁　寅：陽爲實，初以陰居陽，虛而能實，此孚信之象也。缶本虛，有孚盈缶則實矣。始雖无應，終有他吉也。他吉，吉自外來者也。

吳　澄：初變剛，二孚初，初二比，所以无咎。初變剛則初二三四有缶象。言有孚者不止二，三四皆在缶中，盈滿缶中，終來孚於初，初不止比二，又有他并往比三四，同心順九五則吉也。

來知德：有孚，誠信比于人則无咎矣。缶中虛，初變屯，盈也。坎水下流盈缶之象。人事論自一念一事念念事事皆誠，即盈缶，即孟子所謂信人。充實之謂美，盈缶也，自始至終誠信更有他吉也。

王夫之：比有相近相親者，有相應相合者，初六遠下，不親九五，宜有咎，四近五，初柔與四合相孚，因以託於大君，故无咎。必有盈缶之誠以信友而獲上，上乃嘉而與相比程頤，非正應得恩禮，故曰他吉。傳象：初得比上，非初自能得之，因他而致之。

李光地：比之道以誠爲本，誠豫比人則无咎。缶，質素。誠意充積如盈缶然，不惟无咎，終且有他吉也。初無應，故以有他吉言之。

毛奇齡：比者孚也，惟孚，故比而復，震初剛升坎中，中誠相附，實有所孚，非苟比也。初爲他，所謂方來者或疑其不必來，吾則以爲來，以其孚也，有他故吉。

李　塨：九五卦主，初六見離而有孚者，欲往比五，五非初應，初應四，四敵不相配則爲他矣！初欲比五，四密邇于五，早與五比者，苟我有孚盈六四之坎缶，他必下應相偕比五，自四言之爲終來，自初言之爲有他吉矣，又何咎！

吳汝綸：二爲五之孚。比无咎謂初比二。有孚盈缶，孚乃采之借字，采，果贏也，謂五也，五來比二而初與焉，是謂有它吉也。

李富孫：釋文作它。說文佗，負何也。它，虫也。上古艸凥患它，故相問無它乎？隸變佗爲他。則非負何本義。玉篇它古文佗。

伊籐長胤：缶，瓦器所以盛酒漿。自我比彼，初或誠信，如物盈滿缶中，終有他吉。蓋人靡不有初，鮮克有終。

薛嘉穎：初處比始，以誠比人，有孚之象。案初與五非應而獲吉者，子夏傳非應曰它，是也。

丁壽昌：釋文缶，瓦器。鄭云汲器。爾雅盎謂之缶。它，本亦作他。案章懷注比卦坤土，缶象，坎雨，水象。有誠信則它人來時而吉也。惠棟先儒以孚爲五，初應，誠是信及非應。案易言有它者三，皆謂非應，大過四，中孚初。此爻子夏傳曰非應稱它是也。

曹爲霖：與物相親之始，必在我有至誠之心，餘，耳之光初隙末則如勿光。周、鄭之信不由衷，則如勿信，惟盡此誠，故來彼之吉。他，彼也。金谿陳氏謂初比四從五，故有他吉。

馬通伯：李賢有它指二，其衵案初有孚，故終來比五。魯恭諫擊匈奴疏云：人道乂於下，則陰陽和於上，祥風時雨覆被遠方，夷狄重譯而至矣。易曰有孚盈缶，言甘滿我缶誠來有它而吉矣。孚，古借孚爲稃，檜也。

劉次源：五得乾中，坤應初比，先著孚信，咎之无也。變震爲缶，水盈其缶，且有它吉慶。

李　郁：初六失常，變剛應四故有孚，上坎下震，雨滿盈缶，震有缶象。陰以陽爲它，故吉。

胡樸安：孚信，民信而比之，自无咎。民以飲食之故信我，我以盈缶之飲食比之也。終來有他吉者，民終日來相比附，雖無目前之利，必有將來之利。故象曰有他吉。

楊樹達：後漢書魯恭傳：夫人道乂于下，則陰陽和于上……易曰有孚盈缶，終來有它，吉。言甘雨滿我之缶，誠來有我而吉巳。（劉攽云有我而吉，我當爲它。）

高亨：孚讀爲浮，罰也。將有罰至。有孚盈缶謂罰一缶酒。比，輔弼。來，語詞。它，重文作蛇，古人稱意外之患曰它。終有意外之患而不足爲患，故曰終來有它吉。

徐世大：徵比對象是有俘奴的上戶，徭役可派俘奴承當。輸稅亦不過如窯洞中來了一條蛇，略有擾亂而已！燒瓦灶曰窯，引申爲陶器，北人居洞穴，俗謂之窯。俘奴製陶，蛇來常事。

于省吾：荀爽四承五，有它意於四則不安。虞翻終變得正，故終來有它吉，在內稱來也。釋文它本亦作他。按說文它，虫也，以虫而長。骨文作⿱止它，⿰彳⿱止它。單言⿱止它，當即有⿱止它之簡語。來疑未字之譌。易言有它皆不吉之象。象曰有它吉。失之。

屈萬里：吳汝綸孚，蓋采之借字……音變而爲穗。按此特借盈缶以喻其孚之充盈而已。吳說甚辨而非是。

金景芳：孚，信。誠信在中，猶如有物充實于缶中，不但可以无咎，還可以有它吉。

李鏡池：有孚，抓到戰俘。比之，親近他們。指對戰俘進行安撫。盈缶，裝滿酒飯給俘虜吃。終來，縱使。有它，有變故。勞動者創造剩餘價值，不再屠殺戰俘，用酒飯款待籠絡，使安做奴隸，縱使發生變故，也會比較好。吉不是筮辭，是說明語。

傅隸樸：有孚即用眞誠，親比，无禍咎。眞誠如瓦缶盛物，實實在在，缶質素，得意外喜事。

黃慶萱：初六陰爻，內心充滿誠信與朋友親愛，就能免於過失。最後還會有其他意外收穫呢！（語譯）

林漢仕案：虞翻謂孚五，坤缶，屯盈，在內稱來。王弼以初六爲比首，必有孚盈缶，應者豈一道而來？故必有他吉。孔穎達云：處比始，誠信乃得无咎。有此孚信，物皆歸向，更有他人並來得吉。初六無應，是應不在一。程頤：誠信充實，若物盈蒲於缶中，它外也，從孚信，比之本也。朱熹：比方貴乎有信，若其充實則又有它吉也。朱震：初六不正未能信，四與應，初動正，有孚信矣。子夏曰非應稱它。項安世：四孚於五，初四雖陰比陰爲无咎。初五非正應得吉，故曰有他吉。李衡引牧曰：缶，時用之器，故有它吉。引介云比初上下之分未定，唯盛德能有它吉也。梁寅：初陰居陽，陽實，孚信之象。始无應，終有他吉，吉自外來者也。吳澄：初變剛，二孚初，二三四有缶象。初不止比二，又有他並往比。來知德：缶中虛，初變，盈也，坎水流盈缶之象。王夫之：初柔與四合相孚，故无咎，非正應得恩禮，故曰他吉。李塨：四敵應不相配以則爲他矣！初欲比五，四密邇于五苟我孚四，五相偕比。自四言之終來，自初言之爲有他吉。吳汝綸：二爲五之孚，孚乃采之借字，果嬴也。謂五也，五比二而初與焉，是謂有它吉。李富孫：它，虫也，佗，負何也，隸變佗爲他，非負何本義。薛嘉穎：初五非應而獲吉者有它也。丁壽昌：惠棟以孚爲五，初誠足信及非應。曹爲霖：他，彼也，謂初比四從五，故有他吉。馬通伯：有它指二，孚，古借爲稃，檜也。劉次源：先著孚信，且有它吉慶。李郁：初六失常，變剛應四故有孚。陰以陽爲它。胡樸安：民信而相比附，雖無目前之利，必有將來之利，故曰有他吉。高亨：孚讀爲罰，謂罰一缶酒。終有意外之患而不足患，故曰終來有它吉。徐世大：俘奴製陶，蛇來常事。于省吾：它，虫也，來疑未字之譌。

易言有它皆不吉之象。象曰有它吉，失之。屈萬里：吳汝編孚借爲采，音變爲穗。特借喻充盈而已，吳說甚辨而非是。李鏡池：抓到了戰孚，安撫，以酒飯給俘虜吃，有它，有變故。傅隸樸：眞誠如缶盛物，得意外喜事。黃慶萱：誠信與朋友親愛，就能免於過失，最後還會有意外收穫。

本爻討論要點在初六比之何爲无咎？「終來有它」爲何物？爲何又吉？于省吾云「易言有它皆不吉，今比象曰有它吉，失之。」試比較他卦「有它」云者不吉原因，以定象辭云比初有它吉之原理所在，茲逐一小述如后：

比之初六終來有它，吉，象有它，吉也。大過九四棟隆，吉，有它吝。中孚初九虞吉，有它不燕。易經文有它僅此四見，中孚之有它，燕京本引得作他。四見中兩有它，吉，一吝，一不燕。丁壽昌言易有它者三，皆謂非應。查大過九四應初六，雖用心不弘（孔穎達言）而有應。中孚初九有它應在九四也。兩皆有應，惟一不弘，一有它故不專，所以吝而不燕者也。比之初六有他所以吉者異乎大過與中孚，于省吾云「易言有它，皆不吉之象。象曰『有它，吉。』失之。」于省吾皆以它爲蟲，爲蛇視之也。查經傳中「它」字之義有：①同他，如小雅它山之石，可以爲錯。又荀子：「至誠則無它事矣。」②同駝，如橐它，橐駝，橐馳，一也。③交錯解，如它它藉藉，史記作佗佗籍籍。文選作他他籍籍，言被創刃死者交構也。④說文：虫也，从虫而長，象冤曲垂尾形，上古艸居患它，故相問無它乎？它或从虫作蛇。是它義有他，駝，馳，佗，蛇五義，易中四見，豈能一之於蛇而曰「皆不吉」者乎！

初六比，與之四无應，何爲无咎？

孔穎達謂比始，誠信乃得无咎。朱熹：四與應，初動正，有孚信矣。項安世以爲四孚五，初四雖陰比爲无咎。王夫之云初柔，與四合相孚，故无咎。經文「有孚，比之无咎」者，至此甚明矣，蓋比之无咎者在初六之有孚也。孔以誠信，朱以動正有孚信。

「終來有它」又何義？爲何能吉？

虞翻謂在內稱來。王弼云有孚應者豈一道來？故必有他吉。孔穎達發揮其義云更有他人並來得吉。程頤之信中，它外來。朱子進而曰比貴信，若充實又有它吉也。朱震：初動正，子夏云非應稱它。項安世謂：初五非正應得吉，故有他吉。李衡引介云唯盛德有它吉也。梁寅云：始无應，終有他吉，吉自外來者也。王夫之稱：非正應得恩禮，故有他吉。吳汝綸：五比二而初與焉，是謂有它吉。曹爲霖：他，彼也，謂初比四從五，故有他吉。馬通伯：有它指二。李郁：陰以陽爲它。徐世大：蛇來常事。于省吾：來疑未字之譌。李鏡池：有它，有變故。傅隸樸云：得意外喜事。黃慶萱：意外收穫。

「來」在內稱來。（虞翻）它外來。（程頤），始无應，吉自外來者也。（梁寅）

有孚應者豈一道來？故必有他吉。（王弼）更有他人並來得吉。（孔穎達）意外喜事（傅隸樸）比貴信，若充實又有它吉也。（朱熹）

非應稱它。初動正。（朱震）初五非正應得吉，故有他吉。（項安世）非正應得恩禮（王夫之）

五比二而初與焉，是謂有它吉。（吳汝綸）他，彼也，初比四从五，故有他吉。（曹爲霖）

陰以陽爲它。（李郁）

它，蛇。（徐世大，于省吾，李富孫。）

來疑耒字之譌。（于省吾）

有它，有變故。（李鏡池）

來有內來，外來，疑來爲耒字之譌。又有豈一道來之不同。它有虫蛇，他彼意外喜事，變故之別，又有李郁之陰以陽爲它之晦澀隱語，蓋謂小龍乎？陰以陽之小龍爲它也乎？初之所以吉，初動正，則初四可以正應；比四从五爲第二理想；初五非正應得吉，得恩禮。直接夢想；五比二而初與焉。構成自我意識中心解初无應之所以獲吉也。

竊意可否一併解「終來有它」之終字，蓋大過九四有它吝，中孚初九有它不燕之上皆无終字，終，不以始終解，可有他意？周禮小司徒注引司馬法「十成爲終。」又書君奭其崇出于……馬本終作崇。又從旦至食爲終朝，　詩蝃蝀「崇朝其雨」，淮南「不崇朝而雨天下」。又以終爲常，　墨子民無終賤，官無常貴。終於是乎擺脫極，窮，盡，竟，畢，充，沒，死，已，而以十成，崇，常爲其義。

來爲瑞麥來麰，天所來也，行來之來。

它義爲他，彼義爲長，訓陽亦通。

有孚之孚，雖異義多端，孚信，采之借字，果贏也。孚借爲稃，稽也。孚罰也，俘奴，戰俘，采音變爲穗。仍以孚信義爲長。

初六，有孚信，比之四，雖陰比陰，无咎，蓋有盈缶充實之孚信，常得天自來之他吉。傳隸樸所謂「意外喜事。」黃慶萱稱「意外收穫。」王弼之「應者豈一道而來」皆是也。訓陽亦甚是。

**六二，比之自內，貞吉。**

象曰：比之有內，不自失也。

干寶曰：二在坤中，坤國之象也。得位應五而體寬大，君樂民人自得之象。

崔憬傳象：自內而比，不失己親也。

王弼：居中得位，繫應在五，不能來它故得其自內貞吉而已。

孔穎達：不能使它悉來，唯親比之道自在其內，獨與五應，但貞吉而已，不如初六有它吉也。　傳象：不自失其所應之偶，故云比之自內，不自失也。

程頤：二與五爲正應。以中正之道相比者也。二處內由己也，得君道合而進。乃得正而吉也。汲汲以求比，非君子自重之道，乃自失也。

蘇軾：以應爲比，故自內，於二，可謂貞吉。不自失者，於五則陋矣。

張載：愛自親始，人道之正，故曰貞吉。

朱熹：柔順中正，上應九五，自內比外，而得其正吉之道也。占者如是則正而吉矣。

朱震：六二九五中正相比，剛柔正而位當。聖人猶曰比之自內者六二柔也。恐其自失也。二處內待上求，然後應之，比之自內者也。故正則吉。不能自重，汲汲求比，動失正道，枉尺直尋，未有能直人者也。故曰比之自內，不自失也。易傳曰士修己乃求上之道，降志辱身，非自重之道，故伊尹武侯必待禮至而後出也。

項安世：以六居二，正位也。二五正應也。但能固守其所自有則足以吉矣！六二自內，不求於外，以柔居柔，懼其不能固也。正己不求於人，與割所愛从賢，斯二者非有貞固之德，皆不足以守之。

李衡引陳皋：比從內乃婦人之道，非君子通適。不自失而已。

梁　寅：二與五比，由內而外比也。凡貞吉者，有爻本善，有爻非貞爲之戒者，此爻本善也，言自內比外得正是以吉也。

吳　澄：比之者初比二也，故曰自內。

來知德：二內卦，自內者由己涵養得君。六二柔順中正，上應九五，以中正之道相比，貞吉也。

王夫之：六二正應九五，爲坤順之主，居中得位，內比初三，同歸心於五。蓋得人臣以人事君之道，忠貞之篤，其吉宜矣。傳象：合衆陰以比於上，雖六三猶欲與相聯合。

李光地：九五正應，二自內卦比之，故曰自內。比不失所自，則比非狥人。戒占者正固則吉。

毛奇齡：二爲內之主而比之，則內皆比矣。二爲五應，正也。正又何失焉。

李　塨：二比五，是比之自內矣，二應五正也，正故不自失。

吳汝綸：比之自內，比五也。擇才而用，雖在乎上，以身許國，必由於己，故曰自內，貞吉者，當之則吉也。

伊籐長胤：自內比外九五，二才足輔君，君亦知賢而倚任之。然用舍在君，進退由己，不可强相比取辱，故云貞吉。蓋强求比，雖暫親，其交不終。貞以自守，其兗矣夫。

薛嘉穎：五與二應，自內卦比之。何氏楷五來比二，乃自其內卦所本有之應，非假合者倫。比非徇人，故占得正而吉。又比自內者，蓋不因此自失中正之道也。

曹爲霖：盧容菴曰二與五應，非比也。由在內之應而往與之比，是謂比之自內，伊尹從湯，以三聘之故，武侯從昭烈，以三顧之，比不失正，故象曰不自失也。

馬通伯：姚配中曰不化，故不自失。

劉次源：內，內卦，亦心內也。二坤主與五應，中心誠專一貞靜，比之最篤，吉其順也。

李　郁：二在內卦之中，故曰自內。得正應五，誠心相輔，故貞吉。

胡樸安：欲外比，先內比，整理國內人民之事，國內已治。故象曰貞吉，貞事也，整理事也。

高　亨：比之自內，六四外比。公卿在朝，作王股肱，內比。帥師遠征，奉使外出，外比。在內輔君筮遇此爻則吉，故曰比之自內，貞吉。

徐世大：比之，自內，吉。譯：徵比他，自己來繳納，好。二爻中農戶，依期納稅，自是好的。

金景芳：六二處卦內，以正當的途徑去與九五比，必得吉。

李鏡池：从國內做到和睦團結。

傅隸樸：六二坐待九五之來比，故曰比之自內。六二居中，君子思不出位，故曰貞吉。

黃慶萱：（語譯）自內心精誠，內部團結作起，與領袖相親相愛，立場正確，必有收穫。

林漢仕案：虞翻以內稱來；程子稱它外來。梁寅謂吉自外來者。所以云內，外者，蓋以爻位初爲內，上爲外，初之五陽來，程子，梁寅皆以外來稱。若夫初上五，往也，虞氏在內稱來者則名物上有異議，蓋虞氏之意亦謂上卦之四或五來就初也。彼云孚謂五，五來也；初變得正，四來也。若如是，虞氏之來亦上三爻下下三爻爲來也，則虞氏，程子，梁寅之說一也。今六二比之自內，如何自內比，且引眾說从見指撝也。

干寶謂得位應五。崔憬云自內而比。王弼：不能來它，故得自內貞吉而已！孔穎達：不自失其所應之偶。程頤：二五正應，二處內由己，得君道而進。蘇軾：以應爲比，故自內。朱熹：上應九五，自內比外。朱震：六二，九五中正相比，二處內待上求，然後應之，比之自內者也。

項安世：六二自內不求於外，正已而不求於人。

李衡：比從內乃婦人之道，非君子通適。梁寅：二與五比，自內而外比也。吳澄：比之者初比二也，故曰自內。來知德：二內卦，自內由己涵養，應九五，以中正之道相比。王夫之：二比初三，同歸心於五。李光地：九五正應，二自內卦比之，故曰自內。毛奇齡：二爲內之主而比之，則內皆比矣。李塨：二比五，是比之自內矣。伊籐長胤：自內比外九五。薛嘉穎：五與二應，自內卦比之。又引何楷五來比二，非假合者倫。曹爲霖：二五應非比也，由內之應而往與之比，是謂比之自內。

劉次源：內，內卦，亦心內也。　李郁：二在內卦之中故曰自內。

李光地周易通論云：承乘者謂之比……下體三爻所取比義至少，隔體無相比之情矣。又云所謂應者，必隔二位而相應，例也，不隔則非應矣。　李富孫周易釋爻例亦云：凡三四爻稱內，亦稱來往。

馬通伯云：比者逐位相連之爻也。有承，乘之分焉，如二爻下與初比，謂之乘上，與三比謂之承，比以陽上陰下爲宜，應每喜陰上陽下。　又繫辭：往者屈也，來者信也，一往一來謂之變，往來不窮謂之通。　泰卦傳：內陽外陰，內健外順，內君子外小人。　杭辛齋易楔往內卦外卦云：六十四卦均有內外之分，下卦爲內，上卦爲外。　又學易筆談：內卦爲來，外卦爲往。初則來之始，上則往之極。

準比之「逐位相連之爻」爲例，則六二之「比之自內」，當以初，三兩爻爲比之對象，乘初，承三。而傳易之賢者，崔憬云自內而比，吳澄云初比二，王夫之云二比三。曹爲霖云：二五應，非比也。而諸大家如蘇軾，朱熹，朱震，梁寅，來知德，李光地，伊籐長胤，皆以二五應而外比九五。李光地創「隔地無相比之情。」亦「情不自禁」往比矣，是不合比之體例也。王夫之云「二比三同歸心於五。」似較周延，　蓋二五本正應，而爻辭明告之「比之自內」，下卦爲內，不比初則比三。　卦爲五陰从陽，衆陰順從，初二三之聯袂而來矣，是又不止比三而已也。吳澄之比初，王夫之比三，皆可名之曰「同歸心於五」也。胡樸安之「國內已治。」高亨之「作王股肱。」李鏡池之「國內團結。」黃慶萱之「內部團結。」皆不知所云矣！又上文繫辭「往者屈也」也者係陰陽上下往來，後儒所謂卦變，錯綜也，於此無涉而略不述。

## 六三，比之匪人。

象曰：比之匪人，不亦傷乎！

虞翻：匪，非也。失位无應，三又多凶，體剝傷象，弑父弑君，故曰匪人。

干寶傳象：六三乙卯，坤之鬼吏，在比之家，有上之君也。周木德，卯木辰，同姓之國也。爻失其位，辰體陰賊，管蔡之象也。比建萬國，唯去此人，故曰比之匪人，不亦傷王政也。

王弼：四自外比，二五爲應，近不相得，遠則无應，所與比者，皆非己親，故曰比之匪人。

孔穎達傳象：所欲親比皆非其親，是以悲傷也。

程頤：三不中正，所比者皆不中正，匪人也，比於匪人，其失可知。傳象曰：比於匪人，必反及得悔吝，其亦可傷矣，深戒失所比也。

蘇軾：近者陰而遠无應，故曰匪人。

張載：履非其正，比之必匪其人，故可傷。

朱熹：陰柔不中正，承乘應皆陰，所比皆非其人之象，其占大凶，不言可知。

朱震：子夏曰處非其位，非人道也。三四處中，人位也。六三柔而不正，處非其位，遠比上六，非道而不應，近比六四六二，以不正而不受，天地之間，未有不親比而能自存者，比而人莫與，不亦傷乎！可傷則悔吝不必言也。

項安世：六三无得五之理，故爲比之匪人，如衛女失身於蚩氓，窮人之可傷者也。又四孚五，上後於五，故六三比之爲匪人。又三不正之人，乃以敵應。故上比三爲无所終，三比上爲匪人，蓋所比在彼，所喪在已也。

李衡引魏：二四雖近情不相得，又柔諂非已所親，故曰匪人。引牧：比貴先，三處坤末。初敦信，五賢明，爲二四所隔，以柔處剛，以陰居陽，好剛行乖也。過二之上，不由中也。引介：比非陽也。引陳：君子修潔自立，則四海皆所親。六三陰居陽，不守正，不得中，上无應援，下不錄，獨立无依。

梁寅：三與上應，又比四，下比二，以陰比陰，所比非人之象。

吳澄：二比三，三居人位而不中正，是人而无人道也，故曰匪人，三豈可比者哉！

來知德：唐河朔藩鎭，互相朋黨比匪也。又三不中不正，不能擇人而比，承乘應皆陰，故爲比之匪人。若以剛中處之，匪人安能爲我比哉！

王夫之：上六獨爲无首之後夫，非人情，非人理！六三與之相應，不待言凶自可知其必凶。傳象：既以傷世還自傷，歎害之烈也。

李光地：卦一陽爲比主。二應四承，初居下未有所比，三不與五承應，是比之匪人也。凶咎可知！

傳象：當比時而爲匪人，誠可傷也。

毛奇齡：三以陰處不正之位，所乘與所承，所應者無非陰類，乃亦欲比之，不知非其人也，可傷也。

李　塨：三陰柔居不正之位，處多凶之地，亦上比五，阿比者矣，自傷傷人，可歎也。

吳汝綸：人謂陽也，匪人，匪陽也。依王肅本補凶字（六三，比之匪人，凶。）

李富孫：釋文王肅本作匪人凶。案魏志王肅傳云不好鄭氏，撰定父朗所作易傳，此當其父所傳之本。

伊藤長胤：匪人者，非其人也。陰柔不中不正，承乘應皆陰，此遠君子而比小人之象。蓋人之相比各從其類，苟觀象玩辭，猶有可救之道。

薛嘉穎：比之匪人，傷其身，入不善之黨，否之匪人，憂其不利君子之貞也。又三不中正，且承乘應皆陰，有所比非其人之象。沈氏泓無德而入不善之黨也。又匪人而比壞名敗節。

丁壽中：朱子語類三應上，上爲元首，故爲比之匪人，說與本義不同。蘇蒿坪：三處人位而失中正之道，故有匪人之象。案坤爲小人，六三上下皆陰，故曰比之匪人。

曹爲霖：思菴葉氏曰名士有受知遇之隆，折節之欺，子雲頌莽，馬融附梁冀，柳宗元依王叔文，當代詬厲，後世罵譏，甚可惋惜，易曰比之匪人，不亦傷乎！蓋惜之也。

馬通伯：王安石曰比之非陽也。趙彥肅曰初比於五先也。二應也。四承也。六三无是三者之義，將不能比五矣！劉氏曰凡居者之鄰，學者之友，仕者之同僚皆當戒匪人之傷焉。

劉次源：上爲獨夫，乃與之應，所比匪人。陰近險，不中正，安有餘幸！

李　郁：三柔不正比五，五若暱之，是比之匪人矣！傅象暱比奸邪，必受其害。

胡樸安：整理人民，有不受整理者，比匪人也，此可傷之事。

高　亨：王肅本作匪人凶，意較備。比之匪人者，所輔之君不賢也。若范增輔項王，凶象也。

徐世大：三爻對象爲貧農，不能繳納則不免受敲比之苦矣！匪篚本字，匪與匣同類，匣通押，押人以比其繳納，爲後世所同，實作者評語聲淚隨下，苛政猛於虎更深刻矣。凶字爲臆加。

屈萬里：釋文馬融曰：「匪非也。」

金景芳：自己柔不中不正，又應上六，上六是比之无首者，所以說六三比之非人。

李鏡池：比，阿比。結黨營私，狼狽爲奸。之，是，爲。匪人，敗類。釋文下有凶字，很對。

傅隸樸：六三陰爻居陽位，是謂失位。舉世無親比之人，以致失身匪人。傷不能自守。

黃慶萱：親近的人全不是可親的人。

林漢仕案：準比例，六三承六四，乘六二，其所比者非四即二。然爻辭謂「比之匪人」，是自云「匪人」？抑所比者二與四，必當有一爲匪人，或更有他說，茲錄易家衆說以饗同道：

象云「比之匪人，不亦傷乎。」未著明孰爲匪人，祇嘆傷，未知自傷抑人傷？

虞翻以三即匪人，故云：「失位无應，三又多凶，弑父弑君，故曰匪人。」

干寶亦以「六三爻失位，坤之鬼吏，管蔡之象。傷王政也。」所傷者爲大。

王弼亦以六三本身爲比卦之匪人，故云「四自外比，二五爲應，近不得，遠不應，故比之匪人。」

孔穎達云「所欲親比皆非其親，是以悲傷也。」所以自傷也，傷者小。

程頤則以三「所比者皆不中正，匪人也。」是三、二、四皆匪人，其傷者「深戒失所比也。」

蘇軾，張載，朱熹雖異辭，然要旨同程頤，蘇軾「近者皆陰而遠无應。」張載「履不正，比之必匪其人。」朱熹「陰不正，承乘皆陰，其占大凶。」

朱震謂處人位非人道，遠比不應，近比不受，比而人莫與，不亦傷乎！是人傷己亦傷也。

項安世之匪人未圈定，然六三如衛女失身於蚩氓。則蚩氓爲匪人可知，故項云「四孚五，上後於五，上比三无所終，三比上爲匪人。」又云「六三无得五之理。」蚩氓爲匪人，己亦爲匪人矣。

李衡引則以二四爲匪人矣。李引魏云：二四雖近，情不相得，又柔諂，非己所親，故曰匪人。梁寅亦以二四爲匪人，梁云：三與上爲應，又比四，比二，以陰比陰，所比非人之象。

來知德謂承乘皆陰，故爲比之匪人。

王夫之則以上六爲非人，王云：上六无首，後夫，非人情，非人理。

李光地同王弼說，以六三爲匪人，李云：一陽比主，三不與五承應，是比之匪人也。

毛奇齡謂匪人爲非其人，意三所承，所乘，所應皆陰類，不知非其人也。

李塨怪論，謂三，上比五爲阿比者，自傷傷人。李豈不明五爲比卦主耶？

吳汝綸謂陽爲人，匪人，匪陽也。

伊籐長胤：「匪人者，非其人也。此遠君子比小人之象。蓋人之親比各從其類。」伊籐以承順應皆陰為小人之象。

薛嘉穎則以三本身不正，承順應皆陰，匪人而比，壞名敗節。

丁壽昌云：朱子語類說與本義不同，語類云：「三應上，上无首，故為比之匪人。」引蘇蒿坪云三處人位而失中正之道，故有匪人象。

曹為霖以三本身言為名士，比之匪人者，乃受知遇，欺於折節，如子雲頌莽類。

馬通伯引「比之匪人為比之匪陽。」為王安石所說。

李郁：三柔不正，比五，五若暱之，是比之匪人矣！

胡樸安謂整理人民，有不受整理者，即為匪人，蓋泛指，猶今人云扣帽子也乎？

高亨以王肅本「比之匪人，凶。」意較備。意「所輔之君不賢也，若范增與項王。」

徐世大以匪為篚匪類，「又通押，苛政猛於虎，貧農受敲比之苦。作者評語聲淚隨下。」

李鏡池：「比，阿比，結黨營私。之，是。匪人，敗類。」意謂與匪人敗類阿比結黨也。

傅隸樸：六三失位，舉世無親比之人，致失身匪人，傷不能自守。

從古今易傳作家據理說象，孰是匪人邪？

虞翻云三即匪人。同其說者有干寶，王弼，項安世，李光地，薛嘉穎等人。然曹為霖以三為名士。孔穎達以匪為非，匪人即非人，張載，朱震，李衡引魏，毛奇齡，伊籐長胤，屈萬里是其說也。

程子以二三四皆匪人。

李衡引以二四爲匪人，來知德同其說。

上六爲匪人。王夫之謂「上六无首，後夫，非人理。」也。丁壽昌云朱子語類即謂上爲匪人。

匪人，匪陽，雖同謂匪爲非，然以初二三四六爲匪人也。吳汝綸說。伊籐之遠君子，比小人之說似是矣，而以匪爲非，本孔穎達說也。匪人，匪陽，馬通伯云本王安石說也。以五爲匪人。李郁獨家之見，五爲卦主，李郁以爲五若曙三，是比之匪人矣。高亨之說同。

「不受整理之人民」爲匪人，胡樸安說。

匪爲篚、匣類，又通押。

李鏡池以比爲阿比結黨之比，匪人爲敗類，而爻辭六三著比之匪人，則六三阿比結黨，是營私之敗類也乎？是則與虞翻說同也。

六三失身匪人，蓋亦以上六爲匪人也，同朱子語類說，與王夫之同調。

綜上述，匪人計有：

六三；二三四皆匪人；二四爲匪人；上六爲匪人；匪人即匪陽，初二三四六是也；九五爲匪人；然則本卦各爻皆匪人矣！

別以匪人爲非人說；爲篚匣之類說；不受整理之人民；匪爲敗類。有泛指，有專屬，總而言之，諸家之認定，出自比應之術者，似皆言之有理，然不合「比」說者多，匪非本古通，有謂三爲賢者，有謂三爲悖禮亂義之人，有謂三失身匪人，（三本身非匪人，失身事匪人，猶馬融附冀，柳宗元依王叔文之謂。）六三其賢乎哉？六三其悖禮犯義乎哉？「失身匪人」或較比折衷，蓋六三陽位，陽爲君子，以君子之質，是即君子之賢而據陰爻，陰爲小人，上不應上六，亦不比四，又不下比二，空有理想不能獲親戚友生之多助也，徒乎負負而已，是六三也。處六三之時，動多得咎也。朱熹之「其占大凶。」就爻之時位言之也。吳汝綸云「依王肅本補凶字。高亨云「意較備。」至所謂匪人，竊以爲吳汝綸稱「匪人，匪陽」說較佳，另寄本字之義「匪人」爲與己敵應，敵比者，皆行不正匪人。蓋六三爲比卦行程中黑暗時期乎？九五爲匪人說，雖云假設，「五若暱三，是比之匪人。」李郁之小視卦主矣，卦主不得謂之匪人矣！

就爻辭文句解釋，亦多歧路，「比之匪人」，是謂比匪人，向匪人比；或比非其人，向非其人比；彼匪而我比之。我非匪人也。若謂「比卦中之匪人。」是六三乃比卦中之匪人也，比卦中六三不是人也。

處六三裡，外皆非人，猶今人口頭禪謂「豬八戒照鏡子」裡外不是人，其尷尬可知。

**六四，外比之，貞吉。**

象曰：外比於賢，以從上也。

虞翻：在外體故稱外，得位比賢，故貞吉也。

干寶傳象：四爲三公，在比之家而得其位，上比聖主，下御列國方伯之象，能外親九服賢德之君，務宣上志綏萬邦也。故曰外比於賢以從上也。

王弼：外比於五，復得其位，比不失賢，處不失位，故貞吉也。

孔穎達：六四上比於五，欲外比也。居得其位，比不失賢，所以貞吉。凡下體爲內，上體爲外。傳象：九五居中得位，故稱賢，五在上，四往比，是以從上也。

程頤：四與初不相應，五比之外，比於五乃得貞正而吉也。君臣相比，正也。相比相與宜也。五居尊在上，親賢從上，比之正也，故爲貞吉。以六居四亦得正之義，又陰柔不中之人，能比於剛明中正之賢，乃得正而吉也。數說相須，其義始備。

蘇軾：上謂五也。非應而比，故曰外比。

朱熹：以柔居柔，外比九五，爲得其正，吉之道也。占者如是則正而吉矣。

朱震：四以五爲外，六四當位，不內比初，絕其繫應，外比於五，守正不動，相比以誠，故貞吉。五以德言之，剛健中正，賢也，以信言之，君上也。以正比賢，以臣比君，外比之所以吉歟！另曰東北喪朋，安貞吉，六四之謂乎！

項安世：四與上皆正，而吉凶異者，四在五內，故能比五；上在五外，不能比五。初三不正而吉凶異者，初比四，四與五孚，可因以從五。三比上，上與五背，不可因以從五。

李衡引陸：內比專其應，外比非其應。　引牧：坎性趨下，外比三，行乖僻而志剛，不可抑，故上从五。引介：不志乎內而比於外，无適莫也。

梁　寅：卦以上爲外，下爲內。四雖外，然四視五，五爲外，四亦內也。四近五遠初，初亦陰也，故四不比初而比五，所謂外比也。陰居陰得正，比陽，得相比之正，其吉宜矣。

吳　澄：外謂五也。四近五，故五比之。已得正而陽剛中正之賢比之，故正主事而吉也。

來知德：九五外卦，故曰外。謂從五也。六四以相近比，从乎人而貞吉。又六四金正應之陰柔而外比剛明中正之五，得所比之正，吉之道也。于此見易之時。

王夫之：四近五，專心親上，外與初應，翕合疏遠，使不寧之方共媚一人，其忠貞之至吉。四體外卦，以內卦爲外也。

李光地：外比，比於五也。凡六四承九五者皆吉，況比時乎！　傳象：四所外比者賢也。

毛奇齡：四爲外首，比之則外皆比矣。五爲四所承，雖所居不正而從上，何勿貞焉！

李　塨：九陽天位，四比之是外比。四承五而從之，何勿正焉！

吳汝綸：外比之五在四外也。比陰爲匪人，比陽爲比賢，故貞吉。

伊籐長胤：外比九五賢君，然陰柔不中，不可不貞固自守。蓋陰柔知所擇或不能壞終。

薛嘉穎：四不應初而承五，與五同居外卦，外比之象。四比五賢君，所以順從乎上也。

丁壽昌：陸遯叟曰比之者以專其應爲比，外比之者，以非其應爲比。易山齋曰易以上卦爲外下卦爲內。而二體亦各有內外，四與五同體，而言外比者，亦取以比五專也。

曹爲霖：六四特立獨行，貞吉也。崔陳黨立，晏子獨從平日；牛李朋分，韓愈獨在其外，可謂賢者矣！賢則易異乎匪人。耿弇不從王郎，從大司馬秀，房玄齡從敦煌公世民之類。

馬通伯：張浚曰四位居坤上，率三陰從五，是爲貞顯比之功自四成之。其昶案二四皆得比五者，因二居內體，故發致身許國之義；四居外體，故發率衆歸王之義。

劉次源：曰外者遠嫌也。四在外卦比五，五又在四外陽剛居尊，比得正道，以貞獲吉。

李　郁：五爲賢王，四在外卦比五，故曰外比之，得位，故貞吉。

胡樸安：內既比，外自來比之也。貞吉者，外比之事，當愛撫小團體之主，率人民來比。

高　亨：在外輔君，筮遇此爻則吉。

徐世大：爲有外患的徵比，伐人得人以爲俘奴。但持久頗成問題，故曰貞吉。

金景芳：易以上卦爲外，六二與九五正應，六二在內卦，所以叫做「比之自內」。這六四承九五，在外卦，所以叫做「外比之。」六四柔不中，能比剛明中正之九五，乃得正而吉。

李鏡池：與外國聯盟，互相親善。

傅隸樸：六陰爻處陰位，是處得其正，初不往求，遂上承九五剛明之君與之親比，是比得其正，故貞吉。

黃慶萱：在外卦而與九五相親，立場正確，必有收穫。

林漢仕案：外比，幾乎古今一辭：「外比九五。」李鏡池謂「與外國聯盟。」值一「外比」之外字聯想也，同在一卦之中而謂外國，李鏡池之望文生義，不切於說爻也明矣。雖然衆口一辭，仍須比較衆說以醒眉目，以昭公信：

象云：「外比於賢，以從上也。」此上非上六，蓋上六爻文曰「比之无首，凶。」

虞翻謂：「在外體，故稱外，得位比賢。」此以上體爲外，得位也者四以陰居陰也，比賢，比五也。

干寶謂：「四爲三公，得位，上比聖主。」說與虞翻同。御方伯，親九服，宣上志，親萬邦則干寶謂六四之任也。

王弼之「比不失賢，處不失位」，依傳統說也。孔穎達說爻體例云：「凡下體爲內，上體爲外。」傳象：「九五居中得位，故稱賢；四往上比，是以從上。」說明體例外，五爲何賢獲得說明交待。程子說「四與初不相應。」蓋以陰不應陰也。又說「五居尊在上，親賢從上，比之正也。」是六四之比九五爲正。又謂以六居四得正之義，以陰柔爲不正之人。」則程子數說相須中有矛盾，「陰柔不中。」似爲陰爻定義，然則「以六居四，得正之義。」又豈徒無的哉？干寶謂「四爲三公，得位」四不得以例「陰爻爲小人，不正」也明矣。程夫子說雖婉轉，疏義雖扼要而未必全是也。

蘇軾云：「上謂五，非應而比，故曰外比。」外比之意說得極其簡要。

朱震：「四以五爲外，四不比初，絕其繫應。五德賢，信君，六四以正比賢，外比所以吉歟！」朱震以五在四外故四以五爲外，又謂「東北喪朋，安貞吉，六四之謂乎！」乃坤卦卦辭。蓋謂坤爲不寧方來乎？如是則六四去坤而就五矣，以「東北喪朋」代表坤也。其釋比卦卦辭云「坤爲方，不寧方來也。」六四之棄坤獨鍾情於五，本無不是。五與六二正應，又比四，初四孚，五私二，四又連帶初也，如何稱九五爲賢？六四之棄六三比之匪人凶，甚是，然初之有孚盈缶，吉，與四孚應。六二之比之自內，貞吉，與五正應。同吉道也，喪斯朋乃能安，貞吉乎？或謂準文王方位卦東北艮，今九五，六四，六三亦艮，去六三則艮不成艮，六三坤也，位亦東北，本爲同屬陰爻，今棄之，故謂東北喪朋也。朱震說卦，無乃太轉折乎？朱震之言似有瑕疵也。

項安世說諸陰之位同爲正或不正而吉凶異者甚是周延而順理，然謂四上皆正，四內上外，能，不能比五而吉凶異。未能更充份說明爲憾！蓋不祇上六「比之无首，凶」而已！上六，五之所以不比，上居卦終，比極，水終邪？張載於恆上六爻謂貴而无位，高而无民，故大无功也。曹爲霖於復上六引誠齋傳云：「上六以陰柔小人之極。」又於夬上六云「此爻爲貴妃楊氏無疑，以貴妃不宜供奉左右。」上六不能比五可見矣！又項云「上在五外」，則似有四外比者上六也之嫌。

李衡引介云「不志乎內而比於外，无適莫也。」四比非三即五，既不比三，當外比五，義之於比也。是四比五取其合義之例，而非應初也。

梁寅內外之說，捨傳統之上卦外，下卦內，又謂「四視五爲外，四亦內也。」所謂外比也。

來知德謂四捨正應之陰柔而外比剛明中正之五，得比之正。

李光地云：「凡六四承九五者皆吉。況比時乎！」李說不夠精確者，既濟九四，「繻有衣袽，終日戒。」雖无吉凶字樣，然乘有隙之棄舟，衣袽塞舟漏也，終日戒者不亦勞乎！李鏡池云「戒」借爲

「駭」。「終日駭」如何「凡六四承九五皆吉？」折中，通論中，光地光生不復斯言矣！

吳汝綸：外比之五，在四外也。比陰為匪人，比陽為賢，故貞吉。

丁壽昌引說比應另解，丁引陸遯叟曰：「比之者，以專其任為比；外比之者，以非其應為比。

劉次源解外比之「外」為遠嫌。四外卦，五又在四外，陽剛居尊。

金景芳與眾多易傳家同為比應不分，以應為比。金云：六二與九五正應，六二在內卦，所以叫做「比之自內。」六四承九五，在外卦，所以叫做外比之。

李鏡池解易如脫韁之馬，可任意馳騁而不合轍。彼云「與外國聯盟。」眞不知所云也。

傳隸樸謂「六陰處陰位，處得其正。」然伊籐長胤採程子之又說，謂「六四陰柔不中之人，不可不貞固自守。」而各易大家多謂六四居得其位，即程子亦稱「以六居四亦得正之義。」梁寅謂「陰居陰得正。」六四不當為小人，陰居不中者視之矣！傳說是也。「六四，外比之，貞吉。」共得五說：

在外體，故稱外。例下體為內，上體為外。（虞翻，孔穎達說）

四以五為外。（朱震說）項安世亦謂四在五內。然則五當云在四外矣。梁寅亦謂「四視五為外，四亦內也」之說。

外比者，以非其應為比。（陸遯叟）

外為遠嫌，四外卦，五又在四外。（劉次源）

外國聯盟。（李鏡池）

外，似以由下而上之卦分內外，上三爻爲外卦，又外卦中，五在四外說均合理可信。至比應混說。五以中正得位爲賢，又以陽稱賢。　比卦至六四與初无應，蓋謂行跡無助於未來也乎？　從前種種已矣夫，故以外比，往前，往上，自有大好前程美景朏之，貞吉也者，貞問其吉也。

**九五，顯比，王用三驅，失前禽，邑人不誡，吉。**

象曰：顯比之吉，位中正也。舍逆取順，失前禽也。邑人不誡，上使中也。

虞翻：五貴多功，得位正中，初三已變，體重明，故顯比，謂顯諸仁也。坎五稱王，三敺謂敺下三陰不及于初，故失前禽，　謂初已變成震，震爲鹿，爲驚走，鹿斯之奔則失前禽也。　坤爲邑，師震爲人，師時坤虛无君，使師二上居五中，故不戒吉也。

王弼：爲比之主而有應在二，顯比者也。比而顯之則所親者狹矣，夫无私於物，唯賢是與，則去之與來皆无失也。夫三驅之禮，禽逆來趣已則舍之，背己而走則射之，愛於來而惡於去也。故其所施常失前禽也。以顯比而居王位，用三驅之道者也。用其中正，征討有常，伐不加邑，動必討叛，邑人无虞，故不誡也。雖不得乎大人之吉，是顯比之吉。此可以爲上之使，非爲上道也。

孔穎達：比道不能普遍相親，是比道狹也。假田獵以喻顯比之事。顯比之道與己相應者則親之，與己不相應者則疏之。與三驅愛來惡去相似。己邑之人不須防誡而有吉。若比道弘闊不循私於物，唯賢是親，則背己去與來向己者皆悉親附，无所失也。三驅之禮，先儒皆云：三度驅禽而射之。褚氏諸儒以爲三面著人驅禽，必知三面者，禽唯有背己，向己，趣己，故左右及於後皆有驅之，愛於來而惡於去者。來則舍之，是愛於來也，去則射之，是惡於去也。故其所施常失前禽。心既中正，不妄喜怒，所伐不加親己之邑，五其顯比親者，伐所不加也。

程頤：五居君位，處中得正，比道之善者也。取三驅爲喻，天子不合圍，天子之圍合其三面，前開一路，使之可去，不忍盡物，好生之仁也。禽獸前去者皆免，故云失前禽。王者顯明比道，來者撫之。若田之三驅，禽之去者從而不追，來者則取之也。此王道之大，所以其民皞皞而莫知爲之者也。邑人不誡吉，言其至公不私，无遠爾親疏之別。邑者居邑，諸侯國中也。誡，期約也。以臣於君，竭誠致其力，顯比其君，用之與否，在君而已！不可阿諛逢迎，求其比己也。在朋友鄉黨亦然，三驅失前禽之義也。

蘇軾：引王弼曰後云：「此可以爲上之使，非爲上之道也。」

張載：失前禽謂三面而驅，意在緩逸之，不務殺也。順奔然後取之，故被傷者少也。以剛居中而顯明比道，伐止有罪，不爲濫刑，故邑人不誡，爲上用中，此之謂也。

朱熹：一陽居尊，剛健中正，卦之群陰皆來比己，顯其比而无私，如天子不合圍，開一面網，來者不拒，去者不追，故爲用三驅，失前禽，而邑人不誡之象，蓋雖私屬，亦喻上意，不相警備以求必得也。凡此皆吉之道，占者如是則吉也。

朱震：九五比主，坎爲明，顯明比道者也。故曰顯比。乾五爲王，四至二歷三爻坤與輿，爲衆，坎爲輪，田獵之象，王用三驅也。艮爲黔喙，坎爲豕，震爲決躁，內卦爲後，外卦爲前，嚮上爲逆，順下爲順，故曰失前禽。王者之田，三面驅之，闕其一面，逆而嚮我則舍之，背而順我之射則取之。舍之者明比也，取之者比不比也。施於征伐，叛伐服舍，故曰舍逆取順，失前禽也。坤在下爲邑，謂二也。二之五艮見兌伏，兌爲口，邑人不誡也，王者无遠邇內外親疏，近則告誡親之，遠則疏之，無適無莫，以中道相比。田有三殺，自左膘達于右腢爲上殺；射右耳本爲中殺，射左髀達于右髃爲下殺。面傷不獻，剪毛不獻。鄭康成曰禽在前來，不逆而射之，去又不射也，唯其走者順而射之。

項安世：古田獵法，逆己而來者舍之，故无面傷者；順己而去者射之，故自膘達肩爲上。失前禽，即舍逆也。春秋傳服則舍之。舍，置也。禽既來不必取，人既親不必誡。以田獵言之：初在下爲左，六四在上爲右，五自後驅之，是爲三驅。六二正中，向五來，爲前禽。兩中相比，相親和爲邑人。以中使中，不謀自合，故爲不誡。

李衡引亍：獨守其中而私應，非顯比，疾背愛向，失其不來者。邑，有家者所私，偏其私故邑人不誡，上使之然也。　引陸：以陽居尊，明示比道，三驅之禮，示去害不嗜殺。示仁道比天下，邦邑之人不待誡勵皆信其上。　引牧：行顯誅以威諸侯之心。　引石：係應在二，比一邑失天下之心。　引王：五剛中正，无陽分民，可以顯比，在此時也。　引介：田不合圍，三面而驅，所失者前禽而已！上六前禽之象，舍逆取順，道之光也。湯武不能服楚越，非湯武之恥，舍逆之道。唐太宗伐高麗，是失矣。上下相比，强不凌弱，衆不暴寡。

梁　寅：爲比主，明不暗，公不私，所以爲顯比也。如田狩用三驅，失前禽，來者不拒，去者不追，此上之比下也，因顯比也，下之比上亦顯比也，又安有不吉乎！

吳　澄：五陽剛當天，衆所共睹，故曰顯明其道比天下。三驅者因田以教戰，凡馳驟進趨，皆以三爲節，周官大司馬仲冬大閱，立三表是其法也。驅即驅出禽獸使趨田也。坤馬，駕坤輿以行，被驅前者不追，順來者取之。失謂任其去，指上六。坤爲邑，二三四人，誡，期約，不期約民聽其自至。上六在前縱去，四陰不必皆从王，王者大公无我不計從不從而人无不从也。

來知德：顯者顯然光明正大无私比我。顯比之象。三驅，設三面網，天子不合圍。坎錯離爲王，坎馬駕坤車，驅象。綜師用兵逐獸象。前後坤土兩開，開一面之象。一陽在衆陰中，禽象。初在應爻之外，失前禽之象。坤爲邑又爲衆，三四爲人位，邑人象。不誡者聽禽自去。下不誡，上不合圍，无私所以爲顯。又群陰比己，顯比无私，來不拒，去不追，比人无私則吉矣。

王夫之：天子之田不合圍，三面設驅逆之車，缺其一面，不務盡獲也。九五居尊統群陰，光明无私暱，比道之至顯者也。上六背公懷異志，聖王舍而不治，如三驅前禽聽其失，何損大順之治，一隅未靖，諒其無能爲，而不警誡，故吉。傳象：三驅之法，背我去者弗追，嚮我來者取之。聽上六後夫之爲不强合以損恩威，五偏撫下，群陰有所託，不以上逆爲憂。

李光地：五爲比主。顯比則公，陰相比則私。公，渾忘彼之逆順，不計人之比不比，未嚮化者，俟之不追，各得其性。帝王比天下也。失前禽者，去不追逐也。邑人不誡者，郊野之人，不知王者之田獵而戒備也。詩所謂大庖不盈，徒御不驚者，顯比相忘，大順無跡之盛，吉道也。

毛奇齡：所比者非私暱也，蓋顯者也。離中暗而坎內光，昭然比于天下。有不比如後夫者，亦明明佑之。三驅古軍禮，驅禽在前，舍逆來取背我去者。（自注禽在前來者不逆而射之，不殺降也，傍去不射，奔者不禁，背我去則射之，故面傷者勿以獻。）東漢梁商女爲貴人，有兄冀擅權，宦官亂政，今推之則坤五后也……何推易之神一至是也。此虞翻蜀才輩心知未明言者。

李　塨：坎水內光顯，明比天下者。如田，其禽順我奔去者射之，逆我來者則舍置之，不殺降也。故在前之禽以舍而失，邑人亦不警誡以取前禽焉。蓋民心罔中，惟爾之中。

丁　晏：釋爻驅。徐云鄭作敺。文選東京賦亦引作敺。風賦注敺古驅字。說文驅，馬馳也。古文作敺，鄭君傳費直易，故多古字。

吳汝綸：顯比即太玄所云陽氣親天者也。三驅象初三四，前禽謂上，邑人謂二。不誡，不待告誡也，言群陰歸附應下，更不待言也。

李富孫：釋文驅，鄭作敺。說文驅，馬馳也，古文作敺，是鄭从古文。當从之。

伊籐長胤：顯比者，顯明而比也。三驅者，禮天子之畋，圍其三面而驅禽，故曰天子不合圍，失前禽者，前開一面，從其逸去也。湯之祝網是其義也。邑者居邑。來者撫之，去者不問。蓋王者之馭天下漸之之以仁義，動之以禮樂，頑冥不可懷者，聽其自去。

薛嘉穎：九五剛中，比主也。具光明正大之道，親比天下。何氏楷曰驅出禽獸使就田也。又逆我者舍之，順我者取之，不求必得，故失前禽。邱富國逆謂上乘陽爲逆，順謂四陰。

丁壽昌：釋文驅，鄭作歐，三驅者乾馬，賓客，君庖。說文驅，馬馳也。惠定宇曰驅猶祛也。古文作去。鄭三驅，驅禽而射之三，程圍合其三，前開一路。失前禽，鄭禽在前不逆射，旁去不射，背走順而射之，不中則已，程取不出而反入者，前去皆免，本義來者不拒，去者不追。當从舊說。朱子語類云伊川解邑人不誡句似可疑。言不消告誡，如歸市者不止。蘇蒿坪五互艮光明，變坤爲田，坎車馬，故曰三驅，又坎陷，坤爲獸，故不誡也。

馬通伯：張浚曰上以陰在外爲失前禽，坤下爲邑人，坤順爲不誡。楊萬里曰王者比天下，明示大中至正之道而已。李道平周禮大關，虞人五十步爲一表，意在教戰，不在獲禽。其昶案失前禽言上六在外，五不强使比下四陰，邑人上六一陰。取順非取下四陰，不必卦中求禽象。

劉次源：剛明得位，天下公比，故曰顯比。農隙講武示有備。三驅備禮不在獲禽。後夫應誅不追究，失前禽示寬大。邑人不誡，此比之吉之大也。

李　郁：陽居中正，巍然獨尊，上下皆陰，故曰顯比。　王謂九五，由二升歷三爻，故三驅也。　坎爲禽，前禽指師之九二，二晉五故失前禽。誡，驚也。坤爲邑，五由二來故不誡及邑人也。

胡樸安：合衆長而田獵，以顯比功之成也。三驅田獵儀式。失前禽田獵之事。來不拒，去不追，去者逆舍之，來者順取之。人民和，上不擾民，民亦不自擾而無誡心。上所使皆行中道。

高亨：顯比猶言顯相矣！誡疑借爲劾。有罪者按律治之謂劾。蓋王田，有獸在前，三驅不獲，罪在邑人，王怒欲劾其罪。有臣諫因成王德，此臣賢名昭著。魏書蘇則傳之從獵，失鹿，上大怒，收督吏，將斬之，則諫乃止。易與故事相類也。

楊樹達：後漢書順烈梁皇后傳永建三年，與姑俱選入掖庭。太史卜兆，得壽房；又筮，得坤之比，遂以爲貴人。

徐世大：釋文引馬融三驅者，一曰乾豆，二曰賓客，三曰君庖。實可不必。三驅三只是多數，王出獵，邑人自宜警備。前禽脫逃，罪過，然王不誡，表示寬大，所以說好。

屈萬里：蓋張網或設阱於一面，由三面趨獸使入之，即所謂三驅也。驅毆同義。誡戒古同。備也，熹平石經作戒。正義：諸儒皆云三度驅禽而射之，三度則已。……褚氏諸儒皆以三面著人驅禽。

金景芳：九五處中得正，親比天下人以光明正道，這叫顯比。王用三驅是比喻顯比天下，好象圍獵，合三面，開一路，去不追，來則取之。也象「邑人不誡」。無遠近親疏之別，一律對待。

李鏡池：顯，外也，指和宮廷外的侍衛隊親比。王和侍衛隊一同打獵，侍衛隊把野獸趕到中央讓王射，留下一路給野獸跑，打獵不是維持生活，爲練兵習武。邑人不誡，邑中百姓不驚駭。表明宮廷內外，王和邑人相處很好，這就是顯比。

傅隸樸：九五是君位，爲卦主，帝王之比不限一姓一邑，故曰顯比。王用三驅，圍其三面，虛其前一面，獸從此逸去，故曰失前禽，顯比是願來去不勉强，邑人不誡是說不獨親近皇都內人，疏遠荒服一視同仁，故得比之吉。

黃慶萱：象徵英明領袖實行仁民愛物的政治。就像田獵，國王命三個方向驅趕，不願受撫的動物從前面逃走。參加田獵屬邑人民不會受到責怪。施行仁政結果，自然是最大有收穫的。

林漢仕案：本爻辭須探討者三，一、「顯比」有何特殊意義？二、王用三驅，失前禽。三驅之說孰爲正？三、「邑人不誡」何謂也？茲逐一比較衆傳以爲徵信：

顯比之義：

虞翻稱：五貴多功，得位正中。初三變，體重明，故顯比。謂顯諸仁也。

王弼云：比主，應在二，顯比者也。比而顯之則所親者狹，无私則无失。

孔穎達：比道不能相親，應則親，不應則疏，與三驅愛來惡去相似。

程頤：王者顯明比道，來者撫之，此王道之大。蓋五居君位，處中得正，比道之善者也。

蘇軾引：此非爲上之道也。

張載云：以剛居中而顯明比道，伐止有罪，不爲濫刑。

朱熹：一陽居尊，群陰皆來比己，顯其比而无私。

朱震：九五比主，坎爲明，顯明比道者也，故曰顯比。

李衡引亍：獨守其中而私應，非顯比。　引陸：以陽居尊，明示比道。　引牧：行顯誅以威諸侯。

梁寅：爲比主，明不暗，公不私，所以爲顯比也。

吳澄：五剛當天，衆所共睹，故曰顯明其道比天下。
來知德：顯者，顯然光明正大，无私比我。无私所以爲顯，來不拒，去不追。
王夫之：九五光明无私暱，比道之至顯者也。
李光地：顯比則公，陰相比則私，公則各得其性，帝王比天下也。
毛奇齡：所比者非私暱也。蓋顯者也。離中暗，坎內光，昭然比于天下。不比者亦明舍之。
吳汝綸：顯比即太玄所云陽氣親天者也。
伊籐長胤：顯比者，顯明而比也。
薛嘉穎：九五剛中，具光明正大之道，親比天下。（與來知德之「无私比我」異，來爲天下親我，天下无私親我，來者不拒。薛爲九五親比天下。）
劉次源云：剛明得位，天下公比，故曰顯比。
李郁：陽居中正，巍然獨尊，上下皆陰，故曰顯比。
胡樸安：合衆長而田獵，以顯比功之成也。
高亨：顯比猶言顯相。
李鏡池：顯，外也，指和宮廷外的侍衛隊親比。
傅隸樸：九五是君位，卦主，帝王比不限一姓一邑，故曰顯比。
黃慶萱：象徵英明領袖實行仁民愛物的政治。

先哲釋爻義，似我兒時列隊傳話遊戲，其方式由第一人耳語，傳第二人，依次至最后一人，結果變質多，尠能始終眾口一辭。如謂「孔子最偉大」，令依次傳，至末名回告時已易爲「兒子不可放縱」矣！偉大孔子原義盡失。耳語，毋須用腦，傳話而已！而注易各家，各馳騁材，亦不彼此相服，是以異辭多也。如本爻顯比之義，虞翻之體重明，初三變成水火既濟，初二三爲離，三四五亦離，是之謂重明，故謂顯比。直是重新組卦也。茲約說下列二十五家之顯比定義：

初三變，體重明，故顯比。謂顯諸仁也。（虞翻）

應在二，顯比者也。比而顯之則所親者狹。（王弼）蘇軾評非爲上之道也。

王者顯明比道，來者撫之，此王道之大。（程頤）

以剛居中顯明比道，伐止有罪，不爲濫刑。（張載）

一陽居尊，群陰比己，顯其比而无私（朱熹）

以上五說，虞翻卦變無理，謂顯諸仁。仁道之顯以示天下也則甚是。王弼當頭棒喝，謂比而顯之，則所親者狹，狹，非爲上之道也。與「顯諸仁」正相對。（範圍大小耳）。程子乃純儒家王道主義，大同思想，中山先生謂「馬票」不能去，庶克講世界主義也。「來者撫之」，孟子放勳曰：『勞之，來之……又從而振德之。』聖人之憂民如此。本位思想濃，舍我其誰之願望高，程子著眼吾固有王道思想也，爲有有我之境。有有我則其親比也狹。張載之「顯明比道」，直威臨萬邦耳。朱子「群陰比己，顯其比而无私。」其无私，只行之「群陰」耳已，非爲天上也。孔穎達所謂「比道不能普遍相親，是比道狹也。」　天下孰无私心？漢第五倫之待孤侄與己子，盡心焉去私心，而自認無從消滅。比即已有親而比之義也。　儒家親親，仁民，愛物。即含醲郁之私心。　親親，血濃於水也；仁民，亦有等差：同學，同事與同胞，與櫻種，黑種之世界公民比，一視同仁乎？如墨子之交相愛，視路人與親父之生死一也之大胸懷乎？墨子之無父，張載之民吾同胞，皆非人類思想，其神乎？佛神不能有情，有情即墮回人道，仍入六道輪迴，故神佛非人，今易言比道而謂无私，「一陽居尊」已有有我矣，「群陰比己」私心起矣，而謂「顯其比而无私」，豈不自欺欺人？孟子之「爲天下得人焉謂之仁」。「得人」即私心也，授其柄，欲其有爲，亦私心也，公愛與私愛之大小範圍差別耳，要之仍爲人道，非爲神道可知也。

坎爲明，九五比主，顯明比道者也。（朱震）

明不暗，公不私，所以爲顯比。（梁寅）

五當天，衆所睹，故曠野其道比天下。（吳澄）

離中暗，坎內光，昭然比于天下。（毛奇齡）

合衆田獵，顯比功之成。（胡樸安）

顯比猶言顯相。賢名昭著之輔臣。金文丕顯。（相助也，顯光明著見之德者）（高亨）顯爲外，指宮廷外侍衛（李鏡池）

帝王比不限一姓一邑，故顯比。（傅隸樸）

孟氏逸象坎爲夜，十翼中說卦坎爲隱伏，爲月。朱震坎如何明？毛奇齡之「坎內光，離中暗。」豈即朱震「坎爲明」所依據耶？坎中晝陽，離中晝陰，以陽爲明，以陰爲昏暗也，不通不通！猶之言子午藏火水，子之藏火，午之藏水，子仍不失其暗，午仍不失其明也，朱震之坎爲明無所依託矣！梁寅之「明不暗」得另覓象附會矣！蓋坎爲暗也。又王夫之九五光明說，明則明矣，而朱震言「坎爲明」，是不相類。胡樸安與李鏡池之比爲較量技藝也。高亨言顯爲光明著見之德，比輔君王，九五即君王也，傅公隸樸謂帝王不比一姓一邑，固是理也，即吾人百姓亦不比于一人而已，孰欲孤立而仇視周遭環境？然帝王之親比萬民，亦即萬民回報君王者使成王業也。孟子所謂君之視臣如手足，臣之視君如腹心矣。雖然親比萬民，所親亦狹，張載之「民吾同胞，物吾與也。」又廣至無邊無際矣！狹，即歷代聖王人本思想也，蓋所親者人而已矣，故古謂之王道，謂之伐止有罪，謂之來者撫之，皆顯諸仁之人道，人本思想也。易豈不言人本主義而高論虛無形上？傅公之言帝王不親比一姓一邑，揆諸爻意，群陰附一陽，群陰，萬民也，李光地所謂「帝王比天下也」。九五顯比，與天下人親比也乎？越王勾踐之「國之孺子之遊者，無不餔也，無不歠也。」乃有爲之比。日入而息，日出而作是無爲之比。堯天舜日，帝力於我何有哉！豈非國泰民安？又不祇如是也，以親九族，平章百姓乃至協和萬邦，九五之親比也。今九五之顯比，有爲之親比也。

「王用三驅，失前禽。」說亦多端。

象曰：舍逆取順，失前禽也。

虞翻：三敺，謂敺下三陰不及于初，故失前禽。初變成震，爲鹿，驚定，失前禽也。

王弼：三驅之禮，禽逆來趣己則舍之，背己而走則射之，愛來惡去，常失前禽也。

孔穎達：先儒云三度驅禽而射之。褚氏以爲三面著人驅禽，來則舍之是愛來，去則射之是惡去。故其所施常失前禽。

程頤：天子不合圍，天子之圍，合其三面，前開一路使之可去，不忍盡物，好生之仁也。禽獸前去者皆免，故云失前禽。來者則取之也。

張載：失前禽謂三面而驅，意在緩逸之，不務殺也。順奔然後取之，故被傷者少也。

朱熹：天子不合圍，開一面之網，來者不拒，去者不追，故爲用三驅，失前禽。

朱震：艮喙，坎豕，震躁，內卦後，外卦前，上逆，下順，故曰失前禽。王者之田，三面闕一面，逆向我則舍，背順則射取之。舍明比，取比不比也。施於征伐，叛伐服舍也。

項安世：古田獵法，逆己來者舍之，故无面傷者；順已去者射之，故自膘達肩爲上。失前禽，即舍逆也。春秋傳：服則舍之。舍，置也。

李衡引陸：三驅之禮，示去害不嗜殺，示仁道比天下。引介：上六前禽之象，舍逆取順，湯武不能服楚越，非湯武之恥，舍逆之道。强不淩弱，衆不暴寡。

梁寅：田狩用三驅，失前禽，來者不拒，去者不追，此上之比下也。

吳澄：三驅者因田以教戰，凡馳驟進趨，皆以三爲節。驅出禽獸使趨田也。失去指上六。

來知德：三驅，設三面網，天子不合圍，一陽在眾陰中，禽象，初在應爻之外，失前禽象。
王夫之：天子之田不合圍，三面設驅逆之車，缺一面不務盡獲也。上六背公異志，聖王舍而不治。
李光地：失前禽者，去不追逐也。未嚮化者俟之不追。
毛奇齡：三驅，古軍禮，舍逆來取背我去者。不殺降者，面傷者勿以獻。
李塨：其禽順我奔去者射之，逆我來者則舍置之。故在前之禽以舍而失。
吳汝綸：三驅象初三四，前禽謂上。
伊籐長胤：禮天下之畋不合圍，前開一面，湯之祝網是其義。
薛嘉穎：逆我者舍之，順我者取之，不求必得。逆，上乘陽爲逆，順謂四陰。
丁壽昌：引釋文馬融云王用三驅，一乾豆，二賓客，三君庖。又引惠定宇云說文驅，馬馳也。引鄭玄三驅，驅禽而射之三，程圍合其三。
馬通伯引李道平周禮大閱，意在教戰，不在獲禽。
劉次源：農隙講武示有備，三驅備禮，不在獲禽。失前禽示寬大。
李郁：由二歷三爻升五，故三驅也。前禽指師九二，二晉五，故失前禽。
胡樸安：三驅田獵儀式也。失前禽，田獵之事。來不拒，去不追。去者逆舍之，來者順取之。
高亨：蓋王田，有獸在前，三驅不獲，王怒……
徐世大：三只是多數，王出獵，前禽脫逃，罪過，王表示寬大，說好。

屈萬里：蓋張網或設阱於一面，三面趨獸使入之，即所謂三驅也。

金景芳：王用三驅是比喻顯天下。好象圍獵，合三面，開一路，去不追，來取之。

李鏡池：王和侍衛隊一同打獵，侍衛把野獸趕到中央讓王射，留下一路讓野獸跑。打獵為練武。

傅隸樸：圍其三面，虛其前一面，獸從此逸去，故曰失前禽。

黃慶萱：國王命三個方向驅趕，不願受撫的動物從前面逃走。

三驅非三田，丁壽昌引釋文馬融云王用三驅，一乾豆，二賓客，三君庖。按禮記王制：「天子諸侯，無事則歲三田，一爲乾豆，二爲賓客，三爲充君庖。無事而不田曰不敬，田以禮曰暴天物。天子不合圍，諸侯不掩群。」（疏無事者，謂無征伐，出行，喪凶之事。三田爲一歲三時田獵，爲田除害。乾豆，豆實非脯，作醢及臡，先乾其肉。爲上殺。中心死速乾以爲豆實。射髀骼死差遲，故爲賓客。下殺中腸活污死最遲，故充庖。）諸家徵引田禮，禮王制之文如此，見三驅非三田，三田乃歲畋次數，而田又不止於講武備，除田害，乾豆，賓客，君庖，其畋因，亦有時興之所至也夫，孟子所謂「般樂飲酒，驅馳田獵。」「今王田獵於此，百姓聞王車馬之音，見羽旄之美，舉欣欣然有喜色而相告曰，吾王庶幾無疾病與？何以能田獵也。」史書長水校尉戴陵諫曹丕魏文帝不宜數行弋獵，文帝大怒，陵減死罪一等。唐太宗獵豕，小臣唐儉上疏，「陛下豈復呈雄心於一獸。」皆見獵者非爲禮矣。非爲乾豆，賓客，充君庖矣。是三驅說，失所依據，故事衍生以下定義：舍逆取順。

甲、逆來趣己則舍之，背己走則射之。愛來惡去。來舍是愛來，去射是惡去。（王）

乙、前去者皆免，來則取之。（程）與上說去者射殺異。來者取亦與愛來相反。

丙、意在教戰，不在獲禽。（馬通伯）又示去害不嗜殺，示仁道比天下（陸希聲）

丁、來者不拒，去者不追。（朱）粱寅謂此上之比下也。意者來去皆舍置與胡樸安來不拒說不同。

以上四說，皆有事演練不殺降者，所謂叛伐，服舍是也。項安世稱无面傷者是也。春秋傳服則舍之。然程子謂「前去則皆免，來者取之。」是不只面傷，又屠降者矣，程子「不忍盡物，好生之仁也」之說豈不成「仁義其口，殘暴其行」乎！朱熹之「來者不拒」，牢縛之乎哉，「去者皆免」，如程子之「前去者皆免」，不及追，知其莫可奈何乎？程朱二大家之說不能無病也。蓋象謂舍逆取順。

又「三驅」亦有十七說，皆前人腦汁結精，當否杖讀者之認同也：

1. 驅下三陰。失前禽謂不及于初。（虞氏）
2. 舍逆取順。（象及王、張、項皆取斯說。）
3. 三度驅禽而射之。（孔穎達）即驅禽而射之三。故引說文驅爲馬馳也。
4. 三面著人驅禽。（孔穎達引褚氏）即天子合圍三面如禮記王制之文。
5. 三驅之禮，去害不嗜殺，示仁道比天下。（李衡引）
6. 三爲節，因田教戰，上六爲前禽。（吳澄）周禮大閱，意在教射。

7.設三面網，天子不合圍。一陽爲禽象。又初在應爻之外，失前禽象。（來知德）

8.三面設驅逆之車。（王夫之）

9.三驅象初，三、四，前禽謂上。（吳汝綸）

10.禮天下不合圍，前開一面，湯之祝網是其義。（伊籐長胤）

11.乾豆，賓客，君庖。

12.由二歷三爻升五，故三驅也。前禽指師九二，二晉五，故失前禽。（李郁）

13.三只是多數，前禽脫逃。（徐世大）

14.三面趨獸，一面設網或設阱，即所謂三驅也。（屈萬里）

15.三驅比喻顯比天下。（金景芳）

16.高亨以曹魏時蘇則從文帝行獵，槎桎拔，失鹿，帝大怒，踞胡床拔力，悉收督吏，將斬之。蘇則以死請，謂古聖王不以禽獸害人，以獵戲殺群吏，以爲不可。帝遂皆赦之。以爲與易故事相類。竊以爲易卜非演史義，九五有爲之顯比，其恢弘之氣度，豈硜硜乎小人之比？又「三驅」而云古有「三驅之禮」者，考諸經籍，易比九五一見而已！禮記王制衹言「天子諸侯無事則歲三田。」三畋指田次數，三驅多謂獵法。史書如漢書五行志第七上云「木曰曲直……田獵不宿，地上之木爲觀，其於王事，田狩有三驅之制，務在勸農桑，謀在安百姓。」顏師古注：「三驅之禮，一爲乾豆，二爲賓客，三爲充君之庖。」顏注與釋文引馬融王用三驅說同爲禮記王制之文「歲三田」

而非歲三驅！古即有三驅之禮，唐顏師古已不知舍逐取順？抑殺逆免順？故以馬注，釋文引以禮記文搪塞。又據中華書局修訂辭海按：「是三驅即三田，獵時必驅，故稱田爲驅。」姑暫不論此按之是非，而强不知而說事，異乎孔子「我無是焉」！猶之今人選讀魏徵諫太宗十思疏（論君道）中有「總此十思，弘茲九德。」「十思」乃魏徵創，「九德」，顧名思義，亦爲魏徵創以規太宗者。而「九德」疏未能流傳，注疏家於是乎引尚書皐陶謨之九德，逸周書常訓，文政，寶典篇九德，國語下九德，以爲十思對等之文，其無當魏徵與太宗之意也明矣！故有哲人以爲十思合賞罰爲二即九德；比年再脩正以「九，數之極，衆也。」並「按十思，九德，係指一事，駢文尚偶，折爲二句，十思對九德，對仗頗爲工穩。」又謂九德爲前述種種德行。（見一九九一年版高中國文第五冊八〇頁注。）以「十思九德」爲一事，又謂「即前述種種德行。」能無矛盾乎？十一萬高三學子讀此文能無感觸老師手筆之無以自圓乎？尤有甚者，不能以孔子「文獻不足，足吾能言之」之胸襟課子弟，「知之爲知之。」强不知爲知矣，吾見其教弟子之强辯之不可也！

17. 孫星衍網開三面，示好生之德。寬是寬大矣，前人謂網開一面，孫謂網開三面。今人捕禽吾見張一面網者，可「以今制古」矣！然亦無當三驅之文。

以上十七說皆嘔血之論，吾不忍是孰說爲上，而定其品第也。讀者諸君是其一說，亦可卓然上續而成家，然毋沾沾自喜於一說爲是。「失前禽。」

虞翻謂初變成震，震爲鹿，爲驚走，鹿奔則失前禽也。
王弼謂背己走則射之，故其施常失前禽。（蓋謂强健之獸善走不可追及也。）
程頤謂禽獸前去者皆免，王者有好生之仁。（非是追不及莫可奈何也，其後又謂順我者生乎。）
張載云：失前禽，意在緩逸之，不務殺，順奔然後取之，傷者少也。顯比伐止有罪，不爲濫刑。
朱熹：開一面之網，來者不拒，去者不追，故爲用三驅，失前禽。
朱震：逆而嚮我則舍之，背而順我則射之。舍之明比，取之不比也。叛伐服舍，故曰舍逆取順。
項安世：古田獵法，逆來舍之，故无面傷者，順己射之，故自膘達肩爲上。六二爲前禽。
李衡引介：上六，前禽之象，舍逆取順。强不凌弱，衆不暴寡。
梁寅：失前禽，來者不拒，去者不追，此上之比下也。
吳澄：失謂任其去，指上六。王者大公无我，不計從不從，而人无不从也。
來知德：一陽在衆陰中，禽象。初在應爻之外，失前禽之象。
王夫之：上六背公懷異志，諒其無能爲，不强合以損恩威。
邱富國謂上乘陽爲逆。馬通伯引謂上以陰在外爲前禽。
胡樸安與高亨徐世大皆謂田獵之事，三驅不獲，前禽脫逃，王怒欲劾其罪。
失前禽，原義或係即三驅不獲，前禽逸去。蓋禽獸之健壯者腳力佳，猶今云其體力處最佳狀態也，可以爲蕃衍種獸，亦王者之仁也。仁恩足以及禽獸也者，儒者從而製造教化以爲田，苗，蒐狩（周禮爲蒐苗獮狩）之依據，從而製無事歲三田之禮，無事不田不敬之文，教治兵以獮田如蒐田之法，羅致弊禽以祀祊，教大閱，戒衆庶，脩戰法，所謂田表百步爲三表，又五十步一表，建坐作進退疾徐疏數之節，誅後至者，從畋而教戰之法備矣。故依戰法，有失則宜有賞罰如軍法然。顯比也者，宜乎比此也。觀王弼傳易有前去者免之文，知儒者造順逆叛伐服舍之號，其來有自。从獵之上殺中心死速，射髀骼死差遲，下殺中腸，污泡死最遲。毛傳車攻自左膘射達右腢爲上殺，射右耳次之，左髀達右爲下殺。至面傷者不獻之戰法，施於征伐，舍逆取順遂成爲號召敵人來歸之美意矣！項安世謂六二爲前禽，李衡引謂上六爲前禽，虞翻，來知德謂初爲前禽，來知德更謂一陽在衆陰之中爲禽象。然則九五亦禽矣。一群禽獸，不論也罷！來文「顯然无私比我」之宏議，不中矣夫！至戰爭原理，網開一面，網開三面，三面著人驅禽，射之三，至屈萬里之一網打盡，屈文謂「一面張網設阱，三面趨獸入」，歲三田爲三驅，皆法也。與「失前禽」之文無涉，蓋因「失前禽」而衍生之法漸備也。至「邑人不誡，吉」爲九五顯比之尾聲泊論斷，何謂邑人不戒？象云上使中。王弼云用其中正，伐不加邑，故不誡。孔更申以所伐不加親己之邑。程頤謂邑爲居邑，諸侯國中，誡爲期約。即邑人不期約而比其君也。張載之上用中。謂上用中道也。朱熹之誡爲警備以求必得。朱震爲告誡無適無莫，以中道相比。項安世謂人既親不必誡，不謀自合。李衡引謂邦邑之人不待誡勵皆信其上。吳澄謂不期約聽民自至而人无不從也。來知德以三四人位，邑人象，不誡者聽禽自去。王夫之謂一隅未靖，諒無能爲，而不警戒，故吉。李光地以郊野之人，不知王田獵而戒備。李塨謂邑人亦不警誡虫取前禽焉。吳汝綸謂不待告誡，言群陰歸附不待言也。伊籐長胤謂來者撫之，去者不問，頑冥者聽其自去。丁壽昌引朱子語類言伊川解邑人不誡似可疑。言不消告誡，如歸市者不止。馬其昶案邑人，上六一陰。李郁謂誡爲驚。胡樸安云民不自擾而無誡心。高亨以誡，疑借爲劾，劾律治罪。徐世大云表示寬大。金景芳謂無遠近親疏之別，一律對待。李鏡池謂百姓不驚駭，王和邑人相處很好，這就是顯比。傅隸樸云顯比是來去不勉强，不獨親皇都內人，疏遠一視同仁。黃慶萱謂參加田獵邑人不會受到責怪。

邑人不誡之說於是可約爲十八點：

1. 上使中，其用中，所伐不加於親比之邑。
2. 邑人不期約而比其君。
3. 告誡邑人無適無莫。
4. 既親不必誡，不謀自合。（又邑人不待誡勵皆信其上。）
5. 不期約人民自至，人无不从。
6. 不誡聽禽自去。
7. 一隅未靖，諒彼無能爲，故不警誡。亦即頑冥者聽其自去。）
8. 郊野之人不知王獵而戒備。
9. 邑人不警誡以取前禽焉。

10.不待告誡，群陰歸己，不待言也。

11.不消告誡，如歸市者不止。

12.上六一陰爲邑人。

13.誡，驚，（百姓不驚駭，王和邑人相處很好）

14.民不自擾而無誡心。

15.疑借誡爲劾，治罪也。

16.表示寬大，（無遠親疏之別，一律對待）。

17.來去不勉强，不獨親皇都內人，疏遠一視同仁。

18.參加田獵邑人不會受到責怪。

十八說中，有相近其意而文字別異者，有疑字借他義故事比附者，有縮小邑人範圍者，要之，皆言之成理也。

總之，比之九五，位中正而爲比主，以仁道比天下，有爲之親比也。無事教民爲戰，得其法，得其用，得其時，亦得其禮。不祇田害除，民用蕃庶，上之仁寬可及於人獸矣，上下一體，民不以王田爲擾，王不以行田爲一人之樂而已，著一吉字，上下相安矣夫！

**上六，比之无首，凶。**

象曰：比之无首，无所終也。

荀爽曰：陽欲无首，陰以（代）大終，陰而无首，不以大終故凶。

虞翻：首，始也。陰道无成而代有終，无首凶。李道平疏：乾用九，見群能无首吉。坤用大，永貞以大終是也。

王弼：无首後己，處卦之終，是後夫也。親道已成，无所其終，爲時所棄，宜其凶也。

孔穎達：无能爲頭首，它人皆比，己獨在後，是親比於人，无能爲頭首也。它人皆比，親道已成，己獨在後，衆人所棄，宜其凶也。

程頤：六居上，比之終也。首謂始，凡比之道，其始善則其終善矣，有始无終者或有之，未有无始而有終者也。故比无首，至終則凶。此據比終而言，然上六陰柔不中，處險之極，固非克終者也。始比不以道，隙於終者天下多矣。

蘇軾：无首猶言无素也。窮而後比，是无素也。

張載：不比者不懲，非用中也。故比必顯之，然殺不可務也。一云：上使中者付得其人也。

朱熹：陰柔居上，无以比下，凶之道也。故爲无首之象，而其占則凶也。

朱震：六三動而比上，上比三成乾，乾爲首，三者上之始，上者比三之終。三不知比上則比之无首，上不知比三則比之无終，比之无首，无所終矣。正者宜吉。然上六不免於凶者，正而不知用也。道與人同者也。不相親比與比之无首，雖正亦凶。

項安世：上六比之者九五。上與五同體，五中且正，不能求比。三不正敵應。比中與正，乃可永貞。比於不正，安得有終！首訓終，義見乾卦上。以比三爲无所終。三自本爻言之，以比上爲匪人，蓋所比在彼，所喪在己也。

李衡引干：无誠於附，道窮而比，戮斯及矣。　引介：陰以陽爲首，比之者也。乘九五而不承，比之无首者也。以陽爲首則有所終。先陽則迷失道，況无首乎！

梁　寅：陰比陽，居陽上，不能比於陽矣！故爲比之无首而凶也。首居上者也，陽不居首而陰居之，此倒置也，无首之象也。

吳　澄：九五比之聖人，不以上六在外而不親比也。然上六獨外王化，上六如人首，故猶人之无首。上六非嚮化者。如苗之於舜，葛之於湯，自取其凶也。

來知德：乾爲首，九五乃首。上六不能與君比，是比之无首，其道窮矣！蹈後夫之凶。　又師比相綜，師專論剛柔，比專論陰陽。

王夫之：上六背九五欲下，比於群陰，爲翕翕訿訿之小人，以罔上行私，其凶必矣！　傳象小人背公營私，樹黨乍合，終必離，顯比之王雖舍不治，終必自潰。舜舍三苗，三苗終竄，凡不度德相時，好自異類者如此。占又示顯比者可靜俟其自亡也。

李光地：比之有主，如人身之有首。九五，元首者也。上六出其外而不比於五，无首之象。　又居卦終，爲後夫之象，所以凶也。　傳象：後夫道窮，故曰无所終。

毛奇齡：上六无陽即无首。上每言首，以卦之上下言也。言終，以卦之內外言也。馮奇之曰自下觀之，初始而上終，自上觀之，上首而初足。子夏傳曰道窮而比，戮斯及矣，何終哉！

李　塨：聖人于爻象，隨時不拘，二五多吉辭，以中也；初多平辭，以始也；上多傾辭，以窮也；三多凶，四多懼，以位不中處上下之間，往來多事。然四勝三，以懼則不至于凶也。

吳汝綸：无首以上下言，以始終言則无終。

伊籐長胤：陰柔居比終，比而無終，其凶可知。蓋比貴有終，陰柔之人，其何以得終哉！

薛嘉穎：上爻居五之後，卦所謂後夫者也。易例上爲首。李光縉曰上六一爻，自三言之爲匪人，自上言之爲後夫，罪在不赦！王者之比不專在建萬國，用三驅，直比剛健中正之道。

丁壽昌：惠半農曰比无首凶。首指上。逸周書武順解元首曰末。末在上，其象爲首。左傳風淫末疾，賈逵以爲首疾。在上不在初。程傳首爲初，失之。孔疏程傳皆分首與終爲二義，誤矣。蘇蒿坪曰坎體陽陷陰中，故有无首之象。說卦謂坎爲下首，亦此義也。

曹爲霖：思菴葉氏曰此即發明後夫凶意。首，向也。无首猶言不知所向也。陳氏傳象曰其德不足爲首，則其位不能有終。

馬通伯：王安石曰陰以陽爲首則有所終，乘九五而不承焉，比之无首者也。述義云四陰上比五，是爲有首，上在五上，无首也。乾无首吉者不自以爲首，得君道也。陰不以陽爲首，失臣道也。

劉次源：處卦末而陷于凶，不得善其終，故无所終。比必有主，上亢不比五，陰柔驕悍，大勢既去，後至而誅，故无首也。

李　郁：上爲首，亦爲終，以柔居上，謂之无首。上獨處於後，非首倡歸附之人，後至必誅，故曰凶矣。無所終，亦即无首也。

胡樸安：九五比功告成，而武力之君，馬上得之不能馬上治之，不能終爲萬國主也。比之无首，非无首也，不能爲首也，故凶。

高　亨：比之無首者，臣輔君罹殺身之禍。若關龍逢，王子比干之類是也。故比之無首凶。

徐世大：上爻是沒頭沒腦，非時非法的徵比。凶于爾國，害于爾家。又何待言。石經比下無字亦通。

譯文，徵比他，沒有個頭兒，糟糕。

屈萬里：比之无首，熹平石經無之字。陰爻在上，故云無首。無首領可比輔也，言不能下比九五也。

金景芳：比之无首，就是後夫凶，開始未與人親比，到最後才想來親比，必不可以，无始當然无所終。

李鏡池：比，阿比。之，則。无首，丟腦瓜。凶，既是貞兆辭，又是說明語。

傅隸樸：上六九五之後，正是後夫凶者。他是現實主義投機份子，不爲防風氏之誅，就當馮衍之棄，比不早，結果是凶。无首是不早。是指人主大業定後去投效的人說的。

黃慶萱：想親近別人，卻孤僻傲慢，不早親近，又無誠信，一定失敗。

林漢仕案：上六比之无首，凶。何謂也？象謂无所終。荀爽謂陰无首，不以代終故凶。王弼謂卦終是後夫，爲時所棄故凶。孔穎達云无能爲頭首，已獨在後，衆人所棄，宜其凶也。程頤：比無首，至終則凶，上六柔不中，處險極，固非克終者。蘇軾云无首猶无素。朱熹云：陰柔居上，无以比下，故爲无首凶道。朱震云三不知比上則比之无首。正宜吉，比之无首，雖正亦凶。項安世云首訓終，三比上爲匪人，比在彼，喪在己。李衡引陰以陽爲首，來九五而不承，比之无首者也。梁寅：首居上，陽不居而陰居，此倒置也，无首之象。吳澄云上六如人首，獨外王化，自取其凶也。來知德云乾爲首，九五乃首，上六不能君比，是比之无首。蹈後夫之凶。王夫之云：上六欲下比諸陰，罔上行私，好自異者不度德，可靜俟其自亡也。李光地云比之有主，猶人身有首，上六不比五，无首之象。又居卦終，後夫之象。毛奇齡上六无陽即无首。上每言首。以卦上下言也。李塨云上多傾辭，以窮也。薛嘉穎云上居五後，所謂後夫。易例上爲首。丁壽昌云未在上，其象爲首。左傳風淫末疾，賈逵以爲首疾。蘇蒿坪謂坎體陽陷陰中，故无首象，說卦坎爲下首。曹爲霖：首，向也。无首猶言不知所向。馬通伯：陰不以陽爲首，失臣道也。劉次源云上亢不比五，陰柔驕悍，後至而誅，故无首。胡樸安：九五不能爲萬國主，比之无首，非无首也，不能爲首也，故凶。高亨：臣輔君罹殺身之禍，故比之無首，凶。徐世大上爻是沒頭腦，非時徵比，凶國害家。屈萬里：無首領可比輔，言不能下比九五也。李鏡池：阿比則丟腦瓜。傅隸樸：无首是不早，現實主義投機分子俟人主大業定後投效，不誅就當棄。

石經比，無首。今本有「之」字，胡樸安故謂比之无首，非无首也，不能爲首也。「上」於易例爲首，如咸卦初之拇，二腓，三股，五脢（鄭玄云脊肉），上輔（頷）頰舌。不能爲首者，言上六之无其德，无其才，遇事遲，愚而好自用，劉次源所謂「陰柔驕悍。」然上六外卦，依乾坤六子圖當爲中子。六四與上六襯出九五爲中子。依卦之得位與否，初陽二陰三陽四陰五陽六陰爲正，則上六爲得位，以陰居陰，如何不度德（王夫之言）如何柔不中（程子言）如何其德不足爲首，其位不能有終？皆舍易例而就爻辭也，朱震云「正宜吉，然不免凶者，正而不知用也。」如何不知用？朱震言動，其卦變不足取，然謂上六，不知比故无終，其應上六爻文「比之无首」，其所以費說詞以圓爻文其造作勞思，亦不足以服人口也。「比之无首。」說者雖衆，要之皆就爻文求其可轉圜之故事也。茲錄其說精要處，共得十四家言：

陰以陽爲首，謂陰无首。（柔居上無以比下）（又首居上，陽不居而陰居，此倒置也。）（又无陽无首）

无龍爲頭首，己獨在後是後夫。（上居五後，所謂後夫）

上六柔不中，處險極。

无素

（上六）正宜吉，比之无首，雖正亦凶。

首訓終。（象謂无所終）

上六如人首。（上六下比諸陰，罔上行私，好自異，不度德。）

九五比主，上六不比五，无首之象。（上亢不比五，陰悍，後至誅，故无首。）

末在上，其象爲首。（左傳未病注首疾。）

坎陽陷陰中，故无首。

首，向也，無首猶言不知所向。

九五不能爲萬國主，比之无首，非无首也。（無首領可比輔。）

輔君罹殺身之禍，故比之无首。

无首是不早投效可成大業之人主。

上十四說中，各有深寄，觀序卦師者衆也，衆必有所比，故受之以比，比者比也。比必有所畜……又雜卦比樂師憂。韓注親比則樂，動衆則憂。是比卦光決條件是親比，有衆必有比，有比必有所蓄，故比卦大原則爲比，吉。至各爻歷程，初之親比，常得自天自來之吉。有意外之喜氣也。六二「比之自內」，下卦爲內，衆陰順從，不比初則比三，同歸心於五。六三比之匪人。上不應上六，亦不比六四，又不下比二，空有理想而不能獲助之爻，六三其爲匪人乎？比至六三爻，內外皆非人矣，其尷尬可知。六四外比，比五。比上三爻，故往前，往上皆有大好美景，大好前程由你親比也。九五顯比，於是制訂顯比之禮，王用三驅乃爲顯比而驅，其於禮也曰乾豆，曰賓客，曰充君庖。樽俎中逐親比之願也，亦从中悟出戰法，或三面著人，或畋年三獵，或一網求盡，或逆來順舍，背誅，皆教戰也，三驅不獲，無礙乎杯酒含歡親比也，其有爲之親比，雄心壯志，九五正可飛龍在天之時雌牝如也。上六爲卦終，象曰「无所終」，比卦辭後夫凶連想，上六幾成後夫凶矣，明著一夫字，何雄化？硬稱上六爲雄夫。比卦本親比，至上六親比之恩將失，友朋直諫之義殆盡，同性相斥，異性又相拒，比卦本有卦主九五頭首，不比則成无援之人，意識形態之獨夫，雖正其位亦凶矣，十四說皆可入上六之罪也。其所謂「深文周內」乎！

# ䷍大有卦（火天）

**大有，元亨。**

初九，无交，害。匪咎，艱則无咎。

九二，大車以載，有攸往，无咎。

九三，公用亨于天子，小人弗克。

九四，匪其彭，无咎。

六五，厥孚交如，威如，吉。

上九，自天祐之，吉，无不利。

## ䷍大有，元亨。

彖：大有，柔得尊位。大中而上下應之，日大有，其德剛健而文明，應乎天而時行，是以元亨。

象：火在天上，大有，君子以遏惡揚善，順天休命

虞翻：與比旁通，柔得尊位，大中應天而時行，故元亨也。

姚規：互體有兌，兌爲澤，位在秋也。乾則施生，澤則流潤，離則長茂，秋則成收，大富有也。大有則元亨矣。

鄭玄：六五体離，處乾之上，猶人臣有聖明之德，代君爲政，處有其位，有其事而理之也。元亨者，又能長群臣以善，使嘉會禮通，若周公攝政，朝諸侯于明堂是也。

荀爽傳象：夏火五在天，萬物并生，故曰大有也。

王弼：不大通何中得大有乎?大有則必元亨矣。傳象云：處尊以柔居中以大体，无二陰以分其應，上下應之，靡所不納，大有之義也。

孔穎達疏：柔處尊位，群陽並應，大能所有，故稱大有。 既能大有，則其物大得亨通， 故云大有元亨。傳象：六五處大以中，柔處尊位，是其大也、居上卦之內，是其中也。

程頤：卦之才，可以元亨也。凡卦德有卦名自有其義者，如比，吉。謙、亨是也。有因其卦義便爲訓戒者，如師，貞，大人吉。 同人于野，亨是也。有以其卦才而言者，大有，元亨是也。 由剛鍵文

明，應天時行，故能元亨也。

蘇軾謂五也。大者皆見有於五，故曰大有。

朱熹：大有，所有之大也。離居乾上，火在天上无所不照。又六五一陰居尊得中，而五陽應之，故爲大有。乾健離明，居尊應天，有亨之道，占者有其德則大善而亨也。

項安世：一陰在上，人同乎我爲我所有故名曰大有。大有乾之九五也，飛龍在天，大人造也，故曰大有，元亨。有首出庶物之義焉。

朱震大有柔得尊位，有利勢，得大中之道，得人心，又執柔履謙，有而不恃，上下五陽皆應，能有其大。六五大中，柔得之也。大有不言有大者，大不可有也。致元亨者，由乎其才，內乾剛健。外離文明。剛健不息、文明能順理、有德有時，隨天而行，自同人六五之二、始正時行，是以元亨。

李衡引胡：大有於衆，必以元大之德亨通於天下。引右：高明者天，又火在上，物之豐富，繁大之象。引勾：此卦喩女主在位，上下大有、群陽佐之故大通。

梁寅：陽大陰小，六五一陰兼諸陽而有之，是所有者大也。又火在天上，萬物畢照、亦所有之大。其亨亦大。

來知德火在天，萬物畢照，皆其所有，大有之象。六五柔得尊位、上下五陽皆從之，五陽皆其所有。陽大陰小，所有者皆陽，故曰大有。內剛健則克勝其私、自誠明也；外文明則灼見其理，自明誠也。六五應九二，應天而當其可，乾爲天。剛健文明爲体，應天時行爲用，是以元亨。

王船山：大有者能有衆大，大謂陽也。六五以柔居尊，統群陽爲之主，所有者皆大，則亦大哉其有矣！元亨者，始而亨也。此卦之德，王者之屈群雄，綏多士，致萬方之歸己，興王之始事也。

李光地：一陰在上而虛中，衆陽悉爲其所有矣！是所有者大也。又火在天上、無所不照、無所不爲其所有，故各大有。大有者有其德、有之本；有其衆，有之效；有其輔，總領衆陽而有其輔。故占曰元亨。

毛檢討：大有者多也。諸陽之大皆爲一陰所有，不既多乎！況上離互兌，乾天，夏秋成物之候，稔矣。內剛健、外文明，剛柔相應，乘時而行，四德所謂元善亨通者亦皆于天火見之。

李　塨：六五柔得尊位，初二三四皆應、陽大皆爲所有。其德內剛健而文明，上應天，下大通。庸更加一辭哉。

吳汝綸：大謂陽。有、盛多之義。太玄擬之爲盛。彖主柔爻爲言，義未盡也。

伊藤長胤：大有者、大謂陽，言有陽也。六五柔中，上下五陽應之，有盛大之象。內乾剛，外離明。智勇兼備，克合天心之象。蓋得位，有得、衆賢輔翼，天命佑之元亨也。

薛嘉穎：大者陽，一陰居尊爲卦主，五陽其用。所有者大、亨亦大矣，故其占元亨。折中比五陰民應之象，大有五陽，賢人應，孰大於是哉！

丁壽昌：鄭東谷曰陽大陰小，一居尊五陽所歸，所有者大也，若直以大有爲富有盛火則失其義矣！蘇蒿坪有，說文不宜有也，今陰統陽，非本能得之，故曰有也。

曹爲霖：繫詞知柔知剛，萬夫之望。如光武中興，有雲臺二十八將輔之，卒能光復舊物，柔得尊位也。此柔得尊位之所以稱大中也。

馬通伯：吳澄有，盛多之義。司馬光曰柔不明則前有讒而不見，後有賊而不知。明而不健則知善而不能舉，知惡而不能去，亂亡之端也。明健不失時中，元吉也。張浚用柔得賢保大業。

劉次源：大有者囊括宇宙也。世界進入大同，四海所有皆公有，元者善之長，亨者嘉之會、生機暢遂，有春夏之發育，无秋冬之彫斂。

李　郁：大有者大富也，多福之卦，盛世景象。坤二交乾五，天地之交出中正，故曰元亨。六五爲卦主。

胡樸安：同人無組織，是以志未得。大有以有組織而有長，是以公用亨于天子。應乎天而時行，是以元亨也。元、長也。

高　亨：大有二字疑當重，大有大有、上卦各，下卦辭。大豐年曰大有。占歲者筮遇此卦則大豐。元大、亨享、古人舉行大享之祭，筮遇此卦故記之曰元亨。

于省吾：大，有乾象，有者右也。下乾爲大，上互兌爲右，柔居尊位而眾陽右之，故曰自天右之也。

徐世大：大有訓大豐年無可疑，農業爲社會組織骨幹，大豐年不常有，故不言利貞，豐年乃是希望之辭。

屈萬里：傳彖尊謂六五。剛健乾。文明離。應乎天，六五與九二應。時行即「與時偕行」之義。傳象：人皆愛光明而惡幽暗，所謂嚮明而治，負陰抱陽，皆此義也，故以光明為善。火在天上，故曰揚善，揚善斯遏惡矣。

金景芳：大有只有一陰爻，六五柔、尊位，上下五陽爻都來宗它，五陽爻所有的，也是它所有，所以叫大有。元亨，亨之善，亨之大者。

李鏡池：大有、大豐收。古人農業豐收為有年，歲其有、大有即大有年，亦即大豐收。五穀大熟為大有年。

傅隸樸：在政治上有天下之大故曰大有。爻義上一陰應五陽，五大為其所有，故曰大有。又卦象離上乾下，離明盛德，乾天大業，有盛德必有大業，故名大有。元大，亨通。政治上天下無冤民，便是民情大通。用人上無遺賢，便是人才大通。大有者必大通。

林漢仕案：大有，卦名。「大有」其義，序卦謂「與人同者，物必歸焉，故受之以大有」。雜卦：「大有眾也。」易家云大有，各暢其言以盡大有之義，茲聚眾寶於「一盆」，沓君味取歡吸，以養吾人身心焉。

彖傳：柔得尊位，大中，上下應之。德健文明，應天而時行。

象傳：火在天上，君子遏惡揚善，順天休命。

姚規：互体兌澤，位在秋，乾生澤潤離長秋收，大富有也。

鄭玄：六五体離處乾上，猶人臣有聖德代君為政。

荀爽：夏火五在天，萬物幷生，故曰大有。
王弼：不大通何由得大有？上下應之，靡所不納，大有之義也。
孔穎達：柔處尊位，群陽並應，大能所有，故稱大有。
程頤：大有卦才可以元亨，剛健文明，應天時行，故能元亨。
蘇軾：大者皆見有於五，故曰大有。
朱熹：大有，所有之大也。火在天上无所不照。六五陰居得中，五陽應之，故爲大有。
項安世：一陰在上，人同乎我，爲我所有故名曰大有。又大有乾之九五也，飛龍在天，大人造也，故曰大有。
朱震：柔尊得大中之道，有而不恃，五陽應能有其大，大有不言有大者，大不可有也。
李衡引：大有於衆，必以元大之德亨通天下。又引云此卦喩女主在位，上下大有，群陽佐之故大通。
梁寅：陽大陰小，六五一陰兼諸陽而有之，是所有者大也。又火在天上，萬物畢照，亦所有之大。
來知德：火在天，萬物皆其所有；陽大陰小，所有皆陽；內剛健克勝其私，外文明灼見其理，自明誠也。
王夫之：大有者能有衆大。大謂揚，亦大哉其有矣！
李光地：一陰在上而虛中，衆陽爲其所有，是所有者大也。大有有其德，有其衆，有其輔，故曰元亨
毛奇齡：大有者多也。諸陽皆爲一陰所有，不旣多乎！

李塨：柔得尊位，初二三四皆應，陽大皆為所有。
吳汝綸：大謂陽，有，盛多之義。太玄擬之為盛。
伊籐長胤：大謂陽，言有陽也。五陽應，有盛大之象。
丁壽昌：若直以大有為富有盛火則失其義矣，陰統陽，非本能得之，故曰有也。
曹為霖：柔得尊位也。所以稱大中也。
馬通伯引：有，盛多之義。又引柔不明則讒賊不見不知，明不健則知善不能擧，惡不能去，明健不失，元吉也。
劉次源：大有者囊括宇宙也。世界大同，四海公有。
李　郁：大有者大富也，多福之卦，盛世景象。
于省吾：大，乾象，有、右也。下乾大，上互兌為右，衆陽右之，故日自天右之也。
高　亨：大有二字疑當重，上卦名，下卦辭。大豐年曰大有。
徐世大：大有訓大豐年無可疑，豐年乃是希望之辭。
金景芳：上下五陽都來宗六五一陰爻，五陽所有的也是它所有，所以叫大有。
李鏡池：大有、大豐收。大有即大有年，五穀大熟。
傅隸樸：政治上有天下之大故曰大有。卦象有盛德必有大業，故名大有。天下无冤民，民情大通。天下无遺賢，人才上大通。

大有異辭較少，雖然，仍有比較其義之必要，所謂大有者：大富有。（多福之卦，盛世景象。）

火在天萬物并生。（火在天无所不照；火在天上萬皆其所有。）

上下應无所不納。（柔得中，五陽應之。）

柔居尊，群陽應，大能所有。（陰統陽非本能得之。）

大者皆見有於五。（一陰在上，人同乎我，爲我所有。）

所有之大也。（不言有大者，大不可有也。）

大有於衆。喻女主在位。（能有衆大。所有者多也。）

陽大陰小，一陰有五陽，是所有者大也。（大謂陽，有盛多。）

大有謂囊括宇宙。四海公有。（政治上有天下之大。）

大豐年，大豐收

乾大，互兌右，衆陽右之。

五陽所有的，也是它（五）所有。

彖傳最早賦大有之義，易家皆環彖象發揮，故以大有爲。一、柔得尊位，大中而上下應之爲大有。二、火在天上，大有。出乎彖傳以外，幾未之見也。而易家發揮上下應之者，以群陽，陽大，大衆，無所不納，甚而囊括宇宙，四海爲立大有之義。陰爲小，陽爲大，大有，大者爲五陰所有，是五所有者大。丁壽昌引蘇蒿坪云說文有，不宜有也。謂今陰統陽，非本能得之。按說文「不宜有。」段玉裁注謂「本不當有而有之。凡春秋書有者皆有之本義。」蘇意大「不宜」爲五所有，五非本能得之，五豈以時位得之耶？一大爲五所有已是不宜，五大爲六五所有，尤不宜也。然而六五終有五大者，是六五有其才，有其德，有其位，五大終歸六五耶？六五純以陰小人視之，則六五陰是不宜有大，其有大必由不宜不義而有之，所謂權力腐蝕人心也。曹爲霖以歷史人物光武方之六五、有雲臺二十八將輔之，許柔得尊位，卒能光復舊物。是以柔爲統御，柔之情結，柔術之運用也，六五非小人，非陰柔女子之謂也。李衡引女主在位，上下大有者，其中德之不有，則所有者非淫棍即嗜權欲而貪鄙屈膝之「丈夫」矣！再說文有，不宜有也，春秋傳曰日月有食之从月，又聲，凡有之屬皆从有。段玉裁注：本不當有而有之偁，引伸遂爲凡有之偁。凡春秋書有者皆有字之本義也。試舉春秋書有之字，是否皆本義「不當」「不宜」有之義：

隱公三年己巳日有食之。

冬十有二月齊侯鄭伯盟于石門。

莊公二十九年夏鄭人侵許，秋有蜚。

昭公廿于年有鸜鵒來巢。

左氏有鸜來巢，書所無也。

穀梁一有一亡曰有。

記天象日蝕月蝕，有食，不當食？又食？秋有蜚，不當有蜚？有鸜鵒來巢，不當有鸜鵒來巢。左氏云書所無，穀梁一有一亡曰有者，蓋謂一地有，一地亡，一地亡者今有之故曰有也。有皆有无之有。再以書經詩經爾雅，白虎通之言有者有也，如「有鰥在下曰虞舜。（堯典）有稷有黍。（魯閟）幠厖有也（爾雅）而經籍中有字之義：取也，質也，專也，往也，藏之也，豐年也，域也，富也，九州也……即說文段注說文「日月有食之从月」云「此引經釋不宜有之指，亦即釋从月之意也，日不當見食也，而有食之者，孰食之，月食之也，月食之故，字从月。」此言造有字之意邪？有即不宜有邪？有字之用也，段云「引伸遂爲凡有之偁」矣！

大有，就其卦象言，火天大有；就其爻位言，六五柔中而尊，應五陽爲大有；就其立卦文字「大有」言，大有九州天下，大富，大有之義也，李郁云多福之卦，盛世景象，迨是也。

**初九，无交，害。匪咎，艱則无咎。**

象：大有，初九，无交害也。

虞翻：害謂四，四離火爲惡人，故无交，害。初動，震爲交比坤爲害。匪，非也。艱難謂陽動比初成屯，屯，難也。變得位，艱則无咎。

王弼：剛健爲大有之始，不能履中，滿而不溢，術斯以往，後害必至。

孔疏：不能履中謙退，雖无交切之害，久必有凶，其欲匪咎，能自艱難其志則得无咎。

程頤：九居大有之初，未至於盛，處卑无應與，未有驕盈之失，故无交害，未涉於害也。大凡富有，鮮不有害，以子貢之賢，未能免，況其下者乎！匪咎艱則无咎：言富有本匪有咎也。人困富有自爲咎耳。若能享富有而知難處，則自无咎也。處富有而不能思艱敬畏，則驕侈之心生矣！所以有咎也。

張載：二應五，三自通，四匪其旁，惟初无交，故有害，然非其咎。

蘇軾：二應於五，三通於天子，四與上近焉，獨立无交者，惟初而已！雖然，无交之爲害也，非所謂咎也。獨立无恃而知難焉，何咎之有！

朱熹：雖當有有之時，然以陽居下，上无係應，而在事初，未涉乎害者也，何咎之有！然亦必艱以處之則无咎，戒占者宜如是也。

項安世：初九无交，即同人上九不得志，遠於柔也。六五受人交而初九獨不往交，則害於大倫矣！故爲有害。若能危行言遜，艱以自守，足免於咎、又大有之時上下交孚爲利，初獨无交，小人害也。害爲不利之名。又象辭稱大有者，當大有之時爲有害也。

朱震：初九守正无交，在他卦未有害，大有柔得尊位，大中上下應之，初九无交則害也。正匪可咎，艱以守正，擇可而後交則无咎，交道難，不可苟合也。四來下初，己乃可動，此王丹自重之爻乎！

李衡引鄧玉：大有之世，賢知得路而无應，无交，害正道也，艱則无咎，獨善自處也。引王逢：以大有之時，在下无應，與時无交，宜見害于下，所以匪咎者，以剛正之才，不溷於下，艱難其志，不失其道，所以无咎。引陸：有大物者必盈，盈則物或害之。初剛健在下，遠尊不盈其志，則无交於害矣。引胡：交害者相交以利害也。初九居大有之始，處卦之下，无心於物，不交於有害，當艱難其志，久則可以全。

梁寅：富有之時，人情易於驕溢，初九自處卑下，在上无應與，是雖富而不驕溢，故曰无交害，匪咎。言未涉乎害。當艱難其思慮，戒慎之意也。

來知德：初居下位，以凡民而大有，家肥屋潤，人豈无害之理？離爲戈兵，應爻戈兵在前，惡人傷害之象。又離火剋乾金，其受害也必矣！然陽剛得正，去離尙遠，故有未交害匪咎之象，惟艱則可保其大有而无咎也。

王夫之：害謂違眾，背明相悖而害也。匪咎，詰辭，猶言豈非咎乎！六五大明於上，初獨遠處，剛傲而不上交，六五虛中延訪，非初之咎而誰咎乎？象傳：當大有之世，居疏遠自絕之地，害君臣之義而无咎。

李光地：在卦下，處事外，無法承任，惟勿喪其仁義，廉恥之心，剛得居初，不失本素，必艱以處之而无咎。

毛檢討：初本自五來，今五交應二。六五爲離日，當正交之地，不無陰亢陽，月揜日之害。今無交亦無害。無交匪以害，蓋害者咎也。

李塨：上離戈兵，容有害之者，然陽剛不上比，上又无應，无交于害矣！是安于爲下者也。雖然，可不艱哉！苟自艱難其志則无咎。

吳汝綸：言處盛世之初，凡有交害無不爲咎，所以戒之也。

伊籐長胤：无交害者，未交涉于害也。以陽居初，上無應援，苟艱處則無咎也。蓋易之爲道畏盈滿亢極，雖無禍機，尙兢業自持。士初進，家道初成，戒之艱也。

薛嘉穎：初居最下無位，是无交也，上下无交，害將不免矣！胡炳文上下交而後志同，故初九曰无交害。

丁壽昌：孔疏程傳以无交害句，王注以无交，害爲句。王注爲長。虞害謂四，離火爲惡人，故害。惠定宇初四敵應，故无交害，害在四故匪咎。吳草廬交如朋友之交，孟子无上下之交者，故爲无交不免于害也。時勢也，非已之咎。

曹爲霖：誠齋傳：初九陽剛之資，不曰无德，大有不曰无時，六五主不曰无君，下有衆賢不曰無類，然无交害者，孤遠在下故也，賈生仲舒黜廢於文帝，武帝好賢用儒之朝，絳灌公孫非其交也。聖人非傷初九，傷大有世猶有此遺恨也。

馬通伯：黃淳耀曰以九居初，是初心未變。无交故无害也。若過此而有交則有害，安得不慎終如始，一以艱處之也。案交害言陽動而交於陰，害者陰也。初至四不宜變，變不能大。

劉次源：初四皆剛敵而不應。大同之梗故曰害。初善與人同，无交匪病，汲汲聯合，必多詬病，惟艱可无病，傳象初艱貞无交，此其所以有害也。

李郁：初去五最遠，非應非比，故无交害。匪謂化柔比二、失位故咎。初四敵應故艱，得位故无咎。

胡樸安：无交，害匪咎，艱則无咎。无交者交，儆之借字幸也。言勿儆幸也。害无咎者，雖爲害而非咎也。艱則无咎，謹慎則无咎矣，大有之初，无交知艱，雖害不足爲害。

高亨：交害猶言相賊也。無相賊則相安無事，自不爲咎。若値艱難之時，可得同情助而歸於無咎。故艱則无咎。

徐世大：无交害，匪咎艱則无咎。含警戒與勗勉語。從事農業宜互助，交害難豐收，又農業是艱苦事業，不歸咎艱困才能無害。讀易者咎字斷句，不顧匪與无之別，則字沒著落。

屈萬里：正義云：「交，接也。」按无交害匪咎者，謂无接近患害則非過咎，又能艱苦則无咎也。

金景芳：程傳：「九居大有之初，未至于盛，處卑无應與，未有驕盈之失，故未交害，未涉于害也。」傳象黃淳耀說：「以九居初，心未變，无交故无害。」

李鏡池：无交害，不要彼此侵害。无，毋。艱即旱。農業豐收不互相侵害，不截上流水，不以鄰爲壑，不搶人糧食。十分强調處理好人事關系。做到了，天旱也可以沒事。

傅隸樸：交義爲近，匪咎是轉語辭，言如何可免後患呢？艱則无咎是答辭。初九偏不中，又與四應，有滿而自溢象，不有近害，必有後患。

林漢仕案：「无交害：」「无交，害。」象以无交害句，王注以无交，害爲句，丁壽昌云「王注爲長」。試彙眾家易傳比較，長短自在女心也。

小象之句讀，可以「无交，害」句，亦可以「无交害」句。

虞翻特謂害爲四，王弼謂「後害必至」，孔疏：「无交切之害。」則明顯以「無交，害」爲句。張載亦謂「惟初无交，故有害。」

程子謂「未有驕盈之失，故无交害。」梁寅謂「故曰无交害。」惠棟「初四敵應，故无交害。」則以「无交害」爲句。

胡樸安斷句不以害爲句，彼云：「无交，害匪咎，艱則无咎」。

今从虞翻，王弼，孔穎達，張載，蘇軾等之句讀：「无交，害。」而其義又何如？

虞翻：害謂四，四離火爲惡人，故无交害。

孔穎達：不能履中謙退，雖无交切之害，久必有凶。（案王弼稱「後害必至。」）

程頤：處卑无應與，未有驕盈之失，故无交害，未涉於害也。

蘇軾：獨立无交者惟初而已！雖然无交之爲害也，非所謂咎也。

朱熹：以陽居下，上无係應，而在事初，未涉乎害者也。

項安世：大有之時，上下交孚爲利，初獨无交，小人害也。

朱震：初九守正无交，柔得尊位，上下應之，初九无交則害也。

李衡引鄧至：賢知得路而无應，无交，害正道也。引王逢：與時无交，宜見害于下。引陸：无交於害矣。引胡：交害者，相交以利害也。

梁寅：初九自處卑下，在上无應與，是雖富而不驕溢，故曰无交害。

來知德：初凡民大有，家肥屋潤，人豈无害之理？離爲戈兵，又離火剋乾金，然剛得正，去離尙遠，故有未交害匪咎之象。

王夫之：害謂違衆，背明相悖而害也。六五大明，初遠處，剛傲而不上交，非初之咎而誰咎乎？傳象害君臣之義。

毛奇齡：初本自五來，六五爲離日，不無陰亢陽，月揜日之害。今無交亦無害。

李塨：上離戈兵，容有害之者，然陽剛不上比，上又无應，无交于害矣！是安于爲下者也。

薛嘉穎：初居最下位，上下无交，害將不免矣！

丁壽昌：孔疏程傳以无交害句，王注无交，害句。王注爲長。吳草廬曰交如孟子无上下之交者，故爲无交不免于害也。

曹爲霖：初九孤遠在下故也，傷大有世猶有此遺恨也。

馬通伯：引：初心未變。无交放无害也。有交則有害。

劉次源：无交匪病，汲汲聯合，必多詬病。

李郁：初去五最遠，非應非比，故无交害。

胡樸安：无交，害匪咎。交，儌之借字幸也。言勿儌幸也。

高亨：交害猶言相賊也。無相賊則相安無事。

屈萬里：交，接也。謂无接近患害則非過咎。

李鏡池：无交害，不要彼此侵害。无，毋。

傳隸樸：交義爲近，初九不中與四應，有滿而自溢象，不有近害，必有後患。

斷句型態果然有：

无交，害。

无交害。

无交，害匪咎。

胡樸安在兩主流中，害字下讀。

而其義以「无交，害」爲句者，亦可撮成以下十五點：

雖无交切之害。

无交之爲害。

无交，小人害也。

无交則害。

无交，害正道也。

无交，宜見害于下。

无交於害矣。

无交，傷大有世猶此遺恨也。

害謂違衆，背六五大明，害君臣之義。

陰亢陽，月揜日。今无交亦无害。

上下无交，害將不免。

无交匪病，汲汲聯合，必多詬病。

交，儌幸，言勿儌幸。

无交无害；有交故有害。

交義爲近，不有近害，必有後患。

以「无交害」爲句者，其義可歸納成九點：

害謂四，四離火爲惡人，故无交害。

處卑无應與，未有驕盈之失，故无交害，未涉於害也。

陽下，上无係應，未涉乎害者。

无相交以利害。

自處卑下，是富而不驕溢，故无交害。

得正，去離戈兵，火剋金尚遠，故无交害。

去五遠，非應非比，故无交害。

无接近患害。

无，毋，不要彼此侵害。

交害，相賊，無相賊則相安無事。

前者十五說中，有尖銳對比成份者如：

无交之爲害；无交則害；无交，小人害也；无交，宜見害于下；皆主張无交之爲害。主張初九宜交乎上也。（四、五皆可）王夫之傳象謂傷君臣之大義，曹爲霖謂傷大有之世猶有在下孤遠无交之遺恨。皆謂初九宜有交也。薛嘉穎所謂上下无交害將不免也。

无交亦无害；无交故无害；无交匪病，汲汲合爲病。是以有交爲病，宜乎无交也。傳隸樸之「交義爲近」，亦以不有近害，必有遠患造意，與孔穎達「雖无交切之害」同。

以「无交」爲句，上十五說中，約其義有三點：一宜與上交，一不宜與上交，另胡樸安謂「无交」爲勿僥幸。

以「无交害」爲句九說中，亦可約說爲：

交四有害，勿交惡人。

離四尚遠，故无交害。

處卑无應，富而未有驕失，故无交害。

无利害相交，不彼此侵害。無相賊。

无接近患害。

從上五說中，亦可見：

不上交四，以无交爲一切重點，故勿交，離遠，無失，无近，无利害，侵奪，相賊爲其意。

兩主流中以无交上理義略勝。蓋大有者，非謂大富，上下交孚爲利。鄭汝諧與丘富國云「大有非富盛之謂，蓋六五陰爲五陽所歸，所有者大也。」王船山謂「大謂陽。六五統群陽而爲之主，所有者皆大。」初九爲五大之一，而居五大之初，上有九二，九三，九四，上九，能兢兢求交而无害？是在時位之不可交也，交則二三四上皆側目矣！其次初九在下，猶之未熟之果尙生澀，乾初九告以潛龍勿用，聖人所謂戒之在色，故无交則无害也，无交則同爲大者無嫉惡之心，无交則不自戕害，得盡天造地設，自然成長之勢成，其理甚明也。

「匪咎，艱則无咎。」

匪，非也。其欲匪咎，能自艱難其志則得无咎。程子稱富有能知難處，則自无咎。梁寅云當艱難其思慮，戒愼之意也。來知德謂惟艱則可保其大有而无咎。王夫之謂匪咎，詰辭，非初六之咎而誰咎乎？伊籐長胤謂易之爲道畏盈滿亢極，雖無禍機，尙兢業自持。士初進，家初成，戒之艱也。馬通伯謂愼終如始，一以艱處之。李郁謂初四敵應故艱。胡樸安以「害无咎。」讀，謂雖爲害而非咎也。徐世大以「匪咎艱則无咎。」一句。謂不歸咎艱困才能無害。屈萬里則又以「无交害匪咎」取句，謂无接近患害則非過咎。又能艱苦則无咎。傅隸樸以「匪咎」爲轉語辭，言如何可免後患呢？艱則无咎是答辭。

句讀之不同，有上連，有下接，其句型計有下列五種：

匪咎，艱則无咎。（非咎，能艱難自持則自无咎。）

害无咎，艱則无咎。（雖爲害而非咎，謹慎則无咎矣。）

匪咎艱則无咎。（不歸咎艱困才能无害。）

无交害匪咎，艱則无咎。（无接近患害則非過咎。）

匪咎？艱則无咎。（如何免患呢？艱則无咎。）

查「害」字，尚書湯誓：「時日曷喪」句，孟子梁惠王上引：「時日害喪？」趙歧注害，大也。孫疏亦謂大。書經曷作何解，漢書蕭何傳：「以文毋害爲沛主吏掾。引蘇林曰「毋害，若言無比也。一曰害，勝也，無能勝害之者。」史記集解引漢書音義曰：「文無害，有文無所枉害也。律有無害都吏，如今言公平吏。一曰無害者如言『無比』陳留間語。

史書無害連用，爻无交害，插入「交」字，自不能枉解爲「無所交而枉害。」」「無交比」，或「無比交」。害原作曷，孟子趙注害爲大，則似乎用以解易皆可通，如謂「无交，何？」「无交大」，此處大，即陽爲大之大，初九本身是大，二三四六皆大，用「无交大」則意與「无交」爲一切重點，无交則同爲大者無嫉妒排斥之心，得盡天年以成長。而其句讀「害」宜上連无交矣。害以「勝」解，謂「初九无交，勝，　非咎，艱難自持則无咎。」似又挺順而與諸大家意見不相悖。　蘇林所引害爲勝，謂無能勝害之者，用在本文則謂无上下之交，無能勝害之者也。其句倒裝蓋謂害之者無能勝，或謂無能勝之也。則又不如只著一勝字，謂「初九，无交，勝。（好。）非咎，艱則无咎。」害如還原作曷，其句型謂：「无交，曷？匪咎，艱則无咎。」或以胡樸安取句「曷匪咎？」三字連讀，即以上各大家句讀皆宜以：无交，曷匪咎？艱則无咎。」為句矣！以經證經，害為曷之誤，或害曷通，然易本文害非曷也，仍以害本義解亦妥貼，「无交，害。（謂无交乃有害。）匪咎。（然非過咎。繫解云无咎者，善補過也。）艱則无咎。（艱貞於无交則仍无咎也。）

**九二，大車以載，有攸往，无咎。**

象：大車以載，積中不敗也。

虞翻：比坤為十轝，乾來積上，故大轝以載。往謂之五，二失位，變得正應五，故有攸往，无咎矣。

盧氏傳象：乾為大車，故曰大車以載，体剛履中，可以任重，有應于五，故所積皆中而不敗也。

王弼：任重而危也。健不違中，為五所任，任重不危，致遠不泥，故可以往而无咎。

正義：身被委重任，不有傾危，猶若大車載物。假外象以喻人事。大車，牛車也，載物多故云重車，材彊壯，故不有傾危也。以居失其位，嫌有凶咎。堪當重任，故无咎。

程頤：九以陽剛居二，為六五之君所倚任。剛健則才勝。居柔則謙順。得中則无過，其才如此。所以能勝大有之任，如大車之材，強壯能勝載重物也。可以任重行遠，故有攸往而无咎也。大有豐盛之時，有而未極，故以二之才可往而无咎，至於盛極則不可以往矣。

蘇軾：大車，虛而有容者，謂五也。九二足以有為矣，然非六五虛而容之，雖欲往可得乎！積中明虛也。

朱熹：剛中在下，得應乎上，爲大車以載之象，有所往，如是可无咎矣。占者必有此德，乃應其占也。

項安世：蓋以不敗解无咎也。二受大有之寄而能持之以中，故其載雖重而可以有行无敗也。又二大臣也，受大有之任，故爲載。二以中，故无咎。又有，必言大，明小能有大，非本大也。

朱震：六五不有其大，屈体下交九二而倚任之，猶大車也。坤爲輿，乾變坤爲大車，九二剛中而居柔，往之五以任天下之重，猶車載也。大有，物歸者衆，富有之時，六五中而未極，故有攸往，无咎。大車以載者，貴夫積中不敗也。大有六五而任小才，不勝其任矣。

李衡引牧：下乘陽爲動，上承陽爲實，得中位爲安，五以虛中納下，往則不拒故无咎。引胡：以剛明勤健之才，當大有之時，履得中道，應於六五，是中正之臣，當重任猶若大車之載，雖重而不至傾敗。

梁　寅：車健行能容載，九二剛健居下卦之中，所有者大，此大車以載之象，有所往則如車之不輸其載，宜无咎矣。

來知德：乾錯坤爲大輿，大車之象。陽上行，車行之象。以者用也，用之以載也。變離錯坎，坎中滿，載重之象。二變成巽，爲股；巽錯震，爲足，股足震動有攸往之象。又二中德富有，應六五交孚，往則可負荷其任，六五虛中之君，共濟大有之盛而无咎矣。

王夫之：九二剛居中，群陽所附託載之以行，才富望隆，與五分權之象，疑有咎。然上應六五，跡雖專而行順，不逼上擅權，輩眾歸己而咎之。倩象誠信輸五，積中持盈，物莫能傷，後世惟諸葛武侯望重道隆能有此德。

李光地：有剛中之德上應尊位，大中之君，所任者重，所有之大也。占者有大車之德則任重致遠，可以无咎。又傳象如車之弘其中也。

毛檢討：二居下乾之中，互乾之首，重剛而中。乾為大車，行健，有攸往，離牛前之，此大有之所積者，何有于敗。

李塨：豐年多黍多稌曰大有。誠大有矣。爻變大坎為大車，離牛載而前之，行健以應于五，多多益善。

吳汝綸：乾為大車，體剛履中，可以任重。

伊籐長胤：剛中應五，能載重致遠。蓋方富庶，膺重寄，才柔則寬縱不勝，過剛則失苛嚴，惟剛中可當其任而無失。

薛嘉穎：二以剛中上應尚賢之君，君信任之，惟二能勝其任，如以大車載物者然。所有大故任者重，任重不危，致遠不泥，故可往而无咎。

丁壽昌：釋文車，蜀才作輿。此爻重在剛中，故大傳云積中不敗。程傳壯大之車重積載于中不敗，似與爻象不合。

曹爲霖：呂伯恭曰大臣之位，百責所萃，如大車載物，然後可以攸往。此王佐之材，惟伊周當之，二應五，故五曰厥孚交如。敬慎，故不敗。

馬其昶：乾馬離牛，引重致遠，故有大車之象。劉牧得中位爲安，五以虛中納下，往則不拒，故无咎。其昶案有大車則所積者多，此言二之陽氣積於中可不化也。

劉次源：剛居二，柔得中，與五應，與坤同功，世界必能大同，咎是以无也。

李　郁：天載日猶車載物。天下故車大，滿載歸，可謂大富矣！有攸往，謂離往乾來，陽雖居二，義亦无咎。

胡樸安：大車，出兵之車也。以載，所載軍實也。有攸往而攻敵矣。軍實足立於不敗之地，故象積中不敗也。

高　亨：大車可以任重致遠，故曰大車以載，有攸往无咎。

徐世大：指豐收後，大車載往以輸租納稅，所以說有地方去。

屈萬里：車，子夏，虞並作輿。積，釋載。小畜上九象傳：「德，積載也。」

金景芳：九二與六五正應，爲六五所倚重，所信任。

李鏡池：把農產品一大車一大車拉回去，這是豐收景象。「有攸往，无咎。」占行旅，屬附載。

傅隸樸：大車是牛車，材料堅實，能任重致遠，九二陽剛堅象，與五應，得國君任使之象，故曰有攸往。陽剛失位疑有咎，故特云无咎。

林漢仕案：「大車以載」何義？

象：謂積中不敗也。

虞翻：比坤爲大轝，乾上，故大轝以載。

盧氏傳象：乾爲大車，故曰大車以載。

正義：委重任不危，若大車載物。大車，牛車。假外物喻人事。

程子：九二剛健能勝大有之任，如大車能勝載重物也。

蘇軾：大車，虛而有容者，謂五。六五虛而容九二。

朱熹：剛中在下應上，爲大車以載之象。

項安世：二持中載重，又二，大臣也，受大有之任故爲載。

朱震：六五倚二，猶大車也。猶車載也。

李衡引：當重任猶若大車之載。

梁寅：車健行能容載，九二所有者大，此大車以載之象。

來知德：乾錯坤爲大輿，大車之象。變離錯坎，載重之象。

王夫之：九二剛中，群陽託載以行。諸葛武侯有此德。

李光地：剛中應尊，大中之君所任者重，所有之大也。

毛奇齡：重剛而中，乾大車，牛前之。

李塨：豐年多黍誠大有矣。爻變坎車，離牛前之。
吳汝綸：乾爲大車。可以任重。
伊籐長胤：剛中應五，能載重致遠。
薛嘉穎：二以剛中上應尙賢之君，君信任之，二能勝其任，如以大載物者然。
曹爲霖引：大臣之位，百責所萃，如大車載物。
馬其昶：乾馬離牛，引重致遠，故有大車之象。
李郁：天載日猶車載物。天下故車大，滿載歸，可謂大富矣！
胡樸安：大車，出兵之車。以載，所載軍實。
高亨：大車可以任重致遠，故曰大車以載。
徐世大：指豐收後，大車載往以輸租納稅。
李鏡池：把農產品一大車一大車拉回去，豐收景象。
傅隸樸：大車是牛車，材料堅實，能任重致遠。

爻文「大車以載」。易傳家各以自己犀利之法眼，或造象，或造意，使九二成大車。象以積釋載。虞翻比坤爲大轝。查說卦坤爲大輿，而非大轝。孟氏逸象坤爲車，注即大轝，迨即虞氏比坤爲大轝耶？乾上故大車以載。虞氏覓象辛苦，以九二比坤，如何比？火天大有，下卦乾，硬比坤，猶之男扮女，總有不是之處。來知德覓象，亦見坤輿之文，來氏遂以彼錯綜法化下卦乾錯坤，大輿見矣！

虞氏大轝亦可借錯以比坤矣，然總有不類之感。虞氏尤有甚者，「乾上，故大轝以載」之說，其意坤已爲轝，有乾來積上，故載。查上三四五爻爲兌澤。二三四爻互成乾。既已載矣，何必一定乾？乾又如何載得動？是地載天？母承父？女承夫？果爾，即陰承陽也，澤固不能載矣！虞氏之象不象也如是，至吳汝綸：乾爲大車。」則不知出自何氏之逸象矣！吳氏自己創造之象也，或係承盧氏傳象「乾爲大車」之誤未加查證即造文相傳，以訛傳訛。傅隷樸謂大車即牛車，承自孔正義之說。所謂大有豐盛之時，車載斗量喻其多，牛車似不足喻其富，牛步似不足喻其健捷，徒見其寒滄淒厲而已！孟子後車百乘，孔子不欲覊車以從君後故，牛車牛步如何可配尊者？以應五尊六馬八駿，駟馬其制也乎？王夫之云「群陽託載以行。」則知大車絕非牛車可當者也。管仲，諸葛武侯絕不坐牛車，即晏子也都敝車羸馬而非羸牛，豈老子矣？九二云老，可有許之者？於是乎造牛車之說不如直接造意，謂二剛健能勝大有之任，如大車之能載物然！正義「若大車載物。」外又畫蛇添足謂牛車，假外物喻人事。不知外物喻人事之不當也如此。九二剛，虞氏，正義皆謂失位。朱子謂九二剛中在下，項安世，王夫之、李光地，毛奇齡則承而發揚九二剛中精神矣！

九二之大車以載，以造意勝造象也，蘇軾謂大車虛而有容，朱震謂任天天之重猶車載也。伊籐長胤謂載重致遠。由大車載物，又能致遠矣，任重致遠許二矣。

若夫李塨之多黍稌，坎車離牛前之說。坎只存半象，離亦遠在天邊，本身二，與四五六爻之象無涉。而黍稌之多，乃臆造之文，蓋爲車所載必爲農作物也。不能山上原木乎？不能深山所出之原煤乎？

礦石乎?即沙石亦一車有一車價値也,機器一轉,財源不斷,何必一定黍稌?

大車以載說有:

大輿以積。

大轝以載。

牛車載物。(任重致遠)

坤載乾。

離牛坎車載黍稌。

乾爲大車而任重。

二剛健如大車載物。

乾錯坤爲大輿,離錯坎爲載重之象。

剛中,任重致遠。

兵車載軍實。

大車可以任重致遠。

一大車一大車農產品拉回去,豐收象。

按大有卦,說者謂大富,又謂六五陰小,其餘陽爻大,小有大,五擁有所有大,陽文皆爲五所有故謂大有,五陰大有陽也,陽已爲六五有,陽皆爲大,九二應五,九二又爲五所有中尤親密者,故王夫人之謂「群陽託載。」大有固爲五、二爲五所有，二屬於五，二有所往，自然无咎，二之往，亦必後車若干乘，浩浩蕩蕩，有車馬之音，羽旄之美，以壯其聲勢，以善其行色，故大車而載，有攸往，无咎。无咎者，繫解謂善補過也。管籥，車馬，羽旄，正乃補已之寒相，猶今人云澎脹自己也乎？

**九三，公用亨于天子，小人弗克。**

象：公用亨于天子，小人害也。

虞翻：天子謂五。三，公位也。小人謂四，二變得位体鼎，象故公用亨于天子。四折鼎足，覆公餗，故小人不克也。

王弼：處大有之時，居下体之極，乘剛健之上而履得其位，與五同功，威極之盛，莫過此焉。公用斯位，乃得通乎天子之道也。小人不克，害可待也。

正義：三處大有之時，與五同功，五爲王位，威權與五相似，莫盛於此。乃得通乎天子之道，故云公用亨于天子。小人德劣，不勝其位，必致禍害。

程頤：三居下体之上，在下而居人上者，諸侯人居之象也。公侯上承天子，天子居天下之尊，率土之濱，莫非王臣，在下者何敢專，凡土地之富，人民之衆，皆王者之有也，此理之正也。故三當大有之時，居諸侯之位，有其富盛，必用享通乎天子，謂以其有爲天子之有也，乃人臣之常義也，若小人處之則專其富有以爲私，不知公以奉上之道，故曰子人費克。

張載：非柔中文明之主不能察，非剛健不私之臣不能通，故曰小人弗克。

蘇軾：九三以陽居陽，其劫足以通乎天子，以小人處之則敗矣。

朱熹：亨，春秋傳作享，朝獻也。古者亨通之亨，享獻之享，烹飪之烹，皆作亨字。九三居下之上，公侯之象，剛而得正，上有六五之居，虛中下賢，故爲享于天子之象。占者有其德，則其占如是。

小人无剛正之德，則雖得此文不能當也。

項安世：左氏卜偃以亨爲享。陸氏釋文，諸家易說皆作享獻之義，古文亨與享同，但作享字解之，不必改字也。又三外臣也，奉大有之物以朝貢，故爲享。以不中故有戒。小人弗克則爲曹馬矣！又，凡爻言不克者，皆陽居陰位，惟其陽，故有訟有攻，陰故不克訟，弗克故。

朱震：三者公之位。春秋傳晉文公將納王，使卜偃筮之，遇大有之睽，曰吉遇，公用享于天子之卦。杜預曰大有九三爻辭。則卜偃時讀易作公用享于天子。杜預亦然。京房曰享，獻也。干寶曰享，燕也。姚信作享祀。義雖小異，讀爲享則同。三五相交，三乾變離兌，乾天、離日，兌澤，卜偃謂天爲澤，天子施澤，降心爲說。九三當天子之饗无驕亢矣。三五交，易剛爲柔，聖人因柔以著戒焉。

李衡引石：九三權重位盛，公之象也。上有柔君，小人履之必恃權據位，專悍强逼，必至于害。君子則不然，此亦所以爲戒也。　引介：得尊盛之位，行重剛不中之事。以其有大事之才，是以能亨于天子。重剛一中，非君子之常，君子猶以爲惕，況小人乎！　引薛：君子處此，不私權利，通達君德。小人萌亂不能當也。通其道者，分憂之謂也。

梁寅：九三居下卦之上，諸侯之象。當大有之時，不自有其有而獻之天子。亨讀作享獻也。三能不私其有，忠莫大焉。小人好專利不厭，安能竭力奉上，故曰小人不克，三正而不中，設二義以贊君子而勵小人也。

來知德：三居下卦之上曰公，五居大位，故稱天子。用亨于天子何也？九三才剛志剛，當大有之時欲濟亨通之會亨于天子，共保大有之治，出而使天子亨也，但當金受火制，小人四在前持戈兵阻而害之，弗克亨于天子之象。

王夫之：亨依替秋傳作享，古亨通，享烹飪三字通用。三爲三陽統率，爲進爻，率所有之大修貢篚以獻天子之象。乾陽盛滿，上奉柔主。小人弗克，戒五慎於任人。傳象小人處此，尾大不掉，天子諸侯交受其害。

李光地：居下之上，公之象也。迫近離照，有亨于天子之象。位遇之隆如此，豈小人所能堪受乎！又傳象言小人得此非福而適足爲害也。

毛檢討：居下國之首，三公象也。居互兌，進爲容悅，將紬所有亨君。過于容悅反爲小人，小人弗克亨矣！何也？以害故也。

李　塨：初爲民，二士、臣、三貴臣、四近臣、五君，上倦勤之君。九三以陽居陽，上承六五，出大有之積，食之以互兌之口，是用亨獻之禮于天子也。變兌爲容悅，流于小人，貽害而已，豈能使天子受其亨哉！

吳汝綸：天子爲上九，小人弗克，非下位者所堪也。

丁晏：釋文亨，衆家並香兩反。案古亨享通。漢劉熊碑子孫亨之，隸釋云以亨爲享，左氏傳引易亦作享。

李富孫：釋文許庚反，通也。京云獻也。于云享宴也。姚云享祀也。陸許兩反，祭也。說文亯，獻也，篆文亯，隸變作亨。古亨通，享獻，烹飪皆作亨。

伊籐長胤：亨，古與享通，饗同。以剛正之才，居下之上，六五虛中下賢，有爲王所享象。蓋守忠順以蕃屛王家則君臣一体，苟擅土地凌上如漢七國，唐藩鎭，九三所以曰小人弗克也。

薛嘉穎：三居下之上，公侯之象。上有虛中下賢之君，九三剛得正，德稱其位，用以受宴饗于天子。小人得此則非福而適足爲害也。案無德獲福，災必逮其身。

丁壽昌：釋文亨，衆家並香兩反。京云獻也，于享宴也，姚云享祀也。朱子語類古文無享字，亨享烹通用。亨享說文本是一字。九經字樣亯，饗獻也。亯篆文，隸變作亨，別作享烹，皆俗字。

曹爲霖：左僖二十五年晉侯筮遇大有之睽，曰吉，公用享於天子之卦，戰克而王饗，吉孰大焉。

馬通伯：孫炎曰初元士，二大夫，三諸侯。錢澄曰因朝會行黜陟之典，享賢侯，而不肖者罰。其昶案三上達，四實導之，公用者四用也。四近君爲公象。三位多凶，化陰則害，小人謂陰也。

劉次源：公者大公，亨其享也。公天下之世，人人可爲天子，大公无私可亨天子之位，小人啓禍亂，弗克勝其選。

李　郁：公指三，天子指五，三五同功，剛應柔，是故天子亨之。若爲用柔之小人則未能矣。

胡樸安：公，各小團体之長，推天子也，此會是推天子之事，故以公爲主也。小人不用命，不使與會，象小人害也。

高　亨：讀亨爲饗，本左傳僖二十五年公用享於天子，余謂亨爲享，已無疑義，但此享字當爲致貢之義。

楊樹達：左傳僖二十五年秦伯師于河上，將納王。……公曰筮之，遇大有之睽，曰吉，公用享于天子之卦，戰克王饗，吉孰大焉？

徐世大：豐年受益最顯著者爲公家倉庫之充實，公乃貢賦於天子而天子享之，平民無此榮寵，故小人弗克，不平等也。

屈萬里：禮記曲禮下「五官致貢曰享。」鄭注：「貢，功也。享，獻也。」釋文京房曰享，獻也。小人弗克：民眾不得獻。傳象小人有禍害。

金景芳：朱子亨讀作享是對的，春秋傳作享，謂朝獻也。古亨享烹皆作亨，九三下卦之上，公侯之象，剛而得正，六五虛中下賢，故享于天子之象。

李鏡池：公指群臣。亨宴亨。弗克，不能享受豐收的成果。豐收了，天子大排筵席，但勞動者沒有什麼可以享受到的。

傳隷樸：繫辭：「三與五同功。」五爲天子，三當爲王公，故曰公用亨于天子。言九三功業地位通于天子。亨義爲通。小人有此權勢，便心存不軌，便不能保此大有之勢。

林漢仕案：初在時位上无交，即无爭寵之嫌，无交亦无自我戕賊之過；九二應六五，位剛而應，故許之中，群陽爲五所有，二之往，大車以載，自往而任車馬之美，采色之富，自我澎脹，求得先聲之勢，爲五接往，所謂「大車以載」，則大車之華飾，鑾車鳳駕當非小小宮輦可知，其爲安車蒲輪，或朱輪華轂四牡彭彭以載往也。五之有二，而榮耀加之二，相對而言，二亦擁有五也。二之往，大車以載，至三，「公用亨于天子矣！」茲引各家之證詞，羅列比較於后：

虞翻氏二變体鼎，四折鼎足，小人謂四，三公位也。

王弼：居下体極，履得其位，與五同功，通乎天子之道。

程頤：下体之上，諸候人君之象也。必用享通乎天子。

蘇軾：九三以陽居陽，勢足以通乎天子。

朱熹：亨，春秋傳作享，朝獻也。享烹字右皆作亨。三，公候之象，五虛中下賢之君，故享于天子之象。

項安世：三外臣，以朝貢，故爲享。亨即享。

朱震：三者公之位。春秋傳晉文公將納王，使卜偃筮之，遇大有之睽曰吉遇公用亨于天子之卦。戰克而王享，吉孰大焉。則卜偃讀易作享。杜預亦然。京房亨，獻也。干寶曰亨，燕也。姚信作享祀也，讀爲享則同。
李衡引石：九三權重位盛，公象。
梁　寅：三不私其有，而獻之天子，忠莫大焉。贊君子勵小人也。
來知德：三公五天子。三欲濟亨通之會，共保大有之治，出而使天子亨。
王夫之：亨，春秋傳作享，與烹三字通用。三爲三陽統率，大修貢篚以獻天子之象。
李光地：三，位遇之隆如此。
毛奇齡：居下國之首，三公象也。居互兌，進爲容悅，將絀所有亨君。
李　塨：三，貴臣、以陽居陽，上承六五，食之以互兌之口，是用亨獻之禮于天子也。變兌爲容悅，流于小人。
丁晏：釋文亨，香兩反。案古亨享通。
李富孫：釋文許庚反，通也。京云獻。于云享宴。姚云享祀。陸許兩反，祭也。說文亯，獻也。古亨享亯皆作亨。
伊籐長胤：古亨享，饗同。三剛正，六五虛中下賢，有爲王所享象。
丁壽昌：朱子語類古文無享字，亨享說文本是一字。享烹皆俗字。
馬通伯：案三上達，四實導之，四近君爲公象。公用，四用也。
劉次源：公者大公，公天下之世，人人可爲天子，大公无私可亨天子之位。

胡樸安：公，各小團体之長，推天子也。
高亨：讀亨爲饗，亨爲享已無疑義，但此當爲致貢之義。
徐世大：豐年公家倉庫之充實，公乃貢賦於天子，天子享之。
屈萬里：曲禮：五官致貢曰亨。鄭注貢，功也。享，獻也。
李鏡池：公指群臣。亨，宴亨。豐收了，天子大排筵席。
傅隸樸：三與五同功。五爲天子，三當爲王公，公用亨于天子。言九三功業地位通于天子。亨義爲通
九三之所以亨于天子，依說者之意歸納爲：
二變体鼎。小人謂四。
居下体之極，得位，與五同功，通乎天子。
九三諸侯人君之象。九三公侯之象。權重位盛。功業地位通于天子。
以陽居陽，勢足通乎天子。爲三陽統率，修貢篚以獻。
三外臣以朝貢。
三上達，四實導之，四近君公象，公用，爲四用也。
公爲大公无私，可亨天子之位。
公爲小團体之長共推天子。
天子大排筵席。

公乃貢賦于天子。

公指群臣。

亨，作講，作享，烹，其義有：

朝獻，朝貢，燕享，饗，祭祀，亨通。其意讀有香兩反，許庚反，許兩友。

公用二字，易家多帶過昧明，其爲言也：公用，四用：公爲大公无私；公爲小團体之長；公乃貢賦；公指群臣。用字未加安措。李塨以三爲貴臣，馬通伯以三爲諸侯，毛奇齡等以三爲三公象。故彼將用字帶過，竊按彼意，以三爲貴臣，諸侯，三公，用此，因此而亨于天子。解用爲因此。又按九二之大車以載，无論自往抑徵往，際遇之隆，平步青雲也。九三之爲公用，誠如觸讋說趙太后，勸及時建功業。公用，可如本字之義釋爲國家委之以重任，一則試之以才，二則及時建永世之業。至若亨義，皆可入訓，如獻才力于天子；廟祭而后燕享于天子；貢已力爲公用謂進貢九三自己于天子。昨日九二之殊遇也。「大車以載」，有私亦有公，今日九三祇爲公用，致功于天子矣。至少亦有心報效知遇也。小人弗克也者，一、陰小也，二、小人德劣也，三、小人易敗事也，四、四爲小人，持兵戈害之，五、非下位者所堪。民眾亦不得獻，六、戒慎於任人。

虞翻謂九四爲小人，來知德亦謂火金，小人四持戈兵害之。然李塨謂四爲近臣，馬通伯謂四近君爲公象。虞氏謂二變体鼎，火風鼎，以五畫卦言之也，四折鼎足，以鼎卦九四爻解「鼎折足，覆公餗。爲說也。若夫來氏知德以上火下乾金言，以火之一体九四，離之戈兵亦以九四一爻代全体以爲立說。皆似是而非，皆所謂自身生矛盾。王夫之稱九二剛中，群陽託載以行，又稱九三爲三陽統率，以割裂六爻爲六体，卦之有其整体性，一貫性。六爻非六体，乃一体六面，猶之一人之身，遭遇六種境況，一生之時段有先後，境遇之吉凶悔吝，繫辭焉以見指撝，比應順承从統一中具動變，亦當以其人品性潛能之已發未發而生因果。準此，九三，九二乃時位有先後，其統一性之整体不容割裂獨立言之也。九二群陽託之者，關鍵時刻乎？與五之應，人生旅途坦坦，上下含和吐祥，九三之公用亨於天子，基礎在九二，情感，功業之建立萌動於斯也。虞氏，來之言九四小人也者，予盾之生自本身，亦猶之人性情有時怯懦，退縮，雙性人格類型之表達不能和諧適切也。孟浩然之「不才明主棄」而怨時君，是孟氏終南之隱矛盾性，一時之興感，非自剋之乎哉？爻辭所載，固可以從環境之順逆，操之在人處著眼發揮，亦可兼及操之在己處立論也。操之在人者无從捉摸，即操之在已者亦有時不能左右逢源。狄仁傑之荐，仇將恩報，即操之在已有時亦有所不能之證，況操之在人乎！白居易慨嘆：「君不見李義府之輩笑欣欣，笑中有刀潛殺人。陰陽神變皆可測，不測人間笑是瞋。是眞「天可度，地可量，惟有人心不可防」也。而馬通伯謂「四近君，公象，四實導三，三爲四用。」四導四用視作和詳之徵可也。順境之一再出現可也。九三既是九二之今日，「公用亨于天子」乃「大車以載」後必然之會，「小人弗克」也者，明九三之非小人也。如此殊榮，陰而才柔者不與其中，亨於天子者皆剛健君子也。

至朱震引左傳亨仍作亨字，然其下文引杜註作享。查今本左氏傳作享，或係手民之誤。而項氏，曹氏，楊氏所引春秋傳皆作享，與今傳同。

**九四，匪其彭，无咎。**

象：匪其彭，无咎，明辯晢也。

虞翻：匪，非也。其位尪，足尪，體行不正。四失位，折震足，故尪。變得正，故无咎。尪或爲彭，作旁聲，字之誤。傳象云：析之離故明辯折也。四在乾則尪，在坤爲鼠，在震噬胏得金矢，在巽折鼎足，在坎爲鬼方，在離焚死，在艮旅，于處言无所容，在兌睽孤孚厲，三百八十四爻，獨无所容。

王弼：既失其位，而上近至尊之威，下比分權之臣，其爲懼也可謂危矣。唯夫有聖知者乃能免斯咎也。三雖至盛、五不可舍、能辯斯數、專心承五、常匪其旁、則无咎矣。旁謂三也。傳象：明猶才也。

孔正義：匪，非也。彭，旁也。謂九三在九四之旁、九四若能專心承五、非取其旁、言不用三也、如此乃得无咎。既失其位、上近至尊之威、下比分權之臣、可謂危矣！能棄三歸五、故得无咎也。

傳象：九由才性辯而晢，知能斟酌事宜。

程頤：九四過中矣，是大有之盛者也。過盛則凶咎所由生也。故處之之道、匪其彭則得无咎。謂能謙損，不處其大盛，故得无咎。四近君高位，苟處太盛則致凶咎。彭，盛多之貌。

蘇軾彭，三也。九四之義，知有五而已。夫九三之剛，非强也；六五之柔，非弱也。惟明者爲能辨此

朱熹彭字音義未詳。程傳曰盛貌。理或當然。六五柔中之君，九四以剛近之，有僭偪之嫌。然以其處柔也，故有不極其盛之象而得无咎。戒占者宜如是也。

項安世：四近臣也，以柔自抑，不怙大有之寵，故爲匪其彭。干寶云：「彭亨，盛滿貌也。」居寵思危，惟明者能之，四居離之初，能明於初，故爲辨晳。

朱震彭，子夏傳讀作旁。旁，盛滿貌。離，大腹象也。大有至四盛矣。昧者處之，盈席而不知變，安得无咎。九四不安其位、震見離毀、懼而守正、抑損不至於滿。（九四）明辯於盈虛之理甚白、離明、兌口辯。晢，荀氏作晣。

李衡引白動：九四不屈己節以事九三之權臣、若魏之王祥不拜晉文、汲黯長揖衛將軍是也。　引介：君子立於朝謀之、當告諸君，不以告用事之臣、明上下之禮、君臣之義也。子夏：柔得尊位，上下咸願聽之。能知禍福之端、畏天下之所覩、如非在五旁、兢以自警、不敢怙恃則无咎矣。　引勾：九時居大有之世、時近至尊、勿同晉文公召周襄而狩河陽、如不在五旁則无咎。

梁　寅：九四陽剛、有僭逼之嫌。然以剛居柔、自謙不至過盛，故云匪其彭，无咎。彭，盛多貌。四所處，挾震主之威，自謙抑纔能免於咎而已！矜功挾權陵轢其上，能无凶乎！

來知德：彭音旁，鼓聲，又盛也。言聲勢之盛也。四變震爲鼓彭之象，變艮止其盛。　又九四時過中乃大有之極盛者，近君可盛然以剛居柔，故有不極之象。无咎之道也。

王夫之：彭，許慎說鼓聲。鼓聲所以集眾而進之。四陽連類，四居其上與內卦相接，乃引群陽升進奉五而使之富，非號召眾剛戴己也，故雖不當位而无咎。

李光地：四近君之高位，苟處太盛，則致凶咎。彭，盛多貌，匪其彭，謂能謙損、不處太盛，則得无咎也。

毛檢討：自注引韻會彭，多也。音旁。四則陽多矣，故于此改大有之名曰彭，彭者多也。猶大有也。若非其彭則處高不危，處近不偪，處極盛不盈滿，得離火之明辨而能晢也。

李　塨：九四以陽處陰，且能知懼，雖彭不以爲彭，滿而不溢，非得離火之明何以有此。

吳汝綸：彭當依虞本作尪，匪，分也。當正盛之時，分析其尪弱之端，故象曰明辯晢也。又或作旁，旁古邪字，義同，彭與旁通。

李富孫：釋文子夏作旁，虞作尪，說文彭彭，鼓聲。玉篇盛也。引申壯盛之義。詩四壯彭彭，說文引作騯騯。詩駟介旁旁，王云强也。詩出車彭彭。虞作尪，或是孟易。

伊籐長胤：彭，盛大之義。以剛近君、五柔中，故有淩逼之嫌、然居明體、不居其盛而得无咎。蓋自古挾震主之勢者，必招跋扈之謗、非損抑卑下、豈能免乎！此智者事也。

薛嘉穎：四居大有之時過中矣，盛者也，近君過盛則致凶咎，惟自貶損匪其彭象。四离體而明，辨明虛晢然无咎。

丁壽昌：彭，子夏作旁。干彭亨，驕滿貌。王肅壯也。虞作尪。孔疏九三在九四之旁。失王恉矣、胡雲峰曰，彭即大字之義，王注三盛，傳義四爲盛。案三盛極，四匪之而從五。蘇蒿坪離火上炎有彭象、變艮止也匪其彭，明哲離象。

曹爲霖：干升令彭，驕滿貌。誠齋初寒士、二大臣、三諸侯、四邇臣、近君用事、明如衛青不薦士、張安世遠權勢可矣、如主父偃、董賢、石顯、禍敗可勝言哉！馬援戒人之禍至矣而不能免於讒隙，明且哲之道豈易言！

馬通伯：子夏作旁、姚信彭旁也，姚永樸旁，古邪字。俞樾匪，分也。其昶案九四失位，疑若可化，在大有陽氣盛大，不可有旁者之雜，旁即害也，陰也。能分別其旁者則善者晰矣。此非明辨不可。

劉次源：有大不有，匪其彭也。離爲大腹、彭其貌也。四剛處柔，不自大也。相高以讓故无咎也。

李　郁：彭盛也，謂剛。大有以豐盛爲美，亦以過盛爲嫌，四化柔則盈者虛之，滿者損之，不爲太甚故无咎。

胡樸安：匪，分之聲借。雙聲。彭，干寶云驕，王肅云壯，驕壯之人遏小人之惡，則无咎矣。

高亨：匪疑借爲炥，引申爲曝，字亦作昲，昲即乾義，字亦作曊，高誘注昲猶照也。夏彭作旁，集解作尪，尪爲正字，古跛男作巫稱尪，匡讀爲尪，巫尪皆舞以降神，天旱欲暴而焚之，冀神之憐而降雨，以救其敝。匪其彭即昲其尪，蓋祈雨遇此爻則暴其尪乃得雨。

徐世大：，匪篚本字，匪與匣同類，通押，又通非，史記「甌窶滿篝，污邪滿車。」即豐收之祝，滿篝正匪彭註，篚篝小形盛器。彭，鼓聲，鼓皮可伸張，故有鼓脹，鼓亨，又通旁，旁礴，滂沛，均形容伸張。

于省吾：匪，非也。其位尪作彭作旁，釋驕滿，壯也。按匪彼音近字通，尪應讀作往。然則匪其尪應讀作彼其往。焦循訓作非其盛，俞樾分其盛，並臆解也。

屈萬里：孟子「篚厥玄黃。」以匪爲篚。廣雅釋訓「彭彭，盛也。」古人形容祭祀，每用明字，詩楚茨信南山並言：「祀事孔門。」是也。彭，子夏作旁，虞作尪，漢上易子夏傳曰旁盛滿貌。說文鬃：「門內祭先祖所以彷徨。」有彷徨之象。詩淇澳：「有匪君子」毛傳：「匪，文章貌。」按與斐通。晢，鄭作遰，王廙作晰，陸作逝，虞作析。彭熹平石經作旁，辨作辯。晢作晢。

金景芳：朱子說彭字音義不詳。程說盛貌。匪其彭，不盛。謙詞，不處其太盛，无咎。

李鏡池：匪借爲咈、曝也。彭，虞作尪。尪，跛足男巫。古時天旱，往往把巫尪烈日下晒，甚至用火燒，叫他求雨，匪其彭，即曝尪求雨。无咎，雖天災嚴重，仍獲豐收。

傅隸樸：孔疏彭，旁也。九四剛强失位，不甘寂寞，力求復其勢位，六五弱君，九三王公權壓天子，似不以投靠九三爲是，故曰匪其旁。不在其位，甘於寂寞，可以无咎。

林漢仕案：大有，大皆爲五所有，五有其勢位威如，卦辭元亨，初龍未成熟，位處最遠，无交勝，曷爲无交？潛龍勿用也。聖人謂少壯之時血氣未定也耶？九二見龍在田，九二應，雖失位而許爲剛中大車以載，鸞鳳將將光體面；九三夕惕若厲，公用亨于天子矣。小人無此殊榮也。九四之或躍，匪其彭。匪，詩淇奧篇「有匪君子，如切如磋。」傳匪，文章貌。嚴粲曰匪，斐同，大學作斐。又考工記匪，釆貌。彭，壯也。釋文引王肅注易大有匪其彭。九二之鳳駕鸞車，大車以載，有所往。享天子之公享，明示寵於九三，九四之文飾章釆之壯麗，寵信過時人，雖少有違禮越分，大有之時，五有容其大矣，不以爲過咎矣！或躍之活發鮮麗，出情者眼中，雖餘桃之啗，更嫵媚而長其趣味，无咎也者，固必然也。

然本爻彭字之異辭甚多，茲逐一說解如后：

象謂門辯晢。注明猶才，疏辯而晢，

虞翻：匪，非也。尪或爲彭，作旁聲，字之誤。四，三百六十四爻獨无所容。

王弼：失位近至尊，下比權臣，專心承五，則无咎矣。

孔正義：匪非也，彭旁也。謂九三在九四之旁也。九四非取其旁，言不用三，如此乃得无咎。其才性能斟酌事宜。

程頤：九四近君高位，大有之盛者。彭，盛多貌。過盛則凶咎所由生。匪其彭謂不處其大盛，故得无咎。

蘇軾：彭，三也。九四明三剛非强，五柔非弱，能辨此也。

朱熹：彭字音義未詳。四剛近五柔，有僭偪之嫌，然位柔，故有不極其盛之象而得无咎。戒占者宜如是也。

項安世：干寶云「彭亨，盛滿貌。」四居寵思危，離初故明晢。

朱震：彭，子夏傳讀作旁，盛滿貌。大有至四盛矣，明辯盈虛之理，離明，兌口辯。晢，荀氏作晣。

李衡引：九四不屈節事九三權臣。時近至尊，勿同晉文召王而狩河陽。如不在五旁則无咎。

梁寅：彭盛多貌。四挾震主之威，自謙抑纔能免於咎而已！

來知德：鼓聲。又盛也，言聲勢之盛也。以剛居柔，故有不極之象。无咎之道也。

王夫之：彭，許慎說鼓聲，所以集眾奉五使之富，故雖不當位而无咎。

毛奇齡引韻會彭，多也。四則陽多矣。多猶大有，若非其彭（多）則處高不危，處近不偪。得離火明辨而能晢也。

吳汝綸：彭當依虞本作尪。匪，分也。分析其尪弱之端。又或作旁，古邪字，義同。彭與旁通。

李富孫：子夏作旁，虞尪，說文鼓聲，玉篇盛也。詩四牡彭彭，說文引作騯。詩駟介旁旁，王云强也

丁壽昌：干彭亨，驕滿貌。王肅壯也，孔疏九三在九四之旁。胡雲峰曰彭即大字。蘇蒿坪離火上炎有彭象。

曹爲霖：引誠齋初寒士，二大臣，三諸侯，四邇臣。明如衛青不薦士，馬援戒人而不能免於纔隙。明哲之道豈易？

馬通伯：旁即害也，陰也。能分別其旁則善晣，非明辨不可。

劉次源：四不自大也。有大不有，四剛處柔，不自大也。

李郁：彭盛謂剛，四化柔則盈者虛之，不爲太甚故无咎。

胡樸安：匪分之聲借。驕壯之人遏小人之惡則无咎矣。

高亨：匪疑借為彿，引申為曝。字亦作昢。乾義。亦作曊。高誘注昢猶照。尪，古跛男巫舞以降神。天旱欲暴焚之，匪其彭即昢其尪，蓋祈雨暴尪得雨。

徐世大：匪，篚本字，史記「甌窶滿篝，污邪滿車。」正匪其彭注。彭鼓皮可伸張，旁礡，滂沛，形容伸張。（按篚盛滿貌）

于省吾：匪彼音近字通。尪應讀作往。彼其往。焦循訓作非其盛，俞樾分其盛，並臆解也。

屈萬里：孟子「篚厥玄黃。」以匪為篚。毛傳有匪君子，匪文章貌。晢，鄭作遰，王廙作晰，陸作逝，虞作析。熹平石經晢作哲。辨作辯，彭作旁。

李鏡池：匪借為昢，曝也。匪其彭即曝尪求雨，甚至用火燒。无咎，雖天災嚴重，仍獲豐收。

傅隸樸：九四剛强失位，不甘寂寞，力求復其勢位。九三王公，權壓天子，不以投靠九三為是，故曰匪其旁。甘於寂，可以无咎。

匪字之義，計有七說：

非也。

分也。（分析，分別，化也）

彿也，引申為曝也。亦作昢，乾義。亦作曊。昢照也。

篚本字。（或以匪為篚，匣，押，篝）

彼。(音近字通)

文章貌。與斐通。

借爲咈。(亦曝義)

彭字之義，計有十三說：

尪或爲彭，作旁聲。(尪，尫)(跛男巫)

旁(九四謂九三也。)又或作旁，旁，古邪字。旁即害也。

盛多貌。(盛滿貌。)謂謙虛。

音義未詳。(程傳盛貌，理或當然。)

彭，鼓聲。(四變震爲鼓彭之象)(號召群陽以進)

說文彭作騯，詩作旁，王云强也。

驕滿貌。

彭即大字之義。

壯也。

脹、伸張、滿。

尪讀作往、(匪、彼、匪其尫，讀作彼其往)

鬃、(門內祭祖有彷徨之象)

象明辯晢，辯晢字又作：

辯折，

辨此。

辨晢。

辯晢。

辨晳。

辯晳。

晳。

晰。

澧。

逝。

析。

明字之義，王弼云「才」也。蘇軾取本字之義，釋爲「明者」，離明，兌口之辯，覓象附會也。至晢之爲折、晳，或係刻工之誤作，所謂手民之誤也。

九四近君多懼，虞翻謂三百八十四爻獨无所容，程頤云九四是大有之盛者，李衡引云九四不屈事九三權臣。王夫之以九四引群陽奉五，傅隸樸稱九四甘於寂寞。以爻之進程，似不當割裂依爻辭皮層之文立義，是其異解多而說紛岐也。卦辭爲大有，元亨。元亨爲其大旨，至九四焚尪（男巫）祈雨，以「大有」之情，元亨之義相去太遠，而爻之歷程，亦即卜者所以疑而卜得之先兆，、九二鸞車鳳輦，大車以載，九三獲賜燕饗，浩蕩君恩，豈至九四即支吾其詞，顧左右而言他？爻之有六，亦當爲卜者或以人生爲單元，或以一事之始終爲節，所謂「原始要終以爲質。」所謂「定天下吉凶，占事之來。」「人謀鬼謀，百姓與能。」大有九四，不當如虞翻氏云「三百八十四爻獨无所容也。」亦非李衡所引「九四不屈事九三權臣也。」尤非傅隸樸之「九四甘於寂寞，可以无咎也。」傅公之易，傳統易家之易，上有所承。竊以爲九四繼天子之宴后另一風光寵信之徵。故以匪爲「有匪君子」之匪，文章貌，同斐。彭依王肅注彭爲壯。匪其彭，九四之壯而有文釆也，乾九四之或躍，是眞躍之欲試矣。以壯麗而有文釆，託寄有容乃大之君，九四以時位言當以陰居陰位爲正，今以陽居陰視作稍有違禮越分，六五皆以大者我之所有而帶過矣！五陽又皆以卦主五爲核心孚信之矣，无咎也者，九四與六五皆善補過也。蓋兩情相得時，四目所迸出之火花皆帶愛意也乎哉！

**六五，厥孚交如，威如，吉。**

象：厥孚交如，信以發志也，威如之吉，易而无備也。

虞翻：孚，信也。發而孚，二故交如。乾稱威，發得位，故威如，吉。

侯果傳象：其體文明，其德中順。信發乎志，以 于物，物懷其德。以信應君，君物交信，厥孚交如也。爲卦之主。有威不用，唯行簡易，无所防備，物感其德，翻更畏威，威如之吉也。

王弼：君尊以柔，處大以中，无私以物，上下應之，信以發志，故其孚交如也。夫不私於物，物亦公焉；不疑於物，物亦誠焉。既公且信，何難何備！不言而教行，何爲爲而不威！如爲大有之主，而不以此道吉可得乎！

正義：厥，其也。孚，信也。交謂交接。如，語辭。威，畏也。既誠且信，不言而教行，所爲之處，人皆畏敬。

程頤：居君位，虛中，爲孚信之象。人君執柔守中而以孚信，接於下則下亦盡其信誠以事上，上下孚信相交。以柔居尊位，當大有之時，人心易安，若專尚柔順，則陵慢生矣！故必威如則吉。威如有威嚴之謂也。既以柔和孚信接於下，眾志說從，又有威嚴使之有畏，善處有者也。吉可知矣。

張載：人威重有德望，人自畏服。君子至誠交人，然後有威重，儼然人望而畏之。既易而无備，則威如乃吉也。

蘇軾：處群剛之間而獨用柔，无備之甚者也。以其无備而物信之，故歸之者交如也。此柔而能威者何也？以其无備知其有餘也。夫備生於不足，不足之形見於外則威削。

朱熹：大有之世，柔順而中。以處尊位，虛己以應，九二之賢，上下歸之，是孚信之交也。然君道貴剛，太柔則廢，當以威濟之則吉。此亦戒辭也。

項安世：大有六五爲主，居離之中，有中孚之象，爲信；體柔，爲順。履信思順，上下應之，其孚交矣。所慮者居易而忘備，故云威如吉，欲其自警畏也。或謂當以威肅下，非也。以柔順之資，撫大有之運，自有易忽无備之象。觀家人上九象辭，可見威如之義在己而不在人也。

朱震：五執柔守中，二孚信之應交五，體異志同。厥孚交如也。二發五之剛志，至於不怒而威則吉也。威，剛嚴也。六柔變九而在上，威之象也。大有之時，人心安易，若專尙柔順，則下无戒備，凌慢生矣。二乾爲易，成離，離爲戈兵，有戒備之象。

梁寅：六五大有之主，虛中爲孚信之象，上以信待下，下以信事上，交相孚信，此厥孚之交如也。六五外柔內剛，亦能用威者，故又言威如則吉也。

來知德：威如者恭己无爲。六五體文明，德中順，陽剛群賢輔之，即舜之无爲而治矣！不言而信，不怒而民威于鈇鉞，何吉如之！

王夫之：厥孚，陽自相孚也，故曰厥交，如交於五也。五虛中而明，循物無違，坦易無疑，群陽相孚上交。戒以威如者衆剛難馭，必謹上下之分以臨之，益之以威，不損其柔和之量而无不吉也。

李光地：大有之主，兼有衆陽，有之極大者也。然必信於君子以備小人，乃能盡大有之道，所謂遏惡揚善者也。傳象厥孚，信也。交如，發志。威如，易而无備。

毛奇齡：五居離之中，孚象也。下應乾，親賢惇信，若與之相交者。然以孚中發志，其威儼然，不戒而孚，不怒而威者。

李　塨：柔之能剛豈徒哉！柔順中出其離照之孚以親下剛，若與之相交者。光武曰朕于天下，欲以柔道治之。五剛位變之乾。左氏所謂同于父，敬如君所者也，故威如。

吳汝綸：五陽皆與陰合，故云厥孚交如。以信志交上，乃賢臣之事。說者泥於五爲君位，誤也。

伊籐長胤：柔中居尊，下應九二，五陽歸之。主持柔道享天下之富。濟之以威嚴然後無弊。蓋安不忘危，寬以濟猛此所以既曰其孚交如而亦必曰威如也。

薛嘉穎：五以柔中居尊，能有上下之賢而交之，有信通其志而不疑於物，不能量其淺深，斯畏之矣，信威並立吉也。

丁壽中：六五爲大有主，上下五陽應之，不獨九二也。又威如則疑于上下相防，故申易无備，明遏惡揚善，順理而行也。

曹爲霖：以我之和易，徹彼之周防。武帝信霍光，託周公之事，昭烈信孔明，有君自取之語，二臣終身不忍負託，又焉用周防也哉！然必如大有之多賢后可。

馬通伯：楊時德威惟畏也。蔡清推本原由上發其孚。其衵案五乾元通坤而藏其中爲六五。柔中，與群陽交而相發，化乾爲離，光盛生威，此元亨之效也。自治嚴无所庸其戒備矣！

劉次源：柔中得位，五陽應之，此大同之民主，純恃德威以感孚人人交驩，不賞而民勸，不怒而民威如，吉以孚也。

李　郁：大有與比，等于乾坤之和，大有不武而威，環拱皆賢，一柔爲衆剛之主，威如吉也。

胡楪安：說文孚一曰信也。上下彼此相孚故交如，威如者有威可畏，行所無事故曰威如，以力服人不謂威，以信也。

高　亨：孚讀爲浮，罰也。交疑讀爲皎，或皦，明也。交如皎然明貌，威如猶威然，嚴貌。厥孚交如威如，言君上之罰明且嚴也。其罰嚴則民畏服，故曰厥孚交如威如吉。

于省吾：威畏古通，威如應讀作畏如，大有六五以柔處尊，常存戒畏之心，故吉也。

徐世大：交通佼，好貌，孚處順境。指豐年在民上者得益遠過農民，故其奴隸得飽食煖衣，漂亮又威武。

屈萬里：孚結以信，威臨以威。傳象發，明也。易，說易和易。言人君和易則臣下無戒備也。

金景芳：六五君位，孚是信，與誰相孚？有人說九二，因正應。其實上下應之，各爻都相孚。厥孚交如，互相信賴，還要威如，使臣下有所畏懼。

李鏡池：厥，其。孚，俘虜。交如，同絞。絞得緊緊的，威如，氣勢洶洶。來搶糧的抓住了，捆得緊緊的，不屈服。吉，表示沒有損失。

傅隸樸：五柔居尊，離明賢明，以公正誠信感動人。厥孚是其誠信。交義爲感。如爲語助。威是威嚴。如也是助字。人感其誠信，人感其威風凜凜，這豈不是吉嗎？

林漢仕案：厥孚之交如，之威如。先讀易家之文，孚，交，威何所取義？象以信發志，易而无備爲爻意。

虞翻：孚，信。二交如，乾威，發孚得位放威如，吉。

候果：體文明，君物交信，厥孚交如也。有威不用，簡易无備，物更畏威，威如之吉。
王弼：尊柔中信，上下應之，不言而教行，何爲而不威！
正義：厥，其也。孚，信也。交，交接。如，語辭。威，畏也。
程頤：君位虛中，上下孚信相交。威如，有威嚴之謂也。吉可知矣
張載：人威重有德望，儼然人望而畏之，既易而无備，則威如乃吉也。
蘇軾：處群剛之間獨用柔，无備之甚也。物信歸之者交如也。柔而能威者何？以其无備也。
朱熹：柔順而中，處尊位，九二之賢，上下歸之。然君道當以威濟之則吉。亦戒辭也。
項安世：居離中，有中孚之象。上下應之，其孚交矣。威如在己而不在人，欲自警畏也。
朱震：二應交五，體異志同，厥孚交如也。威，剛嚴也。二發五之剛志，不怒而威則吉。離爲戈兵，有戒備之象。
梁寅：上信待下，下信事上，交相孚信，六五亦能用威者。
來知德：即舜之无爲而治，不言而信，不怒而民威于鈇鉞。
王夫之：厥孚，陽自相孚也。群陽相孚上交。眾剛難馭，必謹上下之分以臨之，益之以威，不損柔和之量而无不吉也。
李光地：大有，有之極大者，必信於君子以備小人。
毛奇齡：五居離中，孚象，下應乾，親賢惇信。若相交者。

李塨：離孚親下剛，若與之相交者，同于父敬如君，故威如。

吳汝綸：五陽以信志交上，乃賢臣之事，說者泥於五爲君位，誤也。

伊籐長胤：柔中居尊，五陽歸之，寬以濟猛。

曹爲霖：以我之和易，徹彼之周防。

丁壽中：威如，疑上下相防，故申易无備，順理而行也。

馬通伯：六五柔中，群陽交而相發，化乾爲離，光盛生威，自治嚴无所庸其戒備矣！

劉次源：柔中得位，五陽應之。民主恃德威，感孚交驩，不賞民勸，不怒威如，吉以孚也。

李郁：大有不武而威，環拱皆賢。

胡樸安：說文孚，一曰信也。以力服人不謂威，以信也。

高亨：孚讀爲浮，罰也。交疑讀爲皎，或皦，明也。威如嚴貌。言君上之罰明且嚴也。

于省吾：大有六五以柔處尊，常存戒畏之心，故吉也。

徐世大：交通佼，好貌。指豐年奴隸得飽食煖衣，漂亮又威武。

屈萬里：孚結以信，威臨以威。　傳象發，明也。言人君和易則臣下無戒備也。

金景芳：孚信，各爻都相孚。互相信賴，使臣下有所畏懼。

李鏡池：厥，其。孚、俘虜。交如同絞得緊緊的。威如，氣勢洶洶。搶糧的抓住捆緊，氣勢洶洶不服。吉無損失。

傅隸樸：五柔居尊，離明公正，孚信，交感，如語助，威嚴。人感其威風凜凜，這豈不是吉嗎？

孚字之義有「信」，「罰」，「俘」三義，所謂「孚信」，又分：

發孚。（發、明也）

君物交信。（感孚交驩）

上下孚信。（上信待下，下信事上）

物信歸之。（柔五主信而无備，群剛歸之也）

二應交五，厥孚交如，

陽自相孚，（群陽相孚上交）（各爻都相孚）

必信於君子（以備小人）

孚親下剛

罰者，孚讀爲孚，罰也，言君罰嚴明也。

孚爲俘虜，奴隸，徐世大，李鏡池說。

交、交互也，相互也，彼此間也。獨徐世大以交爲佼，好貌。高亨以交疑讀爲皎，明也。「厥孚交如」，依爻意當爲彼此間以孚信交互往來也。五信於九，九亦以五爲依歸。九爲五之奴，五曷嘗非四剛之奴，蓋發乎情者，兩兩相悅，彼此爲奴示其愛意與投入也。設任一方發孚，如下孚上、上孚下陽相孚，必信於君子也者，能无一廂情願邪？固然中庸有自誠明，有愛人者人恆愛之，祇問付出多少？不問收成如何！然苟能以相互爲出發激蕩，其行之必久遠且光大也，必得究所播之種子，收成可若干也。準此而知厥孚交如者，乃上下彼此交如示信，上以其信示下，下亦以其信示上，上下互信，皆可去心防，不必日夜設防如于省吾所言「六五柔處尊，常存戒畏之心！」項安世言「威如在己，欲自警畏。」屈萬里言「則臣下无戒備也。」勞心於上策計其下，下臆測其上，上下交賊，彼岸所謂矛盾生焉，屬唯物辯證法。管仲、桓公；孔明、劉備間乃厥孚交如最佳寫照，下不爭，上不奪，君知臣一切皆爲其勞，臣知君能信乎下，如有不投入者，必李義山，楊國忠者流小人輩矣！群剛與五交孚，彼此不生凌慢之意者，五柔中能威也，蓋人情安於易，必謹上下之分無逾越，是君道宜剛柔相濟，確然能於「不言而信，不怒而威於鈇鉞。」是五運用之妙也。五爲卦主，設如張載云：「儼然人望而畏之」則臣下多不能任事矣！未聞奴才能大有爲者也。項安世言「威如在己。」候果謂「物感其德，翻更畏威。」是六五運用之妙也，威如在己者，著重六五之自修之能否兼內聖工夫使之達到漸臻佳境，外王工夫運用，能否爐火純青而不見瑕疵。所謂內聖，即學問日新又新，以學術領導大衆，以道德示範大衆也。馬通伯所謂「自治嚴无所庸戒備」也。爲人上者豈可任一白丁讓臣下齒冷？于省吾言「六五常存戒畏之心，」屈萬里謂「人君和易則臣下無戒備也。」「常存戒畏」乃彼此不誠也，不誠，何信之有？无孚信，如何交如？六五愛諸陽，諸陽亦敬六五，六五能自整飭，確然可以「不怒而威，不言而信也。」

## 上九　自天祐之，吉，无不利。

象：大有上吉，自天祐也。

虞翻：右，助也。大有通比，坤爲自，乾爲天，兌爲右，故自天右之。比坤爲順，乾爲信，天之所助者順，人之所助者信。履信思順，又以尙賢，故自天右之，吉无不利。

九家易傳象：上九說五，以柔處尊而自謙損，尙賢奉己，上下應之，爲乾所右，故吉且利也。

王弼：大有，豐富之世也。處大有之上而不累於位，志尙乎賢者也。餘爻皆乘剛而已獨乘柔順。五爲信德而已履焉，履信乘柔，思順之義也。爻有三德，盡夫助道，故繫辭具焉。

孔正義：居无位之地，不以富有縈心。清靜高潔，慕尙賢人。爻三德者，五信德而已履焉，一也。剛乘柔，思順之義二也。尙志尙賢三也。是盡夫道者，天尙祐之，則无物不祐。

程頤：上九在卦終，居无位，是大有之極而不居其有者也。處离上、明之極，唯至明所以不居其有，不至於過極也。有極而不處則无盈滿之災，能順乎理者也。五之孚信而履其上，爲蹈履誠信之義，五有文明之德，上能降志以應之，爲尙賢崇善之義，其處如此，合道之至也，自當亨其福慶，自天祐之，行順乎天獲天祐，故所往皆吉，无所不利也。

張載：以剛下柔，居上而志應於中，故曰履信思順又尙賢。蓋五陽一陰，又无物以間，剛柔相求，情也，信也。

蘇軾：兩剛不能相用，獨陰不可用陽，必居至寡之地，以陰附陽而後眾予之。履之六三，大有之六五是也。六三附九五，六五附上九，群陽歸之，故履有不疚之光，大有有自天之祐。此皆聖賢之高致妙用。故孔子曰天之所助者順也，人之所助者信也，履信思順又尙賢，是以自天祐之，吉，无不利。三者皆六五之德，易而无備，六五之順也，厥孚交如，六五之信也，群陽歸之，六五之尙賢也。上九特履之爾我之所履者。天人之助將安歸哉！故曰聖人无功，神人无名。大有上九不見致福之由也。曰祐，曰吉，曰无不利，其爲福也多矣！

朱熹：大有之世，以剛居上而能下從六五，是能履信，思順而尙賢也，滿而不溢，故其占如此。

項安世：至上九而後見其尙賢，明事關全卦非止上爻也。他卦上九乘六五未必吉，當大有之時，尙賢如此乃爲吉，无不利爾。

朱震：繫辭曰：天之所助者順也。人之所助者信也。履信思順、又尙賢也、是以自天祐之，吉，无不利。大有極盛則衰，凶將至矣！上五互易、乾成兌、兌爲言而正信也。坤順、乾天、兌右、右助之也。上九動而正、正則吉、故曰大有上吉。

李衡引句：處大有之世，以剛處外，恥爲私邪！是國老焉，高尙其志，居六五天位之上，與天合德，自六五之天已下悉祐助之，何不利之有！　又引句：上九以无累於位爲賢，蠱卦有事之時。上九以不事爲高。凡人情，樂權富，好有爲。蹈權貴者近禍，好爲事者殞其軀。此爻聖人所以貴之也。

梁　寅：處大有之極而不自有，故自天祐之而吉无不利。

來知德：上九以剛明之德，下有六五柔順之君、剛明之群賢輔上，上九无所作爲，惟亨自天祐助之福，吉而无不利者也。

王船山：此爻別一義例，贊六五德至受福也。天指上，上九在五上，五能有之，自天祐也。吉以居言，无不利以行言。傳象大有能有在上之陽，不特人助，天亦祐之矣。

李光地：上居有極，六五虛中之君，上九在其上，有尊尙賢人之象。又傳象上而大極矣，惟修德尊賢，則極所有之大而吉，所謂順天休命者也，故得自天之祐。

毛檢討：五交孚應天承剛，不知此剛者即向之自天而助成之者也。上與五俱爲天位，上與五共之，大有之終莫盛乎此，故傳又申之曰大有上吉。

李　塨：祐助。六五孚信也，无備順也，交下剛尙賢也。乾爲大即賢，尙賢即大。全卦五陽之大皆陰有，每爻各有一大有象，初遠害，二積載應五，三戒私小，四勿滿覆，五簡易尙賢，乃獲天祐。

吳汝綸：五爲信德，而已履焉，志從於五，是尙賢也，此天子之事，易固不顯顯以五爲君位也，其義則繫辭備矣。

伊籐長胤：陽剛而位乎上，六五賢而下之，故云自天祐之，吉无不利。蓋上尊位五，上從下，陽宗陰，四陽從之，尙有上下之分，上從不拘名位，此尊賢不挾才勢者也。

薛嘉穎：大有尙爲主，尙賢得天心，福祐自天而降矣！又極於上　而以吉稱者，以其獲天之祐也。李光縉曰君益柔而臣益艱，聖人之微旨也。

丁壽昌：鄭東谷履信、思順、尙賢蓋五也。說易者失於泥爻求義，小畜之上九曰婦貞厲，月幾望，言六四之畜陽而爲貞厲之婦，幾望之月也。若指上九，陽也不得婦與月。

曹爲霖：唐太宗時，有白鵲巢寢殿槐上，合歡如腰鼓，左右以爲瑞，上曰我嘗笑隋煬帝好祥瑞，瑞在得賢，此何足賀，命毀其巢！蓋賢人盈庭，滿朝皆瑞氣。誠齋曰上九能安退處无位，此伊尹告歸，保名節終福祿，功成身退之者舊。

馬通伯：郭雍曰信順尙賢，六五之君實盡此，上吉，非止上九之吉。鄭汝諧，五卦主、其德宜獲福於終可驗。趙汝楳曰上九天象，六五人助，宜六五吉无不利。胡炳文五厥孚履思順、上九一陽尙賢也，所以其終自天祐之吉无不利。

劉次源：大有之世，物无疵癘，以剛居上而无溢志，故能得天之祐，享受全有而无不利也。

李　郁：祐、錫福也。天指上、六五承剛成其大業，心皆歸之，天亦與之，故吉无不利矣。

胡樸安：祐、助也。助出自天，非僅人助、則吉无于利矣。

高　亨：集解祐作右、說又右助也。自天助之自吉無不利。

楊樹達：好行善者、天助以福，符瑞是也。易曰自天祐之，吉無不利。（鹽鐵論論菑篇）

徐世大：上爻總結一句，靠天吃飯，至今猶然。故譯作上天保佑、好到沒有不相宜。

屈萬里：祐、集解虞作右、古通用。繫辭傳：「祐者、助也。」

金景芳：上九爻辭是說全卦的。祐者助也，天之所助者順也，人所助者信也。履信思順又尙賢，是指六五這一爻得的結果。

李鏡池：古人認爲農業豐收是上天的賜福，這是靠天吃飯，相信天命的思想。上天保祐當然吉，无不利。這是農業專卦之一、从豐收中反映生產斗爭、民族斗爭和階級矛盾。

傅隸樸：上九以剛處柔、能思順之象。下四陽爭附五、己獨處五外無爭、上九下履六五、五厥孚交如、故上九具履信之德、有此三德、自能得天祐、無往不吉了。

林漢仕案：上九「自天祐之，吉，无不利。」人生圓狀態，一切榮耀至此逐暫歸於平淡、心境之寧靜，安享成果、若仍有志於事、皇天仍將眷顧而福祐之。蓋勉晚年戒之在得也。各易傳家之弘論，再依時代次序整理條列如左：

小象：「大有上吉，自天祐也。」未署明其何爲獲吉祐之理。

虞翻之通比、旁通也，因通而有坤之順，大有本身之乾爲天、三四五互卦兌爲右，故自天右之、吉无不利。

九家易：上九說五、爲乾所右，故吉且利也。

王弼：大有，豐富之世也。上不累於位而乘柔、五爲信德，履順思順之義，盡夫助道。

孔正義：无位清靜高潔。五信已履，剛乘柔思順，尙賢，上九三德。天尙祐之則无物不祐。

程頤：居大有之極，離上至明，不至過極而无盈滿之災，履信尙賢善，自當亨福慶。

張載：以剛下柔應中，无物以間，剛柔相求，情也，信也。

蘇軾：獨陰不可用陽，必居至寡之地，以陰附陽而後衆予之，六五附上九，群陽歸之，有自天之祐。
項安世：至上九見尙賢，明事關全卦，尙賢爲吉无不利爾。
朱震：大有極盛則衰，凶將至矣！上九動而正，正則吉。
李衡引：上九國老，高尙其志，與天合德，自六五之下悉祐助之。又上九以无累於位爲賢。此爻聖
　人所以貴之也。
梁寅：處大有之極而不自有，故自天祐之，吉无不利。
來知德：上九以剛明之德无所作爲，惟享自天祐之福。
王船山：此爻別一義例，贊六五德至受福也。上九在上，五能有之，自天祐也。
李光地：六五虛中，上九在其上，有尊尙賢人之象。
毛奇齡：五交孚應天承剛，此剛即向之自天助成之者。
李塨：六五孚信，无備順也，交下剛，乾爲大即賢，乃獲天祐。
吳汝綸：五爲信德而已履，志從五，是尙賢也。此夫子事，易固不斷斷以五爲君位也。
伊籐長胤：六五賢而下之，故云自天祐之。上从不拘名位。
薛嘉穎：大有尙賢爲主，尙賢得天下心，福祐自天降矣。引李光縉云君益柔而臣益艱，聖人之微旨也
丁壽昌引鄭東谷曰：履信，思順，尙賢蓋五也，說易者失於泥爻求義。
曹爲霖引誠齋曰：上九能安退處无位，此伊尹告歸，保名節終福祿，功成身退之耆舊。

馬通伯：郭雍曰信順尙賢、六五之君盡此。引胡炳文云五履信思順、上九一陽尙賢。引趙汝楳曰上九天象、六五人助，宜六五吉无不利。

徐世大：上爻總結一句，靠天吃飯，至今猶然。

金景芳：上九爻辭是全全卦，天助人助履信尙賢，指六五。

李鏡池：農業豐收是上天賜福。从豐收中反映斗爭矛盾。

傅隸樸：上九以剛處柔，能思順之象、處五外無爭，履六五有信德，有此三德，自然得天祐無往不利了。

虞翻覓象，翻江倒海，移花接木、總之爲解通卦爻辭，他人叫正對，虞氏叫旁通，本身象之不足，旁通找象、互體又有象，從繫辭中「易曰自天祐之，吉无不利，子曰祐者助也，天之所助者順也；人之所助者信也；履信思乎順，又以尙賢也；是以自天祐之，吉无不利也。」與本上九爻辭同，遂以孔子順，信、尙賢三德爲上九三德，奈何上九剛而非柔，虞氏之旁通水地比，地坤爲柔，順德有矣；乾爲信，孟氏逸象也，兌爲右則爲互體三四五爻，亦孟氏逸象，彼虞仲翔逸象亦以兌爲右。虞翻从繫辭中有合上九爻辭者解上九，其象有不盡合理處、后繼之學者思有以闕，於是乎順、信、尙賢遂爲上九吉无不利之定釋矣！九家易之「上九說五」之无理、三四五互兌也，「以柔處尊」上九本柔位也。王弼掃象，以「大有豐富之世也。」劃定大有之卦德，然其不累於位，尙乎賢，乘柔、履信三德，仍本虞氏導引繫辭文也。而柔象已非虞氏之從旁通取象矣。尙賢之象，九家易以「上下應之」爲其得，程頤則以「五有離明之德，上降志以應爲尙賢崇善之義。」若以上九處无位，事外之人、太上皇言之，是父皇降志以應子帝也，程氏善義理而於此能无譏乎？上九仍有志乎治，是掣子帝之肘也！李衡引句云「上九爲國老。」來知德云「上九无所作爲。」丁壽昌引鄭東谷言：「履信，思順，尙賢蓋指五也。說易者泥爻求義……。馬通伯引郭雍言：「信順尙賢，六五之君實盡此。」遂直指始作俑者虞翻以繫辭之文裝飾大有上九之不是也！其餘仍以順信尙賢聲者矣！鄭東谷之「泥爻求義」之責亦有不是，各家並非泥爻求義，乃沿虞氏之界定爻義而求義也。誠齋易傳云：「上九能安退處无位，此伊尹告歸，保全名節，終福祿，功成身退之耆舊」蓋上九一爻，可以「閑煞江南老尙書」以養天年，不可再有問世，治世之行也。權力中心之移轉，復闢不成則將屈辱，復闢已成則骨肉乖離，如之何獲天祐助？東坡先生亦以「六五之順、信、尙賢，群陽歸之，上九特履之爾我之所履者。」立意。如以六五爲富貴强人，其能涵蓋少中老於足其志也。「履爾我之所履」正謂上九所履者，初二三四所曾履之者也，出入同道，大有上九其爲福也多矣！朱震謂「大有極盛則衰、凶將至矣。」之文，乃以他卦如「否極泰來、泰極否至」之循環道理强加諸大有也。其所謂動則正，正則吉，上九動爲雷天大壯矣！王船山於虞氏之說修正二點，一以順信尙賢爲六五之德，上九五能有之故受福。一以虞氏以初二三爻乾爲天，王船山氏以五六兩爻即天，而上九在五上，五又能有之，自天祐也。吳汝綸以上九爲天子，特謂「易固不顓顓以五爲君位也。」吳氏之言，諒易傳苟同者少，豈合易修身哲學？薛嘉穎引李光縉云：「君益柔而臣益艱」，蓋未必是也。齊桓公之柔管仲耶？管仲有三歸；阿斗之柔諸葛孔明耶？戒以宮中府中俱爲一體、李嚴之廢，將才之承繼指定，雖則公忠爲國，雖則臣益艱公務，然主上苟非其才，不能運用「无爲」之御，古人云「奔車朽索」也，能无危乎！君无大才則被臣下所挾持也，用柔之怡非此矣！李鏡池所謂「从豐收中反映生產斗爭，民族斗爭，和階級矛盾。」蓋謂人與天爭乎？生存競爭，優勝劣敗，而所謂優者，又未必智優於人也，蠻夷之征服高文明古國可爲一證。李鏡池以和諧爲斗爭，風調雨順而豐收，乃和諧而非人力勝天鬥爭成功也。將和諧協調視將斗爭，然則李先生之誕生也，亦從父母斗爭中而產生生命乎？父母一番激烈斗爭後有你，十月懷胎，與母親斗爭也，入世後至卓然有成，與老師人群斗爭也，何爲否定自我奮斗與社會互助？將善意視作矛盾，將和諧視作斗爭，社會永無寧日矣！學生學習有所成就，非是與老師斗爭結果；老師之傳授知識，亦非學生可以斗爭得來之啓示。蓋自身之健康與否影響觀點乎？傅隸樸：「上九以剛處柔」三德說，其處柔即虞氏旁通始有坤意也。以剛，上九剛爻；處柔，上本當陰爻柔位。故以剛處柔，不必旁通坤而自有柔順之德，異乎剛乘柔，剛下柔，以五爲柔之象也。

總之，上九一爻宜乎安老服老，閑煞亦無妨。若仍汲汲有所追求，李衡云：「樂權者好有爲；好爲者殞其軀。」，劉次源云：「以剛居上而无溢志，故能得天之祐。」皆順乎天也。論語中謂老年戒之在得者。朱熹注得爲貪得。朱子引范氏曰聖人血氣有時而衰，志氣則無時而衰也。所謂年彌高而德彌邵也。有德者人歸之，天許之，天許人歸，豈非吉无不利耶？

# ䷑蠱卦（山風）

蠱，元亨。利涉大川，先甲三日，後甲三日。

初六，幹父之蠱，有子，考无咎，厲，終吉。

九二，幹母之蠱，不可貞。

九三，幹父之蠱，小有悔，无大咎。

六四，裕父之蠱，往見咎。

六五，幹父之蠱，用譽。

上九，不事王侯，高尚其事。

䷑蠱，元亨。利涉大川，先甲三日，後甲三日。

彖傳：蠱，剛上而柔下，巽而止蠱。蠱，元亨而天下治也。利涉大川，往有事也。先甲三日，後甲三日，終則有始，天行也。

象傳：山下有風，蠱，君子以振民育德。

虞翻：泰初之上，與隨旁通，剛上柔下，乾坤交故元亨也。二失位動而之坎，故利涉大川也。傳彖云：初變乾，爲甲，二成離，爲日。乾三文在前，故先甲三日，變至五成乾，乾三文在後，故後甲三日。

伏曼容曰：蠱，惑亂也。萬事從惑而起，故以蠱爲事也。案尙書大傳：「乃命五史，以書五帝之蠱事。」言書五帝之飭事，蓋太古之時，无爲无事也。今言蠱者，是卦之惑亂也。時既澆薄，物情惑亂，將欲整飭紀綱，事業因之而起。左傳云：『女惑男，風落山謂之蠱』，是其義也。

子夏曰：先甲三日者，辛壬癸也。後甲三日者，乙丙丁也。

馬融曰：甲在東方，艮在東北，故云先甲。巽在東南，故云後甲。所以十日之中唯稱甲者，甲爲十日之首，蠱爲造事之端，故舉初而明事始也。言所以三日者，不令而誅謂之暴，故令先後各三日，欲使百姓徧習行而不犯也。

荀爽彖傳：蠱者巽也，巽歸合震，故元亨。蠱者事也。備物致用，故天下治也。

九家易彖傳：陽往據陰，陰來承陽，故有事也。此卦泰，乾天有河，坤地有水，二爻升降出入乾坤，利涉大川也，陽往求五，陰來求二，未得正位。戎事不息，故有事。

何妥彖傳曰：山者高而靜，風者宣而疾，有似君處上而安靜，臣在下而行令也。

王弼傳彖：上剛可以斷制，下柔可以施令。既巽又止，不競爭也，有事而無競爭之患，故可以有爲也。有爲而大亨，非天下治而何也。

正義：蠱者事也。有事營爲則大得亨通，有爲之時，利在拯難，故利涉大川也。甲者創制之令，在有爲之時，不仍舊令，用創制之令治人，人若犯，未可即加刑罰，以民未習，故先前三日殷勤宣語之，後三日更丁寧而語之，不從，乃加刑罰也。褚氏，何氏，周氏並用鄭義，以爲甲者造作新令之日，甲前三日，取改過自新，故用辛也。甲後三日取丁寧之義，故用丁也。今棄輔嗣注甲者創制之令。不云創制之日。又巽卦九五先庚三日，後庚三日。輔嗣注申命令謂之庚，甲庚皆申命之謂。則輔嗣不以甲爲創制之日，而諸儒不顧輔嗣注旨，妄作異端，非也。

程傳：自古治必因亂，亂則開治。如卦才以治蠱，則能致元亨也。蠱之大者，濟時之艱難險阻也，故利涉大川。甲，數之首，事之始也。治蠱之道，當思慮其先後三日，蓋推原先後爲救弊可久之道。先甲，謂先於此，究其所以然也。後甲，謂後於此，慮其將然也。三日言慮之深，推之遠也。究其所以然則知救之之道，慮其將然則知備之之方。善救則前弊可革，善備則後利可久。甲者事之首，庚者變更之首。制作政教之類則云甲，舉其首也。發號施令之事則云庚，庚猶更也，有所更變也。

蘇軾器久不用而蟲生之謂蠱。人久宴溺而疾生之謂蠱。天下久安无爲而弊生之謂蠱。易曰蠱者事也，夫蠱非事也。以天下无事而不事事，則後將不勝事矣，此蠱之所以爲事也。而昧者乃以事爲蠱則失之矣。器欲常用，體欲常勞，天下欲常事事，故曰巽而止蠱。夫下巽則莫逆上，止則无爲，下莫逆而上无爲，則上下大通而天下治也。人之情無大患難則日入於媮，天下既治矣，猶以涉川爲事，畏其媮也。蠱巽止媮一也，巽九五以幹之而蠱无，故蠱之彖先甲後甲，終則有始，巽九五無初有終，先庚後庚。吉陽生於子，盡巳；陰生於午，盡亥。陽爲君子，爲治；陰爲小人，爲亂。先甲，先庚甲庚先後陰陽相反，取寄治亂之勢。先甲三日子戌申，申盡巳陽盈，盈生陰，治生亂，故授之後甲三日，後甲三日，午辰寅，寅盡於亥，陰生陽蠱，其皆自然之勢，事窮則變，故曰終則有始，天行也。巽則不然，初雖失之後而必有以起。先庚三日盡於亥，後庚三日盡於巳，先陰而後陽，先亂後治，故曰无初有終，又特日曰吉，不言之於其彖而言之於九五者，明此九五之功，非巽之功也。

朱熹：蠱，壞極而有事也。艮剛居上，巽柔居下，上下不交，下卑巽，上苟止，故其卦爲蠱。或曰剛上柔下謂卦變自賁來者。初上，二下自井來者。五上，上下自既濟來者。兼之亦剛上柔下，皆所以爲蠱。蠱壞之極，亂當復治，故其古爲元亨而利涉大川。甲日事之端也。先甲三日，辛也。後甲三日，丁也。前事過中將壞，可自新爲後事之端，不至於大壞。後事方始，便當致其丁寧之意以監前事之失，不使至於速壞，聖人之深戒也。

朱震：春秋傳秦醫曰於文皿蟲爲蠱，穀之飛亦爲蠱。在周易女惑男，風落山謂之蠱。尙書大傳曰乃命五史，以書五帝之蠱事。雜卦曰蠱則飭也。則蠱非訓事，事至蠱壞，乃有事也。剛上柔下，以泰變合二體言蠱。元亨，利涉大川，往有事，此因初上之交言治蠱之道。天道之行，終則有始，无非事者，聖人於蠱巽二卦明之。蠱，東方卦也；巽，西方卦也。甲者事之始，庚者事之終。始則有終，終則更始，往來不窮。以日言之，春分旦出於甲，秋分暮入於庚。以月言之，三日成震，震納庚，十五成乾，乾納甲，三十日成坤，滅藏於癸，復爲震，甲庚者，天地之終始也。蠱事之壞也，巽行事也，變更之始，當慮其終，事久而蠱，當圖其始。先甲三日，圖其始也。蠱一變大畜，乾納甲，再變賁，離爲日，乾三爻在先，先甲三日也。三變頤，四變噬嗑，離爲日，五變无妄。乾納甲，乾三爻在後。後甲三日也。先甲者，先其事而究其所以然。則知救之之道。後甲者後其事而慮其將然，則知備之之方。三日，慮深，推之遠，故能革前弊，弭後患，久而可行。漢初剷諸侯之地，唐討弒君之賊，令下兵起，言出禍隨，昧治蠱之道也。納甲說，乾納甲子、寅，辰，壬在其中，納壬說，壬午，壬申，壬戌而甲在其中。坤納乙癸亦然。蠱巽九五之變，上剛下柔，巽止所以爲蠱。巽九五位乎中正，事過中當變，適中，蠱何由生！卦氣言之三月卦也。

項安世：蠱壞之時，凡事創始，亨自此始，故曰元亨。經營之既欲其爲之勇，又欲其慮之周，故曰利涉大川。又曰先甲三日，後甲三日。巽九五變爲蠱，巽者事也。事變至蠱，則當復始，故於蠱謂之甲，甲者日之首，事之始也。蠱之六五復變爲巽，蠱既始事，巽又申之。事之申重者，非更則續。

故於巽謂之庚。庚，更也，續也。蠱以全卦言，故於卦辭言甲，巽至上卦而後爲重，故於九五言庚。甲庚者，十日十二辰之綱也。戊巳分王四時，自甲歷乙丙丁三日而至庚。自庚歷辛壬癸三日而至甲，故取以爲三日之象。

甲庚之先後皆稱三日，先後者，上下卦也。三日者三爻也。先甲三日，蠱之下三爻，巽以行事也。後甲三日，蠱之上三爻，止而不行，又將復蠱也。天道自巽而艮，復自艮而巽，故曰終則有始。天行也，明事未有不蠱，蠱未有不復造者。此以天道言，故不言吉凶。先庚三日，巽之下三爻，行事之初，我與民皆未敢信也。後庚三日，巽之上三爻，行而又行，我與民皆信之矣，故曰後庚三日，吉。此以人事言之。

李衡引馬云：甲，十日之首；蠱，造事之端，舉初而明始也。　引代云：當能者有爲之時，非上下並行之正，故不云利正。　引薛云：君令時告，猶天令時行，非正因者不可幹。　引繪云：蠱惑而事生之時，當濟之以仁。甲屬才仁也。巽上下皆巽，過於柔，當任威猛，庚屬金義。　彖傳引胡：用權者常失之鎭靜，今既止靜，又能行權，故可治蠱。　引陳云：自甲至癸，自有篇次，甲爲令首，庚者甲繼之。　謂蠱者造事之始，巽者號令之常，故庚取申明之義。　王介甫：剛止乎上，無爲以用下，柔巽乎下，有爲以爲上用。先甲者先事而圖其患，事至而能濟，既濟又圖其方來之患而豫防之，後甲之謂。　引陸云：上不止於所止則不能節制，下不伏以從順則不能奉令，剛柔不易位則不通相應，不以中則不大，用此四者，以幹其事，然後能濟難，事通所以不窮也。

梁寅：理蠱壞極必復治，故蠱有大亨之道。艮剛上，巽柔下，上下不交，不能有爲。巽卑无矯，艮止无動作，此所以壞而不治。利涉大川，巽下木，以舟涉川之象。甲者事之首。先甲三日原其始，後甲三日圖其終。人事審愼如是，弊革利興乎！

吳澄：蠱者事之蠱壞。有元德者治蠱則亨。初六卦主柔弱，才雖不不足，牽補支吾，不至大壞，俟九三用事治蠱。三四五上有舟象，當往濟險難。漢書武紀元鼎五年詔先甲三日註：先甲三日辛也；後甲三日丁也。曲禮內事用柔日，辛丁皆柔日。蠱主爻初六爲東方甲乙，故先後自甲而數。初二三巽，納辛。二三四互兌，納丁。

來知德：物久敗壞而蠱生，在上息不動作，在下順无違忤，彼此委靡因循。利涉大川者，中爻震木在兌澤之上。先甲後甲者，文王圖艮巽夾震木于東之中，巽先于甲，艮後于庚。巽卦言先庚後庚者，伏羲圖艮巽夾坎水于西之中，巽先于庚、艮後于庚，分甲于蠱者，上體中爻震木，下體巽木；分庚于巽者，上體綜兌金，下體綜兌金。干獨言甲庚者，乾坤六十四卦之祖，甲寅庚申泰否，大往小來，天地之通如此。曰先三後三者，先、下三爻巽也；後，上三爻艮也。曰日者宗隨，日出震東沒兌西。先甲用辛，取自新，後甲用丁，取丁寧。鄭玄此說謬矣。蠱亂必歷涉艱難，撥亂反正，先三爻巽懦成蠱，後三爻艮止成蠱，矯之以奮發，可以元亨而天下治矣。又傳彖：剛上，太尊而情上下達；柔下則太卑而情難上通，巽則諂，止則惰，皆致蠱之由。

王夫之：蠱以蟲、以皿。伏羲時，民用佃漁，未有粒食，奉養人者以皿盛蟲而進之，毛羽鮮介昆皆蟲也，與後世食蟲遇毒壞爛，故爲毒爲壞，非伏羲本旨。此卦剛上柔下，下柔承上，爲臣事君，子養父之象。皿，盛鮮而進之，柔道事陽，天下治矣！故曰蠱，治也。元亨者上下各得其分，下能致養於時亨也。利涉大川，在安思險，利涉險建功也。甲者事之始，既治必有保治之事，思永善其終，所以利涉大川而保其蠱也，故申言以見愼終如始之道焉。

李光地：卦上下兩體，爻象上剛下柔不交象，不交則敝壞矣！山下風，草木零落敝壞之意。德巽止，巽入，凡能入察必能斷行，物壞極必無終壞之理，故曰蠱者事也。涉大川事之大也，蠱時非歷危險不足以濟也。甲日之始，易壞而治，更始之象。先甲棄舊以圖新，後甲丁寧不倦。 傳象蠱壞，前之終。蠱事，後之始。終則有始，釋甲之意也。爲前終，故當先甲圖始；爲後始，當後甲慮其終。

毛奇齡：蠱，壞也。器不用則壞，人不事事則亦壞。然而大亨者，能事其所不事。大川之涉，有所勿利！特事貴及時。震爲木，爲甲，甲幹始，而前三後三，歷七日而十巳周，蓋先甲爲辛、金。爲壬癸、水。後甲爲乙、木。爲丙丁、火。合木火金水，四時悉備，所不用者獨戊巳耳。故子夏傳先甲三日辛壬癸，後甲三日乙丙丁也。戊巳屬土，分王八幹。（自住批駁馬融、鄭玄、虞翻、胡謂、蘇傳之非。）

李塨：剛居上爲艮則亢而情不下通，柔居下爲巽則卑而情難上達。且下巽而諂上，止其惰宜其壞也。然而不事則蠱，蠱必有事。大坎爲川，宜往以涉之焉。三五同功爲震，東方卦，甲也。甲，十幹之始，即造事之始。一爻爲一日，三陽震主，初，先甲三日；五，後甲三日。

吳汝綸：蠱者事也，子雲擬之爲務爲事。左傳皿蟲爲蠱，非名卦本義。謂壞極而有事，牽合爲訓。先甲三日傳云終則有始爲得其義。先甲是前之十日就終，後甲是後之十日又始。古止以甲乙記數耳。無他義。白虎通先甲三日，辛也。後甲三日，丁也。證祭用丁辛之說耳。

丁晏：振民育德，振振仁厚也，育王肅作毓，古育字。

李富孫：說文育或從每作毓。則以毓爲古文，非是，晁氏誤同。

伊籐長胤：蠱，壞也，事也。內巽外艮，卦德巽順而外止而能止物。天始甲終癸。先甲三日自辛至癸，後甲則自乙至丁。蓋治亂盛衰反覆相尋，上下勢阻每致蠱壞，唯巽順可止。

薛嘉穎：蠱極易亂，治蠱之道，歷險阻如涉大川。是惟謹始耳，先甲三日，辛也。自新之意，因前人之壞而維新圖治。後甲三日，丁也。丁寧之意，監前人之失而絕其弊。甲者取其建始之義，馬融甲爲十日之首是也。又器常拭則不汚，事常經紀則不壞。

曹爲霖：左傳僖公十五年，秦伐晉，卜吉，三敗必獲其君，其卦遇蠱曰千乘三去之餘，獲其雄狐。日知錄云去，除也，以三除所剩唯一，非獲其君而何！

丁壽昌：釋文蠱音古，事也，惑也，亂也。杜預注左傳昭元年巽爲長女風，艮爲少男山，少男悅長女，非匹，故惑。萬事從惑起。訓惑蓋本古義。先甲三日，子夏傳辛壬癸也。馬季長甲東，艮東北，故先甲。巽東南，故後甲。(季長以卦位言）但經言甲日，不言甲方。虞仲翔初變成乾爲甲，二成離爲日，支離附會。白虎通曰祭日用丁與辛。古人常用之日也。蘇蒿坪曰巽艮俱木象木，敗則蠱生，故曰蠱也。

馬通伯：卦有巽艮震，艮東北，巽東南，震位其中。東方春也，故主春而言甲，月令孟春盛德在木，其日甲乙，仲春季春，其日皆甲乙，故曰甲三日也。先甲三日爲冬，艮也。後甲三日爲夏，巽也。

劉次源：蠱，壞也，當改弦更始。元者氣之周，亨者物之理。治蠱惟恐畏葸，冒險直進，乃能有濟。凡事當先甲三日，（甲子、甲戌、甲申）豫爲籌備；後甲三日（甲午、甲辰、甲寅）豫爲整理，則事不至廢弛，防蠱之深意也。

李郁：一物既成則遭侵蝕，謂集峰擁。是故無成不壞。蠱，有事也，先甲三日爲辛，辛勤其先也，後甲三甲爲丁，丁寧其後也，元指上九，乾初往故元亨，二之五，故利涉大川。

胡樸安：蠱，說文腹中蟲，春秋傳皿蟲。釋又惑也，亂也。事也。蠱是家事，教孝也。古穴居，必多蠱，整飭修齊，由毆蠱之事推言之也。元長、亨會、大會民衆，蠱之事也。利，和也。涉大川赴會而民和也。先甲，後甲嘉會之日，辛和丁。

高亨：元大，亨即享，大享之祭。甲庚皆行事之吉日也。其後用甲之辛與丁，乃承利涉大川言，遇而利涉，唯利在甲前辛日，甲後丁日，舉事則吉。

徐世大：說文蠱，腹中蟲也，春秋傳皿虫爲蠱，晦淫之所生。蓋蟲毒，寄生蟲也，從飲食而致。後人望文生義爲苗民造蠱。引申惑、巫蠱。王引之以故爲事，迂遠。譯文病，最普遍，應渡河（去祭祀），（時間）辛和丁日。

于省吾：伏曼容曰蠱，惑亂也。萬事從惑而起。故以蠱爲事。今言蠱者是卦之惑亂也。時漸澆，情惑亂，左傳云女惑男，風落山謂之蠱是也。宋李過引蠱作蜀，通協。先甲三日，子夏辛壬癸是也。後甲乙丙丁也。馬融甲東方，艮東北，故先甲。虞翻震，庚也。白虎通祭日用丁辛。正義改過自新故用辛。王引之先甲三日皆行事之吉日也。春事先甲，秋事先庚。俞樾以春秋甲庚，經未言，不應牽混。汪中稱三，約略之詞。猶言數日。言無所據。蠱之必言甲、王氏以蠱互震，主甲乙；巽互體兌，主庚辛，說信而有據也。

楊樹達：左僖十五年秦伯伐晉，卜筮遇蠱，秦獲晉侯以歸。又昭元年，趙孟曰何謂蠱？和對淫溺惑亂之所生也。皿蟲，穀之飛亦爲蠱。漢書武帝紀辛卯夜若景光，丁酉拜況於郊，師古注辛夜有光，是先甲三日，丁日拜況是後甲三白。樹達按辛丁日皆可接事昊天之日。見續漢書禮儀志等註說。

屈萬里：蠱，惑也。又蠱事猶故事也。蠱即事。又蠱，惑疾。若今昏狂失性，其疾名之蠱。王引之謂先甲三日爲吉日，得之。又蠱即祟蠱，幹蠱猶送煞，送殃。先甲三日、辛爲柔日，幹蠱家事，故用柔日。又周禮秋官庶氏掌除毒蠱。國語晉語八晉平公惑以生蠱。又古人以于支命日，故曰天行。

金景芳：蠱是個壞的意思，不是事的意思。蠱時是亂世，社會亂了。周易折中引集氏說因循至壞者也。先甲后甲講的是終則有始，亂後就要有治，這就是天行。又折中引龔煥說，甲者事之始，事久有弊，不可不更；庚者事之變。足以申明程傳之說。

李鏡池：蠱，故，聲通，事也。卦中說的是習行父親之事。先甲三日，甲日前三天，辛日。後甲三日，甲後三天，丁日。元亨，繼父業是大好事。利涉大川是占旅行。先後甲三日屬另占，與繼承無關。從辛到丁日共七天。殷卜旬不同。

傳隸樸：左傳皿蟲爲蠱，故蠱義爲蟲。蠱名腐敗，蠱義爲整治。蠱義爲整飭腐敗政治，故曰元亨。腐敗除，故曰利涉大川。更新法令前三日宣傳，令下後三日諄諄告誡。甲前三日爲辛，新同音，更新意思。甲後三日爲丁日，丁同叮嚀之意。更新是宣傳，叮嚀即是告誡。

林漢仕案：蠱字形義之析說，蠱如何得元亨？先甲先庚之定義，試綜合眾說，孰爲安？比較之下，或能得一折衷：

蠱：

彖傳：剛上柔下，巽而止蠱，蠱，元亨而天下治。

象傳：山下有風，蠱，君子振德育民。

伏曼容：蠱，惑亂也。萬事從惑起，故以蠱爲事也。尚書大傳：乃命五史以書五帝之蠱事。雜卦傳蠱，飭也。不以惑亂訓蠱。今時澆薄，將欲整飭，是卦之惑亂也。左傳：女惑男，風落山謂之蠱，是其義。

馬融：蠱爲造事之端，故舉初而明事始也。

荀爽：蠱者巽也，事也。

九家易：陽往據陰，陰來承陽，故有事也。

何妥：山高而靜，似君處上而安靜，風宣而疾似臣在下而行令。

王弼：上剛可以斷制，下柔可以施令。

正義：蠱者事也。

程頤：自古治必因亂，亂則開治。卦才治蠱，能致元亨。

蘇軾：器久不用而蟲生謂蠱。人久宴溺而疾生謂蠱。天下久安弊生謂蠱。天下無事而不事事，後將不勝事矣，此蠱所以爲事也。昧者以事爲蠱則失之矣。

朱熹：蠱，壞極而有事也。蠱壞之極。艮剛上，巽柔下，上下不交，故其卦爲蠱。或曰卦變自賁，井，既濟，亦剛上柔下，皆所以爲蠱。

朱震引：於文皿蟲爲蠱，穀之飛亦蠱，女惑男，風落山蠱。尙書書五帝之蠱事。雜卦蠱則飭，蠱非訓事，事至蠱壞，乃有事也。剛上柔下，泰變合二體言蠱。

項安世：蠱壞之時，凡事創始，亨自此始。事未有不蠱，蠱未有不復。

李衡引：蠱惑而事生之時，當濟之以仁。又蠱者造事之始。

梁寅：理，蠱壞極必復治。巽卑無矯，艮止无動作，此所以壞而不治也。

來知德：物久敗壞而蠱生，上不作，下順无違，彼此委靡因循。

王夫之：蠱以蟲，从皿。伏羲時奉養人者以皿盛蟲而進之，毛羽鮮介昆皆蟲也。與後世食蟲，遇毒壞爛，故爲毒爲壞，非伏羲本旨。下棄承上，臣事君，子養父之象。

李光地：上剛下柔不交敗敝壞，山下風，草木零落之意。物壞極必無終壞之理，故蠱者事也。蠱壞前之終，蠱事後之始。

毛奇齡：蠱壞，器不用則壞，人不事事亦壞。

吳汝綸：蠱者事也，子雲擬之爲務爲事。左傳謂壞極而有事，牽合爲訓。

伊籐長胤：蠱，壞也，事也。上下勢阻每致蠱壞，巽順可止。

丁壽昌：釋文蠱，事也，惑也，亂也。杜注左傳：巽長女風，艮少男山，少男悅長女，非匹，故惑。訓惑古本義。蘇蒿坪謂巽艮俱木，敗則蟲生，故曰蠱也。

劉次源：蠱，壞也，當改弦更始，治蠱冒險直進乃能有濟。

胡樸安：蠱，說文腹中蟲；春秋傳皿蟲；釋文惑也，亂也，事也；蠱是家事，教孝也。古穴居，必多蠱，由毆蠱事推言之也。

徐世大：蠱蓋虫毒，寄生蟲也，从飲食而致，後人望文生義爲苗人造蠱。王引之以故爲事，迂遠。譯病最普遍。

于省吾：今言蠱者是卦之惑亂也。宋李過引蠱作蜀，通協。

楊守達：左昭元年，趙孟曰何謂蠱？淫溺惑亂所生。

屈萬里：蠱惑也，蠱事猶故事也。又蠱，惑病，若今昏狂失性，其疾名之曰蠱。崇蠱，幹蠱猶送煞，送殃。幹蠱家事，故用柔日。又周禮庶氏掌除毒蠱。

金景芳：蠱是壞的意思，不是事的意思。蠱時是亂世，社會亂了。折中引集氏說因循至壞者也。

李鏡池：蠱，故聲通，事也。卦中說的是習行父親之事。

傅隸樸：左傳皿蟲爲蠱，故蠱義爲蟲，蠱名腐敗，蠱義爲整治。整飭腐敗政治。

經籍中蠱字之義有：疑也，惑也，亂也，化也，娼也，淫也，腹中蟲也，晦淫之所生也，梟桀死之鬼亦爲蠱，梟磔之鬼，事也，損壞之名，鹽不堅固，昏狂失性，失志之疾。 易家蠱，有从卦上下解義，有从字義上發揮，有从理路上索隱，有从字之造形上立論。彖、象以剛上柔下，山下有風說蠱。九家易謂陽往據陰，陰來承陽，从泰變蠱爲有事。與左氏風落山爲蠱，荀爽蠱者巽也，事也實相通，序卦蠱者事也，有事而後可大，故：……至項安世之「巽九五變爲蠱，巽者事也。則儼然巽訓爲事矣。查孟氏逸象與九家，虞翻易無以巽爲事者，彼以坤爲事，然則除序卦蠱事外，初上易位爲地天泰，地坤依逸象則爲事矣。否則巽無事象。何妥之山高而靜，風宣而疾似上君下君之義，仍以卦上下組成，觀圖說故事耳。

有从字造形上發揮者，朱震皿蟲爲蠱，王夫之蠱从蟲，从皿，毛羽鮮介昆蟲也，奉養人者以皿盛蟲而進之。是蟲即魚蝦鳥獸。胡樸安謂蠱，說文腹中虫，春秋傳皿蟲。古者穴居必多蟲。傅隸樸云左傳皿蟲爲蠱，故蠱義爲蟲。

从理路上發揮者：

程頤：治必因亂，亂則治，卦才治蠱，故元亨。蘇軾：器久不用而蟲生謂蟲生爲蠱。項安世云蠱壞之時，凡事創始，事未有不蠱，蠱未有不復。梁寅，理，蠱壞必復活。

从字義上立論者：蠱，惑亂也，萬事从惑起，故以蠱爲事也。伏曼容云。

引古籍以證蠱義者：如引尚書大傳：乃命五史以書五帝之蠱事。引雜卦傳蠱，飭也。引左傳女惑男，風落山謂之蠱。杜預注謂巽，長女風，艮，少男山，少男悅長女，非匹。故惑，丁壽昌云訓惑，古本義。序卦蠱者事也。又周禮秋官庶氏掌除毒蠱。國語晉語八晉平公惑以生蠱。

望文憑斷蠱之另義者如徐世大蠱，蓋蠱毒，寄生蟲也，从飲食而致，後人望文生義爲苗人造蠱。並評擊王引之以故爲事之迂遠。而屈萬里正以蠱事猶故事。蠱惑爲昏狂失性。祟蠱，幹蠱猶送煞，送殃。

查說文蠱，腹中蟲也，春秋傳曰皿蟲爲蠱，晦淫之所生也。梟磔死之鬼亦爲蠱，从蟲从皿，皿蠱物之用也。段注中蟲皆讀去聲，亦作蝦。自外入故曰中，自內蝕故曰蟲。周禮庶氏掌除毒蠱。左氏正義曰以毒藥入，令人不自知，今律謂之蠱。顧野王輿地志曰主人行食飲中殺人，人不覺也。字從箸蟲於飲食器中，會高。又受女毒一如中蠱毒然，蠱之引申義。

今卦名蠱，不以其義定卦之悔吝吉凶，猶之乾坤咸恆字義，徑謂其吉凶悔吝何如同。蠱卦也，蠱卦如何元亨？彖謂元亨而天下治。是謂元亨而后可以天下治，並未署明如何元亨！象傳謂君子振德育民。虞翻謂乾坤交故元亨。彖之剛上柔下，虞翻則化作乾坤交，明明山風蠱，長女少男乎？乾坤之六子即乾坤乎？彖之「剛上柔下」即無理，虞翻「乾坤」，接口襲訛，刻寫交亨之文，豈以初變乾，上變坤，地天泰矣，泰自有泰卦，變不足取也。荀爽謂蠱巽歸震故元亨初爻巽，三四五爻互爲震，是舉其初與互體爲言也。再以風歸合雷如何元亨？益乎？恆乎？六十四卦又另有益恆之卦，荀爽之解不爽矣？王弼解彖「上斷可以斷制，下柔可以施令」所謂解彖，全無關成卦之爻象也，剛指上，指九二？九三？除純乾坤卦，他如六十三卦，何卦无乾坤？王弼之「可以有爲而大亨」，孔穎達之「有事營爲則得大亨通。」則元亨之釋，曲折不能以道里計矣。程頤抛開包袱，另闢蹊徑，故謂：「卦才治蠱，則能致元亨也。」朱熹解剛上柔下謂卦變自賁來，初上二下自井來，五上上下自既濟來，兼之亦剛上柔下。並謂皆所以爲蠱（事）。謂元亨則云「蠱壞之極，亂當復治，故其占爲元亨。」蠱謂壞極有事矣。程子所謂卦才，朱子取卦義之一而定其義之所向矣。朱震謂「以泰變合二體言蠱，初上交言治蠱之道。」初陰爻，上陽爻，以二爻代全體矣！二爻變言，泰也，單以初上爻言，謂爲乾坤，能無偏概全乎？項安世亦以彖之以非理性釋爻而仍朱子之「蠱壞之時，凡事創始，亨自此始」釋元亨。自茲后程子領銜之卦才釋元亨標得風騷矣！如梁寅之「理壞極必治」，吳澄之「有元德者治蠱則亨」。來知德之「撥亂反正，矯之以奮發，可以元亨而天下治矣。」毛奇齡之「然而大亨者，能事其所不事。」傅隸樸之「整飭腐敗政治，故曰元亨。」而仍抱彖腿以剛上柔下說蠱者，王夫之先生「擇善而固執」之也，王云「剛上柔下，下柔承上，爲臣事君，子養父象。故蠱，治也。上下各安其分爲元亨。」與李塨之謂「剛居上爲艮剛而情不下通，柔居下爲巽則卑而情難上達。」相反皆傅會鑿空，各有原可溯，根可循。而李塨之上不下，下難上，又反泰爲否矣！其仍以上九，初六兩爻定蠱卦位乎？卦解之「元亨」於是乎有第三者之突破，胡樸安之「元長，亨會，大會民眾，蠱之事也。」高亨之「元大，亨即享，大享之祭。」李鏡他云「元亨，繼父業是大好事。」以上四系說解：元亨，剛上柔下；以卦才言能致元亨；大會民眾，大享之祭，繼承父親是好事。似以程頤之「卦才」論所以致元亨較足自圓，是以郁郁乎，吾从程作一小結。下文「利涉與先後甲。」「利涉之義，即往前利多而吉也。厲以勿因循。彖謂往有事，虞謂二失位，動而之坎，故利涉大川。九家易：「泰，乾天有河，坤地有水，二爻升降出入乾坤，利涉大川也。」二爻者初上也，初上出入，卦變也是九家易之利涉之不切當也。孔正義謂「有為亨通時，利在拯難，故利涉大川。」程頤謂「蠱之大者，濟時之艱難險阻」有相通處。朱震因初上交而謂即治蠱之道。項安世謂既欲其為勇，又欲其慮周，故曰利涉大川。梁寅云巽下木，以舟涉川之象。梁是以說卦巽木傅會，木未必成舟僅此一用途也，上卦艮山無川象。木未必成舟，即成舟，艮山非川如何泛？來知德以互卦「中爻震木在兌澤之上為利涉大川。」而澤非川也，再以三四五爻為震，二三四爻為澤，從自身中製造產生矛盾，來說可信乎哉？王夫之謂在安思險，利涉險建功也。此中言慎終如始之導李光地之涉大川，事之大也。毛奇齡謂大川之涉，有所勿利，特事貴及時。李塨以「大坎為川，宜行以涉之焉。」指初二三四爻為一大坎也。薛嘉穎謂歷險阻如涉大川，是惟謹始耳。李郁謂「二之五，故利涉大川。」按二之五無川可涉！姑許為「半川」何如？蓋大坎半象也。李郁先生可真取其大半象？胡樸安另解「涉大川赴會而民和」。高亨亦以實象涉大川。徐世大謂「渡河去祭祀。」彼三人皆以涉川爲實象。傅隸樸謂腐敗除，故曰利涉大川。總上「利涉」，有以象言，有以義取，有直用卦辭之文爲事，如彖謂：往有事。

虞云：二動之坎故利涉大川。

九家易：二爻升降出入乾有河，坤地有水。

孔正義：有爲時利在拯難也。

程頤：濟時艱難險阻有相通處。

項安世云：欲其勇，又欲其慮周。

梁寅：巽木以舟涉川象。

來知德云中爻震木在兌澤之上，爲利涉大川。

王夫之謂利涉險建功也。

李兄地謂事之大也。

李塨以大坎爲川。

薛嘉穎云歷險阻如涉大川，是惟謹耳。

李郁謂二之五，故利涉大川。

胡樸安等三人皆以實相觀之，

傅隸樸謂腐敗除爲利涉大川。

上十五說，坎險爲川，已見孟氏逸象及需訟卦辭，實相「利涉大川」，巽木，震木爲舟：孰涉？二之五，二之坎：寓意：往有事，利拯難，欲勇且慮周，腐敗除故利涉。

先甲後甲之說則臆斷多門，今依序逐一排比觀賞：

彖云：先甲三日，後甲三日，終則有始，天行也。

虞翻：初變乾爲甲，二成離爲日，乾三爻在前，故先甲三日，變至五成乾，乾三爻在後故後甲三日。

子夏易：先甲三日者，辛壬癸也。後甲三日者，乙丙丁也。

馬融：甲在東方，艮東北故云先甲。巽在東南，故云後甲。甲爲十日首。三日使百姓徧習行而不犯也。

正義：甲者創制之令，先三日宣之，後三日更丁寧之。引褚氏等以甲爲造新令日，甲前三日取改過自新，故用辛，甲後三日取丁寧之義，故用丁。輔嗣以甲庚皆申命之謂，諸儒妄作異端。

程傳：數首，事始。先甲，先始：後甲後於此。甲，事首，庚，變更之首。庚，更也。先後三日，言慮深推遠，救弊可久之道。

蘇軾：先甲先庚陰陽相反。陽爲君子，爲治：陰爲小人，爲亂。先甲三日子戌申，申盡巳，陽盈，生陰，生治亂。後甲三日午辰寅，寅盡於亥，陰生陽蠱。先庚三日盡於亥，後庚三日盡於巳，先陰後陽，先亂後治。

朱熹：甲日事之端。先甲三日辛也，後甲三日丁也。前事過中將壞，可自新，後事方始致丁寧之意。

朱震：甲事始，庚事終。甲庚，天地之終始。先甲先究其所以然，後甲慮其將然。

項安世：甲日首事始，庚，更續也。自甲至庚三日，自庚至甲三日。先後者上下卦也。三日三爻也。

先甲巽也，後甲艮。先庚巽下三爻，後庚上三爻。

李衡：先甲，先事而圖其患；後甲既濟又圖其方來之患而預防之。

梁寅：先甲三日原其始，後甲三日圖其終。

吳澄：先甲三日辛也；後甲三日丁也。曲禮內事用柔日，辛丁皆柔日。

來知德：先、下三爻巽也；後，上三爻艮也。先甲用辛，取自新；後甲用丁，取丁寧。鄭說謬，先三

爻巽懦則諂，後三爻艮止則惰，皆致蠱之由，矯之奮發可天下治。

李光地：先甲棄舊圖新，後甲丁寧不倦。蠱壞，前之終，故當先甲圖始；蠱事，後之始，故當後甲慮

其終。

毛奇齡：震木甲，幹始，前三後三，歷七日而十已周。先甲辛、金，壬癸，水。後甲乙木，丙丁火，

合木火金水，四時悉備，不用者戊已耳。

李塨：三五同功爲震，東方卦，甲也。三陽震主，初，先甲三日；五，後甲三日。

吳汝綸：先甲是前之十日就終，後甲是後之十日又始。古止以甲乙記數耳。白虎通證祭用丁辛之說。

薛嘉穎：辛，自新，因前人之壞而維新圖治；丁，丁寧，監前人之失而絕其弊。甲取建始之義。

馬通伯：孟春盛德在木，其日甲乙，先甲爲冬，艮也；後甲爲夏，巽也。

劉次源：先甲三日（甲子、甲戌、甲申）豫爲籌備，後甲三日（甲午，甲辰，甲寅）豫爲整理，防蠱之深意也。

胡樸安：先甲後甲，嘉會之日辛和丁。

高亨：甲庚皆行事之吉日也。利涉唯辛，丁日舉事則吉。

徐世大：渡河（去祭祀），（時間）辛和丁日。

于省吾：王引之先甲三日皆行事之吉日。春事先甲，秋事先庚。俞樾以經未言，不應牽混。汪中稱三約略之詞，猶言數日。言無所據。王氏以蠱互震，主甲乙；巽互體兌，主庚辛。說信而有據也。

楊樹達：辛丁皆可接事昊天之日。（見續漢書禮儀志等注疏）

屈萬里：辛日柔日，幹蠱家事，故用柔日。干支命日故曰天行。

金景芳：先甲后申，講的是終則有始，亂後要治，這就是天行。又折中引甲事之始，庚事之變。

李鏡池：从辛至丁共七天，殷卜旬不同。

傳隸樸：更新是宣傳（前三日），叮嚀是告誡。（後三日）

上說除虞翻「初變乾爲甲，二成離日，乾三爻在前，故先甲三日。」丁壽昌斥爲「支離附會。」不予列項外，共得二十一說：

1. 先甲後甲，終則有始，天行也。

2. 先甲，辛壬癸。後甲，乙丙丁。

3.甲在東，艮東北故先甲。巽東南，故後甲。甲，十日首，三日使偏習不犯。
4.甲先三日辛，先三日寅之；後三日丁，丁寧之。
5.甲造新令日，又取改過自新，故用辛；丁取丁寧之義。
6.先甲數首事始，庚更也；後甲慮深推遠，救弊之道。
7.先甲先庚，後甲後庚，先陰後陽，先亂後治。
8.甲事始，庚事終。先甲先究其所以然，後甲慮其將然。
9.甲首事始，庚，更續。先後者上下卦也。三日三爻也。先甲巽，後甲艮。先庚巽下三爻，後庚上三爻。
10.先甲，先事而圖其患；後甲圖其方來之患而預防之。
11.辛，丁皆柔日，祭祀用柔日。嘉會之日。事昊天之日。
12.巽懦則諂，艮止則惰，皆致蠱，矯之奮發可天下治。
13.震木甲前後三，歷七日而十巳周。四時備，不用戊巳。
14.初，先甲三日；五，後甲三日。
15.古以甲乙記數，白虎通證用丁辛之說。
16.先甲爲冬，艮；後甲爲夏，巽也。
17.先甲（甲子，甲戌，甲申）豫爲籌備；後甲（甲午，甲辰，甲寅）豫爲整理。防蠱之深意也。

18.甲庚行事吉日;辛丁舉事則吉,指利涉言。

19.春事先甲,秋事先庚。三約略之詞。

20.互震主甲乙,巽互兌主庚辛。

21.先甲三日是宣傳;後甲三日是告誡。

上列21.說又可都為六類:

1.以天干順序者:

A、先甲,辛壬癸;後甲,乙丙丁。

B、先甲(甲子,甲戌,甲申)豫為籌備。
後甲(甲子,甲辰,甲寅)豫為整理。

C、引申為終則有始,天行也。

2.文王八卦圖位:

A、震甲東,艮東北,故先甲;巽後甲。

B、先甲為冬,艮;後甲為夏、巽。

C、先甲巽,後甲艮。(說與上相反)

D、震木甲前後三,四時備,不用戊巳。

E、春事先甲,秋事先庚。

F、互震主甲乙，巽互兌主庚辛。

3.从天干序詁訓：

A、辛取改過自新；丁取丁寧之義。

B、庚，更也，續也。

C、辛丁皆柔日，祭祀用柔日。亦嘉會，事昊天之日。

4.以甲乙記數言：

A、甲事始，造新令之日。

B、甲庚行事吉日。

C、先甲圖其患，後甲預防患。

D、先甲三日宣傳，後甲三日告誡。

5.卦之爻位認定：初，先甲三日；五，後甲三日。

6.卦德巡賦說辭：巽懦則諂，艮止則惰，矯之奮發可治。

蠱壞之時，从卦才而知所向，治而得元亨矣。往有事而利涉大川，時機當選定或以从先甲三日，或以从後甲三日。不强爲之首也，强爲之首，强愛出頭，則有不言之休咎，故戒之早晚尊甲爲事也。甲爲舉事之辰，亦爲舉事之首領也。有所遵奉，不祇利涉，亦且元亨矣，是爲蠱之事得治也。

**初六，幹父之蠱，有子，考无咎，厲，終吉。**

象曰：幹父之蠱，意承考也。

虞翻曰：幹正，蠱事也。泰乾爲父，坤爲事，故幹父之蠱，初上易位，艮爲子，父死大過稱考，故有子考，變得正故无咎。厲終吉也。案位陽令首，父之事也，爻陰柔順，子之質也。

王弼：處事之首，始見任者也。以柔巽之質，幹父之事，能承先軌，堪其任者也，故曰有子也。任爲事首，能堪其事，考乃无咎也。故曰有子，考无咎。當事之首是以危也，能堪其事故終吉。

正義：幹父之事堪其任也，有子能堪父事，考乃無咎。厲，危也。父沒稱考，生亦稱考，康誥：大傷厥考心。是父在稱考，此避幹父變考也。

程傳：居內在下而爲主，子幹父蠱也。子幹父蠱之道，能堪其事，則爲有子而其考得无咎，不然則爲父之累，故必惕厲終吉也。處卑而尸尊事，自當兢畏。乃備見爲子幹蠱之大法也。

蘇軾：蠱之爲災，非一日之故也。及其微而幹之，初其任也，見蠱之漸，子有改父之道，其始雖危，終必吉，故曰有子考，无咎，言无是子則考有咎矣。考愛之深者，其跡有若不順，其跡不順，其意順也。

朱熹：幹如本之幹，枝葉之所附而立者也。蠱者，前人已壞之緒。故諸爻皆有父母之象，子能幹之，則飭治而振起矣！初六蠱未深而事易濟，故其占爲有子則能治蠱而考得无咎。然亦危矣！戒占者知危而能戒則終吉也。

項安世：晁公武曰，「蠱非一日之積，必世而後見，故諸爻皆以父母爲言。」初六陰爻，本非幹蠱之才，然蠱之成卦，乃因坤上六來爲初六，成卦主，專取卦主爲義，不論其才也。又去柔居剛，有志治蠱，故象取其意，爻戒其危。九二有內幹才，九三有外幹才，三支皆能幹，巽體主行事也。象意承考，孝子之於父，不失其忠愛之意而已。

李衡引陸云：考，成也，能成父事，人謂君子之子，能以此意常自危厲，承先父，不忘敬，終於立身爲吉矣。　引介云：父以剛中首事，子以柔順幹之。父在觀其志，父歿觀其行，其事雖從，意欲違者多矣！　引王逢：有子然後考无咎，武王周公其達矣夫！　引薛云：文武之事，壞于夷厲，宣王復之；高祖之事，壞于諸呂，文帝復之。既復後幹，則前人无咎。意承者，繼志述事之謂。

梁　寅幹，木身，木之蠹而壞者亦蠱。蠱壞幹立如木朽復有生意也。泰卦變爲蠱，蠱壞亦泰之變。陽往陰來，如父退退无爲，子在下任事，子幹父蠱，可謂有子考得无咎矣。　苟非起敬起孝，心懷惕厲，其能終吉乎！

吳　澄：蠱卦父歿母老子幼女長之象。乾往上成艮，父歿有少男，坤上來成巽，母老傳家於長女，故初六幹父之蠱者巽女也。五陰爲母，上陽爲父。五陰坤居陽，母猶存也；上陽乾往居陰，父之已亡也。幹，木正身，又爲築牆之木。凡有智力能成事謂之幹。初六卦主，巽女出而治蠱。考言父已亡必俟震子然後補弊救敗，考得无咎也。以柔弱處艱難，危矣，姑少俟震子成人當家，則終吉也。

來知德：艮止于上，猶父道之无爲而尊于上；巽順于下，猶子道之服勞而順于下。蠱言幹父事，幹、木莖幹。中爻震木，下巽木，幹象。木有幹方能附枝葉，人有才方能振家聲。有子者，即禮記之幸哉有子也。又初六才柔志剛，故有能幹父蠱之象，古者如是，則能克蓋前衍，喜今日之維新，忘其前日之廢墜。因子而考，亦可以无咎矣。

王船山：蠱象柔以承剛，君令臣共治之象。而臣雖柔順，過亢，有匡正革命之道。惟子事父，先意承志，下氣怡聲，有隱無犯而不傷柔，故爻取父子焉。幹，事也，幹父之蠱，以養爲事也。二三重剛在上，威嚴太過，父不能无咎，子盡孝養，使父太剛不形，則蒸乂允若，藉以免咎矣。是父嚴成乎子孝，終底乎大順吉。考，通存沒言之。

李光地：易中更改卦莫大乎革，蠱其次，其緒有承，非全改革。卑居初，爲之豫而處之善，事親之道，隱無犯，幾諫不違，初柔居剛，能幹蠱者，一於剛則傲，一於柔則廢。傳象言不襲父事而善繼父志。

毛奇齡：夫天下以不事事而致壞者豈少哉！晏安之習，積之有漸。幹蠱者事事也。父亡稱考，此父之蠱也，子雖厲，亦何傷乎！故厲終吉。蓋父有命而子承之，亡則不然，今日意承，亦曰吾承之以意，所謂從治不從亂者此也。

李塨：陽爲父爲考，上九一陽高據上而艮止无爲，有父亡而考之象焉。下五爻皆其子，此有遺事非他蠱，父之蠱也。父蠱子可以不幹！初六柔處剛，性善入不承其跡而承意，改父道，雖事不順若厲者，而意甚順也。是幸哉有子，在父蠱，在考則无咎矣！終吉何疑。

丁晏：釋文周依馬王肅以考絕句，案漢書五行志引京房傳，幹父之蠱，有子，考亡咎。韋昭曰子能正父之事，是爲有子，故考不爲咎。仲翔輔嗣皆以考无咎連讀，文義乃安，王肅非也。

吳汝綸：蠱，事也。幹者，幹正其事，初爲子象，故云有子。體柔，故厲，終吉。

伊籐長胤：幹如枝幹之幹，治事而主之謂之幹，爻主巽，有人子代父治事象，知危能戒，終吉。蓋前人既壞之緒，後人修補，惕厲然後無過，繼志述事，莫不皆然。

薛嘉穎：蠱未甚，有子能幹之，則親過未彰，考亦不至於有咎矣。

丁壽昌：釋文有子考无咎絕句，馬王肅以考絕句。案初六陰變陽，巽變乾，乾爲父。蘇蒿坪曰幹，巽艮皆木象，卦之二體及互體六子之象，初六變乾，故幹父考與厲終，皆變乾之象。

曹爲霖：思菴云司馬光居政，盡革熙寧新法，光曰先帝之法善者，百世不變，王呂輩所建非先帝意，當救焚拯溺。可謂承考意矣。五日限復，病太速，獨開封蔡京如期復，光喜。卒至群小復用，豈非不知危而能戒之咎！

馬通伯：楊啓新曰承考者聖人以子之賢，善歸之於父。其袒案乾壞於六爲蠱，初最先知厲，故能變而終吉。

劉次源：幹者斡旋蠱者。父母，後任之于前任，前人已壞之端，初承考意，善繼述改革，考得无咎，子時時危厲，未敢舒顏，終雖獲吉，子何有焉！

李郁：陽爲父，父死曰考。泰初之上，父已壞亡，幹，子承其志而繼其業也。有子克家則考可无咎矣！陰屬空虛，初陽內發，故曰有子。陽發得位得應，故曰有終。

胡樸安：幹，說文築牆耑木也。引伸幹事，猶後世孝子歐蚊類。言子善體父意而幹父之蠱。考無咎矣！有蠱雖厲，有子能幹而終吉也。

高亨：俞樾幹並當作斡，斡柄也，有秉執，主之義，字又作管。蠱惑，事，一音故，故，事也。亨按訓事較勝。子斡父事，子賢則父自无咎，雖危亦終吉。

徐世大：譯治父親的病，有兒子在，老頭子是不要緊的，（即使）加重，終必吉人天相。幹事猶言任其事，故以治譯之。

于省吾：虞翻初上易位，艮爲子，父死大過稱考。釋文有子考无咎絕句，馬王肅以考絕句。按考孝金文通用。有子孝，初六九二半艮象，故言子，巽順，故孝，王注考无咎句，非是。

楊樹達：（漢書五行志之上）京房易傳曰幹父之蠱，有子，考无咎，子三年不改父道，思慕不皇，亦重見先人之非，不則爲私。

屈萬里：大誥：「若考作室，既厎法，厥子乃弗肯堂，矧肯構？……厥考異其肯曰……」又乾文言貞固足以幹事。又生可稱考。象傳蓋以考爲亡父，故曰承考。承、繼也。訓蠱爲事。又承，保也。

金景芳：蠱初，因前代因循而亂，後代兒子能幹父蠱，把亂結治好，有了好兒子，就考无咎，沒什麼了。厲，危險，但終得吉。兒子治理父親留下的亂攤子，實際上是繼承了父親意志。

李鏡池：幹，借爲貫，爾雅貫，習也。習即繼承。考，借爲孝。能繼承父業則爲孝子，即使有什麼不好，終於還是吉利的。

傅隸樸：幹義爲堪任，蠱義爲衰敝，子補救父過，父死亦瞑目。父死稱考。无咎即无恨。六柔四不應，獨任艱鉅，未免冒險，故曰厲。終不致失敗，故終吉。

林漢仕案：「幹父之蠱」，蠱爲魚蝦，皿蟲，蠱壞，惑亂，毒蠱，幹蠱猶送煞。然則「幹父之蠱」何謂也？專家以爲如是：

象謂：意承考也。虞翻曰：幹，正也。乾父，坤事，故幹父之蠱。王弼云：以柔巽之質，幹父之事。程頤謂子幹父蠱也，處卑而尸尊事，自當兢畏，乃備見爲子幹蠱之大法也。蘇軾云：蠱之爲災，非一日，及其微而幹之，子有改父之道。朱熹：幹，子葉所附而立者。蠱，壞緒，子能幹之，則飭治而振起矣。項安世謂：初卦主，不論其才，去柔居剛，有志治蠱。李衡引考作成也能成父事也。謂繼志述事。梁寅：蠱壞幹立，如木朽復有生意也。吳澄：父歿母老子幼，傳家長女，故初六幹父之蠱者長女也。幹，木正身；築牆木；以智能成事謂之幹。來知德謂：幹，木莖幹，中爻震木，下巽木，幹象。初六才柔志剛，故有能幹父蠱之象。王船山：子事父，先意承志，下氣怡聲，不傷柔。幹，事也。幹父之蠱，以養爲事也。李光地：卑居初，爲之豫而處之善，隱無犯，幾諫不違，初柔居剛，能幹蠱者也。毛奇齡：幹蠱者事事也。父亡稱考。李塨：陽爲父爲考，初六柔處剛，性善入不承其跡而承意，改父道。丁晏引王肅考絕句，並云非也。又案子句，考亡咎。韋昭曰子能正父之事。吳汝綸：幹正其事。伊籐長胤：幹如枝幹之幹，治事而主之謂幹，有子代父治事象。薛嘉穎：蠱未甚，有子能幹之，則親過未彰。劉次源：幹者斡旋蠱者，初承考意，善繼述改革。李郁：幹，子承其志而繼其業。胡樸安：幹，說文築牆耑木，引伸幹事。猶後世孝子毆蚊類。高亨：幹作斡，蠱柄也，有秉執，主之義。字又作管，蠱，事也，子幹父事。徐世大：治父親的病，有兒子在，不要緊。于省吾：考孝金文通用。屈萬里：生可稱考。金景芳：前代亂，後代把亂治好。李鏡池：幹，借爲貫。爾雅貫，習也。即繼承，繼承父業爲孝子。傳隸樸謂幹義堪任。蠱義衰敝，子補救父過，父死亦瞑目。

「幹」義有：正也；幹，子葉所附而立者；幹，木正身；築牆木；以智能成事；木莖幹；幹，事也；枝幹引伸治事而主之；幹，斡旋；子承志繼業；幹事如毆蚊類；斡，蠱柄，有秉執，主之義；字又作管；治；借幹爲貫，習也；即繼承父業；堪任。

經籍中幹義有：1.或作榦，本也。2.枝幹。3.旁曰榦。4.小竹。5.楨也。6.竹箭。7.强也。8.正也。9.栝也，可以爲弓弩之榦。10.貞也。11.安也。12.事也。13.體也。14.主也。15.古管字。16.脅。17.骸骨。18.遠也。19.旋蟲謂之幹。20.古文干爲肝，或作翰，干字。21.質也。22.身也。23.肥張也。24.幹器之木也。

經籍中未言幹作榦，貫借字者。作榦，干，管有所本而解經用作「幹父之蠱」之幹干管則不妥。蠱字如卦辭惑亂，事事蠱壞，毒蠱，中蠱毒等義，「幹父之蠱」，承家業者乃一小女子，一長女欲以其智能成父未竟之事，類似神話，从下卦巽，屬長姊也，前人以爲卦主，事父之事者，幹之言治，言事皆治當，蠱爲事，然非常事，蓋蠱既又有惑亂，毒，壞之義，則其所謂事者亦當跡近似之事也。「有子」二字儀禮喪服傳「凡言子者可以兼男女。禮記曲禮亦言及。左氏莊公廿八年傳更謂子，女也。準此，「有子，考无咎」之子可以爲一女子矣，合乎巽長子也。子幹父蠱之子，未必爲男子宗法社會中之子承志業之子吳。吳澄謂「父歿母老子幼，女長之象」。吳澄之子幼，想當然耳乎？女長即巽卦初爻，蓋非二變，三不能爲幼子也，上卦艮，艮上爻可以爲幼子，然因屬上九，吳澄以爲上陽爲父。「子」又可釋爲「愛」。 幹父之事，有愛，考所以无咎，則所謂父之蠱事可以无咎矣。厲之言起，言有所危厲，一小反彈也。以弱女子治蠱，以柔居剛，人或以爲有機可乘，厲起即其誤以爲女子不足幹父事也，終者常也，終吉即常吉，亦可以「終」本字義解。終獲其吉。至於父親是否過去，如提縈救父事，考可以在世也。正義所謂「生亦稱考」。康誥：「大傷厥考心」是也。全爻之義蓋謂：初六，以一女子从事幹父親所从事有瑕疵之蠱事，一女子之承志，竟使父親得无咎之順境，善補過也耶，雖小有反彈厲起之聞，終究獲吉，有所得者，女子以柔質居剛位爲卦主，機變之巧使之然也。以木蘭代父從軍方之如何？

又設以「考」作擊解，如詩山有樞「弗鼓弗考」。則以有子擊之爲无咎，擊之承上文幹也。

**九二，幹母之蠱，不可貞。**

象曰：幹母之蠱，得中道也。

虞翻云應在五泰，坤爲母，故幹母之蠱，失位故不可貞，變而得正，故貞，得中道也。

李鼎祚案：位陰居內，母之象也。

王弼：居於內中，宜幹母事，故曰幹母之蠱。婦人之性，難可全正，宜屈己剛，既幹且順，幹不失中，得中道也。

正義：居內處中，是幹母事也。婦人不可固守貞正。

程頤：二剛陽爲六五所應，是以剛陽之才在下幹夫在上陰柔之事也。故取子幹母蠱爲義。以剛陽之臣，輔柔弱之君，義亦相近。二巽體而處柔順，義爲多幹母之蠱之道也。夫子之於母，當以柔巽輔導之，使得於義，不順而致敗蠱，則子之罪也。不可貞謂不可貞固盡其剛直之道。以婦人伸剛陽遽然矯拂，傷恩所害大。若於柔弱之君，盡誠竭忠致之於中道可矣，安能使之大有爲乎！以周公之聖輔成王，使之爲成王而已，不能使之爲羲皇堯舜也。二巽體得中，是能巽順得中道，合不可貞之義，得幹母蠱之道也。

蘇軾：陰之爲性，安無事而惡有爲，是以爲蠱之深而幹之尤難者，寄之母也。正則傷愛，不正則傷義，以是爲之難也。非九二其孰能任之，故責之二也。二以陽居陰，有剛之實而無用剛跡，可以免矣。

朱熹：九二剛中，上應六五，子幹母蠱而中之象，以剛乘柔而治其壞，故又戒以不可堅正，言當巽以入之也。

項安世：夫謂幹母者則已明其居柔，用柔，止可幹陰事，自无太剛之慮矣。不可貞者，言其自幹母之外，他事不可守此以爲常法也。若幹父事如此，則不勝其任矣！母道失則强，故當以柔濟，父道失則弱，故當以剛舉也。

李衡引牧：不可貞者，事必先父命也。　引石：五以陰柔居君位，委任九二，有母之象。　引介三：母從子者也，宜巽乎內以應外，反止乎外。子制義者也，宜止乎外以制內而反巽乎內。宜不可以爲貞矣。然九二剛，巽乎中，得趣時之宜而未失道者也。若魯莊公謹以事母而防閑之以禮，母子相與之際，雖不可謂正，亦可謂能幹母之蠱而得中道者矣。　引薛：危行言遜，信而後諫，非梁公之徒孰能與此。

梁寅：以陰居尊，母之象。蠱由乾坤之變，蠱壞非獨由父，母實爲之。九二剛中與五應，乃賢子幹母蠱，流於專斷失順，故戒之不可貞，當巽以行之。

吳澄：互兌少女也。剛而得中，女之能而賢者，與六五體母應。服勞奉養其母，故曰幹母之蠱。女雖能且賢，奉母其職，不可正主事，謂正主一家之事，有呂武北晨之妖。　初六長女代男，權宜而已。理則不可也。

來知德：艮性止，又柔。止則惰，柔則暗，當家事敗壞之時，直道幹之，其害不小。當屈下意，巽順將承，使之身正事治，故曰不可貞。事父母幾諫是也。　又九二上應六五陰柔，有幹母蠱之象。九二剛中承柔，惡其過于直遂，故戒不可貞，委曲巽順以幹之可也。

王夫之：內卦一陰承二陽，上有父母之象。二陰位爲母，三陽位爲父。子承事父母，惟命是從，蠱之正也。但二以剛居柔，母德不能安靜以順三從之義，故幹母之蠱者有權存乎其間。故曰不可貞。傳象承其居中之正而不順其過剛之爲，斯得之。

李光地：陽上應陰，有幹母蠱之象。喻毋於道視父尤難，故不可貞固。巽順入，可以孚，九二柔中，因爻德設戒。

毛奇齡：父爲考，則所存者母也。父蠱母亦蠱，所謂蠱矣！蠱在母則當以不事事之，所謂善事也。此爻之爲母，初二同地道如兄弟，初承考則二當將母。

李塨言父必有母，父蠱母亦蠱。特是婦人之性難可直挽，正行則必中道，委曲幹旋以幹其蠱，帷九二得之。

吳汝綸：二位陰居內，爲母象，貞，固執也。

伊籐長胤：剛中與六五應，子幹母蠱象。當巽順以道之。蓋婦人之性柔暗難曉，不過可尙也。

薛嘉穎：喻母之道，視父尤難，則必巽順以入然後可格，不可以剛貞也。九二有剛之實，無用剛之跡，不傷恩亦不傷義，得其中道也。

丁壽昌：案蘇蒿坪曰不可貞者，言二當用九，不可貞而不變。九二巽體，亦有母愛。

曹爲霖：思菴曰秦始皇唐中宗衛蒯聵魯莊公，皆不能幹母之蠱，何者，失中道也。東漢姜肱事繼母恪勤，母既年少嚴厲，肱感凱風之孝，嘆作詩者能安母千載之上，感詩者亦能安母於千載之下。此之謂幹母之蠱，不可貞。

馬通伯：不可貞，言不可變也。二變成艮，上下皆止，蠱將益甚，猗嗟之詩所由刺也。（齊風）

劉次源：二應五陰，子幹母蠱，母性善護，以剛承之，所傷必鉅，戒不可貞固，巽入爲愈。

李　郁：二婦人中正，柔不見，是母已壞亡。九當六所以承妣也。不可貞者不宜棄剛化柔也。

胡樸安：說文父巨母牧。對父存畏懼，母存恃愛。幹母之蠱，子不可幹，正而後可也。僅得中道，中是中下之中，非中正之中。

高　亨：子不可幹母之事，因男女異務也，故曰幹母之蠱，不可貞。

徐世大：治母親的病不可固執。婦女病，有非兒子所得過問者也。

屈萬里：貞，卜詞。

金景芳：若陽爻居陽位，太剛了，干母之蠱容易出毛病。此陽爻居陰位，調和了，中道。幹母之蠱爲什麼不可貞？周易折中引蔣悌生說九二剛承六五柔，有母子之象，但戒以不可貞。

李鏡池：當時是父權制的時代，婦女沒有地位，兒子如果按母親的一套去做，當然是不利的。

傅隸樸：母不稱妣，是母猶在。母蠱實由父生。爲不傷母心，不可全用剛正，故曰不可貞。九二應六五，六五母。政治上君無堯舜之資，強迫反失臣節，故曰不可貞。

林漢仕案：初六幹父之蠱，以一女子从事父親所以从事有瑕疵之蠱事，父親因此得處順境，初六可謂善補過，其以柔居剛而爲卦主，機變之巧也。九二，幹母之蠱。其意亦謂从事母親所从事有瑕疵之蠱事！而其下文爲「不可貞。」何爲「不可貞？」試輯各家之見以饗讀者：

象謂幹母之蠱，得中道。以一失位之爻謂之得中道，拙著坤卦六五爻辭中曾概略敘及，不另。

虞翻以爲應五，坤爲母，故幹母蠱。失位，故不可貞。變，得中道。

李鼎祚則以二本陰位，故爲母象。其言曰：「位陰居內，母之象也。」

王弼云：居內中，宜幹母事。婦人之性，難可全正，屈已且順，得中道也。　王弼掃象，在此，連九二爻之剛性一併掃矣。明明九二，卻以「居內中，幹母事，婦人之性」立言，强九二爲婦人矣，居內卦之中一定幹母事，何必言九二，六二？一視同仁，皆「居內中」可也！孔正義謂「婦人不可固守貞正」發揮王弼之意，是耶？眞耶？設婦人不貞正，爲彼夫婿良人者心頭之痛愈於喪彼考妣也。若謂婦人以順爲正，則又有「大男人」主義，雖然吾行之有年矣。从吳起休妻以還，迄婦女權利運動之覺醒，女同胞皆以順爲正。今云「不可固守貞正。」亦異於傳統矣！程子以「不可貞固盡其剛直之道，傷恩害大。」爲之圓場。女子固宜以柔順爲尙矣！

程頤矛盾重重，程云：二剛應五柔，剛在下幹夫在上柔事。夫一定在上？二五既應爲夫婦，二剛始可「犯上」幹夫事。而下文「取子幹母蠱」，二又變爲子，二可以夫，亦可以子矣。又「二巽體幹母蠱，以柔順輔之，伸剛傷恩害大。」按母性柔，可以納剛，若夫父，陽剛，剛不可過剛矣，故孟子有父子不責善之訓。論語有：事君數斯辱，朋友數斯疏之文。是剛可及柔，不可加諸剛。二可以爲諍子，諍臣，諍夫，使五不離令名，不陷不義矣！又「柔君安能使之大有爲乎！」是程子之自畫也，伊尹之「亂亦進者」，正欲以先知覺後知，先覺覺後覺也，奈何自我設限，君無爲，正臣下大有爲也。程子責成王獲周公輔不能爲堯舜，試問堯舜之後三四千年間，可有第二個堯舜？是堯舜之后即无堯舜也。程子之謂二「巽順得中道」，豈下卦巽，又居二，依象辭「得中道」，故謂「得中道耶」？二不中也，以剛居柔如何中？王弼與孔穎達謂「居內處中」，彼所謂中，乃內卦中爻之中，非爲「大中至正」之中，「中庸之爲德」之中。朱子亦以「子幹母蠱而中之象。」泛謂九二爻位爲中。與象傳洎程子之「巽順得中道」亙然有別。王弼之「幹不失中，得中道也。」从居內卦之中爻，一變爲「得中道」。陰位陽居，不中之二，豈以剛强之德，雖不當位猶當位耶？王弼未之言也。胡樸安故謂「中」爲中下之中。度其義，宜乎以中下之中釋二也。觀卦辭「不可貞」即知，「貞」與「不可貞」乃兩端，執中則不過亦無不及，猶之傳云有嫁女者，父勉之不可爲惡，女答將以爲善何如？父大喝一聲曰惡且不可爲？況爲善耶！善惡正是兩端，貞與不可貞亦兩端，既是兩端，如何中？父謂女惡且不可爲！況善矣！正喝令乃女持中以事翁姑可也。猶今云持「平常心」，平常心豈易把握哉！以不失其養爲上也。平常心即是持中也。

程頤謂二剛才，在下幹夫在上陰柔之事。又子幹母蠱，陽輔弱君。一爻而三象。蘇軾謂責二有剛之實，无用剛跡。朱子謂「以剛乘柔而治其壞，戒不可堅正。」朱熹剛乘柔，豈爲二乘初？既應六五，子幹母蠱，二子五母，與乘初無涉也。

李衡引石云五陰柔居君位，有母象。引介云母从子也。梁寅亦謂以陰居尊，母之象。二賢子幹母蠱。

吳澄以九二互兌少女，剛得中，女之能而賢者，六五母應，服勞奉養其母。

王夫之謂內卦一陰二陽，二陰位爲母，三陽位爲父，子承事父母。

毛奇齡：此爻之爲母，初二地道如兄弟。初承考則二當爲母。吳汝綸亦謂二位陰居內，爲母象。丁壽昌以九二巽體，亦有母象。李郁謂：二婦人中正，柔不見，是母已壞亡。九當六所以承妣也。傅隸樸則云母不稱妣，是母猶在。

高亨云：子不可幹母事，因男女異務。

徐世大云：母親婦女病，非兒子所得過問者。

九二幹母之蠱，孰是母？孰是子？初爻據吳澄所述「上陽爲父，五陰爲母。」爻辭著一「考」字，故有謂父亡，有謂生亦稱考。九二幹母蠱，从上文，二之角色爲：夫。爲子。爲少女。爲母。爲兄弟。爲地道。爲母已壞亡。皆有動人之說詞，皆有可信之許諾，九二一爻而多角。高亨，徐世大還直斥子不可幹母事。婦女問題，兒子有不可介入者。程頤更以「二爲剛強之臣，輔柔弱之君。」竊以爲爻位於比應順承外，六爻即代表卜問者卜問事故之全程，初二三四乃其進程，如本蠱卦卦辭透露：雖蠱而知所以蠱，不蠱矣，故元亨，需冒險奮鬥，惟宜相機行動，先甲後甲是也。此即全卦總旨。至初爻幹父蠱，知所以蠱而幹也。參閱初爲六，故謂長女治父蠱，善補父過；二爻剛，而位本柔，是外剛內柔，初之本質未變也。試譯作：「以一內柔外剛之女子，从事幹母親曾从事有瑕疵之蠱事，宜小心从事，過與不及皆不宜。」閔子騫之「母去三子單，母留一子寒。」化悲劇爲感悟。又因九二剛，可去女子之字樣，代之「以外剛內柔手法，不能有任何偏失去處理內部問題。」（父問外事，母則主中饋是依也）

是九二，幹母之蠱，不可貞之意乎？以史家爲例釋爻者如魯莊公防閑母與彼親兄之私往。秦皇，唐中宗，衛蒯聵之不能幹母蠱，詩凱風「母氏劬勞」「母氏聖善」「有子七人，莫慰母心」能否抑止淫風？七子之母，不安其室，作詩者美其七子之盡孝道耶？抑彰母氏之穢行？母氏苟有過，「不可貞」之義益顯，爲九二者幹母之蠱時得先甲後甲時機之揑準，不偏不倚，庶克其功也。范仲淹之光耀范家門楣，居范家時少，住朱家時多，母氏之孝道克盡，母氏之情緣可因「一入侯門深似海」而斷朱家之蘖已成幹之枝葉？再以母蠱即母氏之淫著眼，「幹父之蠱」是否爲父之午妻？姘婦？孟子謂「親之過大不諫，不孝也」，如何諫？易予人先機「不可貞」也，運用之妙，存乎汝之一心矣！

**九三，幹父之蠱，小有悔，无大咎。**

象曰：幹父之蠱，終无咎也。

王弼：以剛幹事而无其應，故有悔也。履得其位，以正幹父，雖小有悔，終无大咎。

李鼎祚案：爻位俱陽，父之事。

孔疏：以剛幹事而无其應，故小有悔也。履得其位，故終无大咎也。

程傳：以剛陽之才，居下之上，主幹者也。子幹父蠱也。以陽處剛而不中，剛之過也。然在巽體，雖剛過而不爲無順，順事親之本也。又居得正，故無大過。以剛陽之才克幹其事，雖以剛過有小小之悔，終無大過也。然有小悔，已非善事親也。

蘇軾：九三之德與二無以異也，特不知所以用之。二用之以陰而三用之以陽，故小有悔而无大咎。

朱熹：過剛不中，故小有悔，巽體得正，故无大咎。

朱震：上九處位不當父之蠱。九三重剛，剛過中者也。過動則小有悔，過而正，无大咎。未免小有咎，其體巽，三下卦之終，故又曰終无咎。易解曰不應上，子之能爭而不从其父令者也。

李衡引子夏言：以剛得位，幹事專任，終成其志。　引胡：以剛事，必傷和睦之道，親族之間，必有小悔吝，然代父整肅閨門，幹成其事，何咎之有？　引石：九二、九三近乎專權，卦中常抑之。　引介：九三之所謂父、上九也。剛而不中，不能无不義，三亦不中，不能无爭，未失子道。　引薛：以母而言，陰陽志殊，事難合也。屈而合中，然後可幹，以父言之，君臣道合，過亦不誅，汲黯矯制，雖悔何懼！　引逢：上无應，小有悔，以剛得正，志在父事，故无大咎。

梁　寅：九居三剛之至也。太剛或果佛意，或直賊恩，未免小悔。所行止，故終无大咎。行之父子間，雖無大咎，悲子道之盡善也。

吳　澄：互震長子也。以剛居剛，在巽體，有智有力而能權者也。才是幹父之蠱。小謂陰，九三若變柔則有悔矣，蓋蠱非剛强不能濟。大謂陽，謂以陽剛致過咎。不變則无咎。

來知德：九三過剛，幹蠱之事，先後緩急失其次序，所以悔也。然巽正制剛，幹蠱非私意妄行，所以无大咎。

王夫之：九三以剛居剛，父之過嚴而不終者，起敬起孝，雖逢其惡，怒而小有悔，然終不失順承之道，故无大咎。傳象道盡則心可以安矣。

李光地：過剛則有傷恩之事，能无悔乎！然時當幹蠱，故无大咎也。

毛奇齡：蠱，事也，又惑也。三爻本澤之陰陰移陽爲風，是以少女爲長女，此則蠱之所由來也。第三爲互震之始，正幹蠱者，四上兩陽不能應，又居坎中，故小有悔耳。

李塨：九三以剛居剛，震始，能幹父之蠱者，特恐剛動少過以致小有悔貽，然能幹蠱，安有大咎耶！

吳汝綸：三爻位俱剛，故小悔。

伊籐長胤：過剛不中，治事過嚴，故不免小有悔。戒剛暴從巽順，九三雖有悔而无咎也。

薛嘉穎：九三重剛易失之過，則幹蠱而小有悔，固所宜也。

丁壽昌：案蘇蒿坪曰三變坎互震，皆陽卦，有父象。

曹爲霖：九三以剛處剛，過剛也，見弊，憤欲一決去之，其禍不爲晁錯則爲景延廣。子房安太子，仁傑存唐嗣，其蠱之九三乎？九三處巽極，極順過不爲過，无大咎，極順也。

馬通伯：三體震，長男。前人之蠱集其身，故小有悔。終无咎者，所謂能終則有始也。

劉次源：過剛不中，以此幹蠱，父必不容。起敬起孝，終將改從，雖有小悔，大咎則無。

李　郁：陽存而父未死，非幹蠱之時，僭代父事，故小有悔。助父成業，故无大咎。

胡樸安：不能承父意而小有恨於心，說文悔，恨也。

高　亨：爲幹父之事而筮遇此爻，則小有悔，無大咎。

徐世大：譯治父親的病，小小有點反復，沒有大岔兒出。三爻病反復。

金景芳：幹蠱之道，以剛柔相濟爲尙。初六，六五柔居剛，九二剛居柔皆可幹蠱。六四過柔而吝，九三過剛而悔，故曰小有悔。

李鏡池：繼承父業，就算有小毛病，但也不會有大問題。

傅隸樸：九三陽質剛位，與上九不相應，偏剛不能順承父志之象，故不免悔咎。幹蠱激烈，有失子道，立場正大，雖小失子道，也算不了什麼，故曰小有悔，无大咎。

林漢仕案：幹蠱歷程至九三。初父蠱，有子擊蠱，未曾引起任何過咎，且終初階段皆吉，九二母又蠱，母蠱有不可擊者。父蠱或有「夫子教我正，夫子未嘗以正」之怨，而毋則乳抱之情不能以理喻，以不傷恩正之，煞費週章，「不可貞」，則相機行事，爻告以執中乎？情生情滅如何動之以情也。九三回復幹父之蠱，爻所示之資訊爲「小有悔，无大咎」。如何有悔，又何如无大咎？得聞諸古今大家之見也：

王弼云「以剛幹事而无其應，故有悔。履得其位，以正幹父，雖小有悔，終无大咎。」王注已詳其有悔，終无大咎之理矣。

李鼎祚案「爻位俱傷，父之事。」則有斟酌，九三一爻履得其位，何傷之有？又以九三傷爲父事，九三即父事，九三爻文「幹父之蠱。」九三自己幹自己。九三是父，九三是子，角色不明！

程頤以九三剛，爲主幹。然則九二，初六，皆非其位，而有幹父，幹母之文，孰爲之主幹？程子逐字釋出爻意，顯見不妥。

蘇子云「九三之德與二无以異。」亦有可諮詢處，九三得位而无應，九二失位而有應，如何九二九三之德无以異？皆陽也是无以異。

朱子之文亦須諮商，朱子謂「過剛不中，故小有悔。巽得正，故无大咎。」九三以剛居剛，乃正位也，王弼以爲九三剛无應而有悔，漢仕以爲剛應剛，又重剛爲有悔。是朱子「過剛不中」之文不能成立，承程子「陽處剛不中，剛之過也」之意也。程云巽體，朱亦曰巽體，是一身之中兼剛順而不得調和爲用也，故有「過剛」之文。下又謂「巽得正」，上下隔絕，各自爲用矣！猶之一人之身，剛暴巽順不時出也，眞性情中人矣！不能以「常」爲貴矣！

朱震引謂不上應，子能爭不从父令者也。

李衡引謂剛得位，幹事終成其志。又引剛必傷和睦之道。又引上九爲父。又引剛得正，故无大咎。引胡瑗謂「代父整肅閨門，幹成其事。」則蠱卦「問題家庭」昭然若揭矣！父无能，母女無行，勞子「代父整肅閨門」，不祇彰父過，亦彰母女之失德也。

梁寅謂「太剛賊恩」。或係指以剛居剛又重剛應剛也。又謂「行之父子間，悲子道之盡善。」案孟子云：「親之過大而不怨是愈疏……愈疏不孝也。」孝經「父有爭子，則身不陷於不義。故當不義，子不可不爭於父，臣不可不爭於君。」又離婁上：「父子之間不責善，責善則離，離則不祥莫大焉。」又「父子責善，賊恩之大者。」古人因事立說，皆是也。孔子歸於一「權」字。天下確有不是之父母，乃對社會言，父母乃社會中人。「天下無不是之父母」，亦確然不易之音，乃對家庭子女言，故子女眼中無不是之父母。易教乃示我如何「幹父，母之蠱。」之原則洎將遭遇之狀況，然易不爲吾人謀如何幹之方法。是眞條條大路通長安也，巧妙在子女毋以陷親之不義爲上，雖然，父母以社會言，已落入有可疵謫之蠱境。九三眞有難爲者，故謂之「悲道之盡善」乎？乎！

吳澄合剛與巽爲一，許爲能權者。吳謂「以剛居剛，巽體，有智力能權者，才是幹父蠱。」然吳所謂互，所謂變，不變。易不爲人謀（方法），人爲易謀矣。易謂「人謀鬼謀，百姓與能」。其此之謂乎！

來知德謂九三先後緩急失序，所以悔。按繫解云「吉凶悔吝者，生乎動者也。」九三未動，即不生悔。動豈謂變變之用，往來不窮乎？九三動即有悔，所謂小疵也，幹父之蠱，幹即動，不幹，父蠱子不理，悔；幹彰父之失，子不有失，悔。故動則悔。九三先後緩急並未失序，如何悔？來爲爻位覓悔之象「莫須有」也！若謂先後緩急皆悔，蓋得之矣夫！

王船山同李鼎祚之九三爲父。故云：「九三以剛居剛，父之過嚴而不終者。」以剛居剛者有之，言「父」則父子同體矣，是戲乎？人生如戲也乎？言「不終者」九三爲何不終？豈上九不應爲不終耶？

又「終不失順承之道」則有終矣，不失順承之道蓋指巽也，巽則指初矣，依爻位言，應初不失順承之道故无咎，終不應故无終，故小有悔。庶合山風蠱卦爻位之意，合則合矣，爻文先小有悔，後无大咎也！王文「過嚴不終」雖有的矣，巽順之初反曰終則何也？

毛奇齡以二陽不能應，居坎中，故小有悔。毛所謂坎，是初四大坎？抑半象大坎？三四五六爻爲坎半象！

吳汝綸以爻位俱剛爲小有悔。吳澄等以爲以剛居剛，有力能權，才足幹蠱也。是所見相同而異辭。

丁壽昌引蘇塙坪言，三有父象。與李鼎祚、王夫之說同。然謂三變坎，互震皆陽卦，有父象則未免有見卵而求司夜！與寒冬夜賣火柴小女子幻想同類。變坎爲中男，震爲長男，本爻九三陽卦，男可以爲父，非必爲九三幹父之蠱之父，又中男，長男又未必即窩囊致蠱，九三乃幹蠱，非致蠱。三之所謂父象，乃他人之父也，非九三之蠱父明矣！

馬通伯之「體震長男，前人之蠱集其身，故小有悔。」似較合理，「前人之蠱集其身，故小有悔」小有悔交代甚明。然項安世，吳澄以初爲卦主，長女柔巽幹蠱，果如是，九三乃初六之進程，柔順之初，已歷練成可剛可毅矣，是體震，變卦者乃性格堅定，故以剛言其用。

劉次源承王夫之「起敬起孝」，以爲考必不容九三之過剛不中，承考意繼志述事，起敬起孝，終將改從，雖有小悔，大咎則無。將小悔，大咎合爲一事。

李郁則起白骨爲未死。初著文「父死曰考，父已壞亡」三則「陽存父未死」而「僭代父事，故小有悔。」後言不對前語。李文自見矛盾也。

胡樸安於初六言猶毆蚊類，孝子善體父意，今九三又以「不能承父意而小恨于心。」以悔爲恨，憾恨者孝子也。

金景芳能以全盤著眼，「謂初五柔居剛，九二剛居柔可以幹蠱。六四、九三過柔過剛故吝悔。」金前輩以奇爲正，以正爲悔吝，豈幹父母之蠱居奇則吉，居正則悔乎？

綜上各大家之見，「有悔」，「无大咎」再匯聚研判：

1. 以剛幹事无應，故有悔。（王弼）
2. 過剛不中，故小有悔。（朱熹）
3. 上不應，子能爭，不从父令者也。（朱震）
4. 剛必傷和睦之道。（李衡引）
5. 太剛賊恩。（以剛居剛又重剛）（梁寅）
6. 九三先後緩急失序，所以悔。（來知德）
7. 以剛居剛，父之過嚴而不終者。（王夫之）
8. 以二陽不能應，居坎中，故小有悔。（毛奇齡）
9. 爻位俱剛，故小有悔。（吳汝綸）
10. 體震長男，前人之蠱集其身，故小有悔。（馬通伯）

11.僭代父事，故小有悔。（李郁）

12.不能承父意而小恨乎心。（孝子善體父意）（胡樸安）

13.爲幹父事，筮遇此爻則小有悔。（高亨）

14.父親的病小小有點反復。（徐世大）

15.繼承父業有小毛病。（李鏡池）

16.陽質剛位，與上九不相應，偏剛不能順承父志。（傅隸樸）

无大咎：

1.履得其位，以正幹父，雖小有悔，終无大咎。（王弼）

2.巽得正，故无大咎。（朱熹）

3.剛得正，故无大咎。（李衡引）

4.九三繼志述事，起敬起孝，雖小有悔，大咎則無。（劉次源）

因悔小故无大咎。或謂剛得正，巽得正，故无大咎。繫辭謂悔吝爲小疵，无咎爲善補過。疵小又善補過，自宜无大咎也。綜合有悔十六說中，九三以剛居剛又重剛無應，故有悔。體震而下巽，前人蠱集一身，剛而能柔，有智力能權者，雖動皆悔，終得无大咎也，其九三善補過乎？九三善補過也。

**六四，裕父之蠱，往見吝。**

象傳：裕父之蠱，往未得也。

虞翻曰：裕不能爭也。孔子曰：父有爭子，則身不陷于不義。四陰，體大過，本末弱，故裕父之蠱。兌爲見，變而失正，故往見吝。象曰往未得是其義。又傳象曰往失位，折鼎足，故未得。

王弼：體柔當位，幹不以剛，而以柔和能裕先事者也，然无其應，往必不合，故曰往見吝。

正義：以柔和能容裕父之事。無應所往之處見其鄙吝，故往未得也。

程傳：四以陰居陰，柔順之才也。所處得正，故爲寬裕以處其父事者也。夫柔順，僅能循常自守，若往幹過常之事，則不勝而見吝也。以陰柔而无應助，往安能濟！

蘇軾：六四與六二无以異也而无其德，斯益其疾而已！裕，益也。

朱熹：以陰居陰，不能有爲寬裕以治蠱之象，蠱將日深，往則見吝，戒占者不可如是也。

朱震：六四柔而止，不能去上九之蠱，寬裕自守而已！諸爻以剛爲幹蠱之道，六四不剛，不能動，吝者安其位不能往，動成离，爲見，故往見吝。初六應之，牽於下亦不得往。

項安世：蠱主於作事，故利涉大川，往，有事也。往有事爲利則往來得爲吝矣。晁公武曰「裕，益也。秦二世以就始皇之宮室爲孝，衛州吁以脩光君之怨爲孝。皆裕蠱也。」安世按：裕者，長其惡也。若二人則逢其惡，不止於吝而已！

李衡引子：以柔處柔，不敏於事，寬其事而无成者也。復命得乎，終无功也。　引陸：體柔居正，可以饒益父義者也。本於止靜，故可止焉。　引牧：不能強幹以得其位，猶可寬裕其事，緩而圖之，斯宜止矣！往求幹事，得无咎乎！引胡：父以柔懦，蠱壞其家，初處敗壞之始，能用權變以治其事，致父於无過之地，今居已壞之後，无剛明之才而往見咎。引薛：用心懈弛，後時廢事。

梁　寅：幹，强而有立。裕，寬而无制。六四承父之蠱，柔懦无立，寬裕治蠱者也。如是，往能无咎乎！或曰三太剛，失之過；四寬裕，失之不及，不得已寧悔毋爲吝。

吳　澄：裕，饒益也。六四艮之下畫少男也，稺柔不能拯救父之蠱，但以裕處之。若往而有爲，不勝其任而見吝也。六四以陰居陰，才弱志弱，男稺也。

來知德：强以立事爲幹，怠而委事爲裕，正幹之反也。以此而往，見吝者立見羞吝也。治蠱如拯溺救焚，緩不及事，豈可裕。又六四以陰居陰，又當艮止柔怠，不能有爲，如是蠱日深。

王夫之：裕，有餘之謂。四以陰居陰，柔過而不知所裁。子之事父柔遜卑屈，豈患有餘？然或違道悖禮，苟從親志之私，將得罪州閭，譏於天下後世，於心豈能無歉！傳象往貽不善於天下，其不獲乎人心者多矣，志順親，天下必有諒之者。

李光地：裕者寬緩之意。三以剛居剛，幹之過於果決。四以柔居柔，失之於優游，裕之蠱日深，往必見吝也。

毛奇齡：四上下無應，互兌，兌折，當艮止之始，此大不能事事者。且夫父蠱以長女，是惑長妻，又以少女當下妻之惑，艮止，惑且止，將安往乎！

李塨：裕者沓沓也。六四以陰處陰，當兌折之終，艮止之始，見有蠱而沓沓然未得幹術，以此而往，必見羞吝矣！

吳汝綸：廣雅裕，容也。已壞之緒姑容之，故吝。

伊籐長胤：裕，寬裕。以陰居陰，比六五，不堪見吝。蓋幹蠱非剛力豈堪勞！緩怠悅從，行雖正，事不得成，此易之所以尙剛中也。

薛嘉穎：六四陰柔，因循委靡，非所以幹蠱也。寬裕以處之，則蠱將益深矣！終無如蠱何也！

丁壽昌：虞仲翔引孔子曰父有諍子，深得爻義。蘇蒿坪曰艮體敦厚，互震互乾有父與往象，變離見象

曹爲霖：宋之南渡，前人壞局，後人不克振，宋高宗偷安一隅，忍辱鮮恥，是裕父之蠱者也。

馬通伯：張浚曰四巽極而止，兌說爲裕。其昶案四失正，不變下无陽爲應，上无陽承，是一於阿順，使其親得罪鄉黨州閭者，故往見鄙於人也。

劉次源：四以陰居陰，不能振奮有爲，蠱將日滋，裕蠱適以釀蠱，往見羞吝，裕自貽之。傳象能往以幹之，則吝終可雪也。

李　郁：裕，益也。初壞亡，四柔對，是益蠱，既不能應，豈復能往？故往見吝。

胡樸安：國語裕，注緩也。古代父子不甚親密，言幹蠱遲緩不急也。故九三小有悔，六四往見吝。上雖教，下或不奉教焉！

高　亨：裕疑當作格，形近而譌。格，止也。字亦作閣。格借閣本字。父有所爲，子欲止之，筮遇此爻，雖往見其父，難得俯從，故曰格父之蠱，往見吝。

徐世大：加重了父親的病，去見有點不好意思！四爻病加重。

屈萬里：國語周語「裕」韋昭注緩也。賈子新書道術篇：「包衆容易謂之裕，反裕爲褊。」

金景芳：陰爻居陰位，只能裕父之蠱，不能幹父之蠱。裕，寬裕。以柔順之才，往見就得吝了。

李鏡池：裕，光大。吝，難。想光大父親的事業，但實行起來則遇到困難。

傅隸樸：陰處柔位，王弼說體柔當位，是自己無才，安於本分。不能幹父蠱，只能裕父蠱，裕是寬減，慢慢降低父蠱，無驟革之力。强迫去做必有失，故往見咎。

林漢仕案：裕字之義有：優饒也，寬也，容也，足也，開也，緩也，道也，包衆容易也，坤弱爲裕也，古文作衮，書「格汝衆」，白虎通號作裕汝衆。「裕父之蠱，往見吝」裕字，各大家之解如是：

虞翻謂裕不能爭，其義王弼所謂「體柔當位」，正義稱「柔和能容」也。而虞以裕不能爭，爲何不能爭？「柔弱勝剛强」？「攻堅莫勝於水」？虞文不从是發越，从爭字入，爲「父有爭子」，裕與爭，一柔一剛也。爭，固然也有柔時，從字面「父有爭子」，應是剛，虞說似不得矣！

程傳「寬裕處父事」。蘇東坡謂「裕，益也。」朱熹云「不能有爲寬裕治蠱也。」朱震「寬裕自守。」項安世曰：「裕者長其惡也。」李衡引謂「寬其事而无成者。」引薛謂「用心懈弛，後時廢事。」以裕爲懈弛廢事。梁寅以裕爲寬而無制，柔懦从立。吳澄以四爲「稺柔不能拯父蠱，但以裕（饒益處之。」來知德謂「怠而委事爲裕。」來又謂「治蠱如拯溺救焚，緩不及事，豈可裕。」按悔吝之文，見於繫辭爲小疵，疵小乃善補過。來知德以羞吝，拯溺救焚之急以治蠱，是過，亦爲不及。王夫之謂裕爲「有餘。」李光池以「裕爲寬緩」。李塨謂「裕者沓沓也。」吳汝綸引廣雅裕爲容，姑容之。劉次源云裕蠱適以釀蠱。胡樸安謂「古代父子不甚親密，言幹蠱遲緩不急也。」高亨「疑裕作格，形近而譌，格，止也。字亦作閣。」屈萬里引：「裕爲緩，」又引「包眾容易爲裕，反裕爲褊。」李鏡池謂「裕爲光大。」傅隸樸以「裕爲寬減，慢慢降低。」

裕字之義有：

裕不能爭。

寬裕（自守）。（寬其事者无成。）（用心懈弛，後時廢事。）（寬而無制）（寬緩）（姑容）（幹蠱遲緩）。

益也。（饒益）

裕者長其惡。（裕蠱適以釀蠱）

怠而委事爲裕。（沓沓）

有餘。

格，形近而譌。止也。字亦作閣。

緩也。又包眾容易爲裕，反裕爲褊。

光大。

從上九說是爲裕。六四當位處正，體柔而裕父之蠱，蠱同，幹蠱之人亦同，而歷程異。長女治蠱，善補父過，二剛位柔，外剛內柔，母有瑕疵，適切處理，無過與不及也。九三以剛居剛，重剛應剛，雖悔而无大咎，六四以多懼近君之地而柔居柔，來知德謂「強以立事爲幹，怠而委事爲裕。」意者六四其怠而委事乎？按坤弱爲裕，四，坤也，與初無應，懈弛長惡，不祇蠱之未去，往見小疵固將然之也，六四其見吝矣。

**六五，幹父之蠱，用譽。**

象曰：幹父用譽，承以德也。

荀爽曰：體和應中，承陽有實，用斯幹事，榮譽之道也。

虞翻傳象曰：譽謂二也，二五失位，變而得正，故用譽。變二使承五，故承以德二乾爻，故稱德矣。

王弼：以柔處尊，用中而應，承先以斯，用譽之道也。

孔疏：以此承父，用有聲譽。又疏象辭云奉承父事，唯以中和之德，不以威力，故云承以德也。

程傳：五居尊位，以陰柔之質，當大君之幹而下應於九二，是能下任剛陽而倚之，已實陰柔，故不能爲創始開基之事，承其舊業則可矣，故爲幹父之蠱。夫創業垂統，非剛明不能。柔弱能任剛賢，可以爲善而成令譽。太甲成王，皆以臣而用譽者也。

蘇軾：父有蠱而子幹之，猶其有疾而砭藥之也，豈其所樂哉！故初以獲厲，三以獲悔，六五以柔居中，雖有幹蠱之志而无二陽之決，故反以是獲譽，譽歸於己，則蠱歸於父矣。父之德惟不可承也，使其可承則非蠱矣！蠱而承德，是以無巽九五後庚之吉也。

朱熹：柔中居尊，而九二承之以德，以此幹蠱，可致聞譽，故其象占如此。

朱震：居尊位，尚柔，應九二。二與之體兌，兌爲口，譽之象也。二五易成剛，德中正，承上九，幹父之蠱用譽也。以德承父，下之服从者衆。蠱患非一世，秦皇漢武，窮兵黷武一也。秦亡漢存，始皇无子，漢武有子幹之也。

項安世：六五之才雖不足於幹，然得尊位，行大中，能以令名掩前人之蠱者也。故曰幹父用譽，承以德也。言不以才幹而以德幹也。大抵蠱之上三爻皆非能幹者，以其艮體，主於止也。

李衡引子：柔非能爲，必有主其事者，居中得正，用德而不勞力也。 引孫坦：周公繫此五爻，專於父母者，得非達孝之情，見辭以寄戒乎！何則？商紂昏暴，親而正者三仁耳，尚或以奔，以狂，以死，而不能拯時，固惑亂甚矣！ 文王蒙難而業不耀，內助者止父母而已！ 武王拔民於无告而仁義之，周公救治於已墜，而禮樂之前作後述，爲萬世至正大公之道於親，不亦幹且裕者乎！

梁 寅：五與二應，二多譽，故云用譽。欲幹父之蠱才弱不足，能任下之有譽者，則下之力猶己之力，又何凶咎悔吝哉！

吳 澄：艮之中畫，泰未變爲坤中畫，故爲母。以陰居陽，才弱志稍强，艮男漸長，故亦有爲而幹父之蠱。六五剛柔適中，善事母追孝父，以此用事，未必有實功可有虛名也。

來知德：卓吾云，上九不事事而六五猶譽以悅之，使其歡然順從，蠱斯可幹。又用者用人也。用譽者用人而得譽也。二多譽。宋仁宗柔主，得韓范富歐卒爲令主，此爻近之。

王夫之：六五柔中，盡道事親。用譽，人不間其父母昆弟之言也。傳象：心之所安，理之所得，人心之同得，何譽之不至哉！

李光地：治蠱至此而成矣。五柔中幹蠱以譽聞者也。或曰用譽如顯親之過何！曰吾之譽即親之譽也。

毛奇齡：外卦爲受蠱之地，重幹蠱也。二與五應，用二之令聞以承前德，此善幹。繫曰二多譽。

李塨：六五尊位，大中，幹蠱所謂貽父以令名者也。以譽承之實以德承之！艮有譽象。又初六，六五以剛行柔，故爲幹父之蠱，九二以柔行剛，故爲幹母蠱，九三以剛行剛，故幹父蠱有悔，六四以柔行柔，故裕父蠱而見吝。

吳汝綸：柔中居尊，以此幹蠱，可致聞譽。

伊籐長胤：以柔居君，應二剛臣，以光祖業，致有令譽。蓋己才不堪治蠱，賴能者治之。聖人資衆智，人君合衆力，棄賢自任，以致敗蠱。

薛嘉穎：柔中之德，幹蠱而以譽聞者也。吾之譽即親之譽。熊氏立身揚名，使國人稱願曰幸哉有子矣。折中凡言承者就父子之繼而言。

曹爲霖：誠齋傳：衆賢所輔君无陰柔，而況剛明之主乎！然則閹之弊，文宗六五柔，非无輔也，有一裴度不能用也。

丁壽昌：折中曰凡言承者皆就父子之繼而言，此承以德，意承考，承父德，父德者則譽亦彰矣。承以德正釋用譽之意。蘇蒿坪曰艮與互震皆陽卦，有父象。艮互震爲言，皆譽象。

馬通伯：自三至五由震轉艮，艮終萬物，所謂蠱元亨而天下治者也，幹蠱之事於是乎成。

劉次源：柔居剛位，得乎中道，善幹父蠱，貽親以令譽，斯謂之孝。

李　郁：陽亡則父已死。五若用剛承先志，有德位，必獲譽矣。

胡樸安：教孝之事已爲社會所注重矣。凡幹父之蠱者皆得社會稱譽。象承以德也，德，得也。

高　亨：爲幹父之事而筮遇此爻，可得令名。

徐世大：治父親的病，因而稱讚。五爻因服侍病人，久而得孝子之名。

屈萬里：一切經音義七引倉頡：「用，以也。」按猶言因而也。傳象「以德繼承父業。」

金景芳：六五干父之蠱是很好的啦，能夠用譽。

李鏡池：繼承父業，幹得很好，因此得到美譽。

傅隸樸：柔弱帝王信任剛明之臣。繫辭：「二多譽。」故曰幹父之蠱，用譽。一是知人善任，二是由知人善任獲幹父之蠱的美譽。

林漢仕案：來知德云，强以立事爲幹，怠而委事爲裕。」然則六五「强以立事」故用譽？項安世謂「不以才幹而以德幹也。」依象傳「承以德。」蘇軾云「德不可承，可承非蠱矣！」六五如何幹父之蠱？請聽易傳大家之音：

象曰承以德。荀爽曰體和應中，承陽有實。王弼云：以柔處尊，用中而應。孔疏象辭謂以中和之德，不以威力。程傳居尊應二任剛，柔不能開基，創業非剛不能，能任剛賢成令譽。蘇軾云譽已則蠱歸父矣，父德不可承，可承非蠱。朱熹云柔中居尊，九二承之以德幹蠱，可致譽。朱震云體兌爲口，譽之象。二五易成剛，德中正，承上九，幹父之蠱用譽也。項安世云六五才不足幹，然位尊，行大中，以令名掩前人蠱。李衡引謂柔非能爲，居中得正，用德而不勞力也。梁寅云二多譽，五應故用譽。任下有譽者，下力猶己力。

吳澄云六五剛柔適中，進孝父未必有功，可有虛名。來知德之用者用人也。用人而得譽也。上九不事事，六五譽以悅之，使歡然順從，蠱斯可幹。王夫之云六五柔中，盡道事親。李光地云柔中幹蠱以譽聞，或曰顯親之過何！曰吾之譽即親之譽。李塨謂六五大中，貽父以令名者，艮有譽象。伊籐長胤之柔居君，應二剛臣，以光祖業。薛嘉穎云五身揚名，使國人稱願曰「幸哉有子矣」。折中凡言承者，父子繼而言。曹爲霖引云衆賢所輔，君无陰柔，況剛明之主乎！丁壽昌云父德著則譽亦彰。劉次源云：柔居剛位，得乎中道，善幹父蠱。李郁云父死，五若用剛承志，有德位必獲譽。胡樸安：教孝事，凡幹父蠱得社會稱譽。德，得也。高亨云幹父之事可得令名。徐世大云五爻服侍病父，久得孝子之名。屈萬里云用，以也。以德繼承父業。李鏡池亦謂繼承父業，幹得好得美譽。傅隸樸云柔弱任剛明，知人善任，獲幹父蠱美譽。

蠱卦以整體言，元亨是果實，蓋知蠱不蠱，知愚不愚。天下事害於不知，以不知爲知，必不能創業，必不能嗣承。知蠱之所以元亨也。利涉大川者，利艱難其事也。艱則必十倍工夫戰兢其行，謀而后動。先甲後甲，是有所猷謀而后幹也，至五以底以成，用而獲譽。觀上九之爻文「不事王侯，高尚其事。」知爲人子者生身如斯家庭之艱也。天下父母未必有蠱，天下子女自毋須人人幹蠱。而蠱事之大小，如毛奇齡言「泉石之癖亦一蠱也。」如本爻者則必然蠱大，費乃女子（吳澄謂傳家長女）一生之力，至完成所事後，「不欲事王侯。」自有其志節也，所謂「高尚其事」即不事王侯言。

象謂承以德，折中云「凡言承者皆就父子之繼而言」（清文淵閣大學士李光地總裁是書）宋，蘇軾則早以「德不可承，可承非蠱。」項安世以承以德爲「不以才幹而以德幹。」程頤以「承其舊業。」孔穎達以「承父。」朱震謂「以德承父。」由象辭「幹父用譽，承以德。」之文，「幹父」乃從初爻以來之一貫目標也，「用譽」，可有二解，一以譽爲手段，以德爲後盾，由以張揚父蠱事之是，一譽再譽，本以爲蠱者不蠱矣，繼之以德澤加人，人亦不以爲蠱矣。一以父母所以致蠱之原因，蓋或有人嫁蠱，爲子女者不妨「用譽」長嫁蠱者之惡，長嫁蠱者之勢，猶稱某人，某國爲「超級强」老子所謂剛强者死之徒也，使嫁蠱者自入死胡同不能自拔。爻至五，眾家皆以五柔居剛位，君位，德中正而用多譽之二剛，二本質柔，是剛柔相濟，得乎中道，譽之歸己亦歸父也，蠱去功成矣。

**上九，不事王侯，高尚其事。**

象曰：不事王侯，志可則也。

虞翻曰：泰乾爲王，坤爲事，應在三，震爲侯，坤象不見，故不事王侯。五已變巽爲高，艮陽升在坤上，故高尙其事。

荀爽傳象曰：年老事終，不當其位，體艮爲止，故不事王侯，據上臨下，重陰累實，故志可則。

王弼：最處事上而不累於位，不事王侯，高尙其事也。

孔疏：最處事上，不復以世事爲心，不係累於職位，故不承事王侯，但自尊高慕尙其清虛之事，故云高尙其事也。

程頤：无係應於下，處事之外，无所事之地也。以剛明之才，无應援而處无事之地，是賢人君子不偶於時而高潔自守，不累於世務者也。故云不事王侯，高尙其事。

蘇軾：君子見蠱之漸則涉川以救之，及其成則不事王侯以遠之，蠱之成也，良醫不治，君子不事事。

朱熹：剛陽居上，在事之外，故爲此象，而占與戒皆在其中矣。

朱震：上九不當位。五王、四侯、三公位、上執剛不屈，不事王侯，高尙其事，謂其志於三，三无應則去之，不累於物，其志爲可則也。進退合道也。

項安世：居蠱之終則無事之時也。在蠱之外，則不當事之人也。然當事者以幹蠱爲事，不當事者以高尙爲事，亦各其事也。故不曰无事，而曰高尙其事。事得其宜，非宜幹而不幹者，故曰志可則也。六四在事中而不事則可吝矣。　蠱六爻皆以剛爲貴。初與五以柔位剛，亦得吉譽。九三剛不中，他卦多凶，而獨無大咎，惟六四一爻位德俱柔見吝。以此見涉川非剛不濟上九无預事，剛介爲高。

又蠱卦體巽伏，有致蠱之象。諸有治蠱之才。九二以柔行剛，能幹母之蠱，九三以剛行剛，幹父之蠱，初六，六五資柔志剛，有幹蠱之志。初在下承乾，意在承考臣之事，五在上得中應乾，德足以承考君之事。始厲五成，初危後譽，識者知非悖父爾。治蠱之難，蓋如此夫！

李衡引子：終其事而不享其利。引陸：上以尊剛之德，爲四五所承，不事王侯者也。引介：在卦之終，事成也。在卦之上而无所承，身退者也。在外卦而心不累乎內，志之高者也。

引昭：取不貪之志爲法，非不事王侯也。

梁寅：治蠱者子任父事，臣任君責。上九當壞極不受任於人，是賢人君子當天下壞亂而獨善其身，故曰不事王侯，高尚其事。徒嘐嘐然則乃无君之罪人也。若人者又曷足稱乎！

吳澄：上九乃父既死，以蠱事遺後人者。上爻別發一義，陽剛止艮山之上，賢人遠遯。蠱必有事，仕君事也，賢人不仕，天子不得臣，不事王侯。王五，侯三也。上九與五比而不相係，與三不相應，故曰不事王侯。凡世間有爲者皆卑下之事，出無爲乃高尚之事。上九在一卦至高之位，故曰高尚，下五爻屑屑一家事。天下事猶視爲卑下，彼一家事又何足道哉！

來知德：上爲父，五爲母，衆爻爲子。國事言，五君，下四爻臣，上不事之臣。艮止不事之象，變坤錯乾，王侯之象，巽爲高，高尚之象。足以起頑立懦，故可則。如子陵釣于富春是也。

王夫之：上九之義別取象於逸民，無所承事，高亢自養之道。變例也。時當承平，無功可建，無能爲後甲之圖，宋道亢志可也。傳象天下晏安，各循其分，逸民輕爵祿，風天下廉恥爲重，正人心，止僭濫，其功大矣。

李光地：上無所承，無復父母之象。又在事之外，無事者也。故其象爲不事王侯。不事王侯，則其行彌高而義彌高矣！傳象下卦取應，上卦取承，凡陰遇陰，陽遇陽，陰遇陽皆曰父，陽遇陰曰母，不可稱父。

毛奇齡：言其位則高，言其志則可尙，此雖幹蠱之外者，然泉石之癖，亦一蠱也幹者。繫曰二多譽。

李塨：上九正所謂蠱矣！然身在蠱上，居卦外，下五爻有幹蠱之王侯，皆不事之，南山北海，高尙其事，世之蠱壞莫幹者也。然其不降之志，亦可以廉頑立懦，此又處蠱極者之一象也。

吳汝綸：上九別出一義，易文往往如此。處乎事外，故象不事王侯也。

伊藤長胤：陽剛之才，居無位之地，下无係應，家食而不事事者。蓋時有可治之事，已有可治之才，志士跂焉躍焉，思效才之秋。時無知我，獨善其身，與高蹈遠邁之士異矣。

薛嘉穎：上无所承，无復父母之象矣，但臣有君事，處卦外，不當事，有不事王侯象。又蠱時寧爲幹之悔，爲裕之吝也。李光縉易有蠱，其平王政教不行天下之日乎！

曹爲霖：思菴葉氏曰天命已去，人心已離，惟有高尙遠去，伯夷，微子之儔與！或云人多趨時赴功，獨能不事王侯，殆商山嚴陵之志與！又引李泌五不可留爲高尙其事。

丁壽昌：艮上九乾爻乾爲父，爲老。惠定宇曰人臣親老，人君聽其歸養之象。先儒皆以不事王侯爲親老歸養。正義謂尙清虛則莊列之緒餘。蘇蒿坪五王侯位，艮止故曰不事，艮爲山，有高尙之象，變坤有事象。

馬其昶：胡炳文曰子之於父母有不可諉於事之外者，若王侯事有不事者矣。君子出處，盡力焉，不爲污。潔身以退，不爲僻。張履祥曰不事王侯亦所以振民育德也。其昶案，艮終終君之事，又終親之事，其一陽在上可則也，不可變也。

劉次源：蠱已悉幹，時當承平，溺於安宴，宜矯以廉節，輕爵祿，高尚其事，別有高尚之願也。

李　郁：上不降五，不居王侯之位，高飛遐舉，志在高尚，自惜羽毛，堪爲人範故可則。

胡樸安：以幹父之蠱爲榮，以不事王侯爲高尚矣，可爲人民法則。初爻教人民孝父。二爻教孝母。三教孝，人民小有恨。四爻教孝，人民不甚奉行。五用譽鼓勵。六爻不事王侯教孝之成也。

高　亨：此隱居不仕之意，古人筮遇此爻則勿仕可也。

徐世大：譯「咱們不去伺候王爺侯爺們，高抬了這件事。」六爻有病不能從政而得不事王侯之高名，實皆與病無關者。

楊樹達：禮記表記：事君軍旅不辟難，得志……否則終事而退。易曰不事王侯，高尚其事。又孟子外書子庚何人也，孟子曰古之高人也，不臣夫子，不事諸侯，易曰不事王侯，高尚其事。

金景芳：上九事外，事外能怎樣？當事以幹父爲事。在上，在事外，不事王侯，高尚其事。

李鏡池：以不做官爲高尚。只想幹家事，繼承父業。這反映當時的政治黑暗，人心思遁。環繞繼承父業家庭倫理觀。一只求維持父業。二想光大父業，但做起來困難。三光大父業，得到美譽。並認爲不做官才高尙。這是當時社會思潮反映。不帶褒貶。

傳隸樸：有才不肯居官之象。上九處蠱外，下不友諸侯，又不臣天子之象，不預問世事。

林漢仕案：卦从大妹遞變成小弟，吳澄所謂母老，子幼，女長也。爻有幹父，幹母蠱之文，「母老」，父亦老矣。皐魚之哭，孔子之問，「高尙其志，間吾事君」，前之幼子，今處卦終，荀爽傳象謂「年老事終。」孔疏謂「但自尊高慕尙其清虛之事。」是子亦蠱矣，「樹欲靜而風不止，子欲養而親不待」之恨，舍「立枯槁而死」豈有補救之策？孔聖人遭此亦不能救也，促弟子辭歸養親者若干，是孔子解所謂「心結」也。又六五幹父之蠱，用譽，蠱去功成，其木蘭乎？木蘭當「阿爺無大兒，木蘭無長兄」而父老，被徵召入伍，全家苦痛之情，舍代父從軍，可有別策？待十二年奮戰，策勳十二轉，願借明駝千里足，送兒歸故鄉，是上九不事，亦不可事王侯之寫照。吳澄謂女長幹蠱，觀卦內爲長女，二三四爻互少女，其幹父，幹母蠱，柔幹而終吉，不可貞。至三四五互則長男，小有悔，四五六少男，往見咎，是謂可以柔幹，不可以剛幹。「見志不從，又敬不違，勞而不怨」庶可。六五位本尊而以柔處剛位，故得天眷而用譽。上九柔位而剛幹，是皐魚之失時，亦是木蘭之失時也。（女子十五及笄，今標梅之年將逝，入徐娘半老矣，未嘗不悔時不我與也。）試讀古今大家之傳釋如下：

象曰志可則」。荀爽謂年老事終，不當其位，故不事王侯。王弼云處事上不累位。孔疏不復以世事爲心，不係累職位，尙清虛之事。程子謂無係應於下，處事外，是賢君子高潔自守，不累世務者。

蘇軾云君子救蠱，及其成則遠之。朱熹剛陽居上，在事外。朱震云上執剛不屈，志三无應則去，志可則也，進退合道。項安世云居蠱終，蠱外，不當事者以高尙爲事，故志可則。以剛介爲高。李衡云身退在外而心不累乎內，終其事不享其利。梁寅云上九當壞極而獨善其身。吳澄云上九賢人不仕，賢人遠遯。有爲皆卑下，無爲乃高尙，上九在一卦至高，故高尙。來知德上爻爲父，不事之臣，高尙足以起頑立懦，故可則，如子陵釣于富春。王夫之云上九取象於逸民，無所承事，高亢自養，正人心，止僭濫，其功大矣。李光地云上无復父母象，又在事外，無事者也。則行彌高而義彌高矣。毛奇齡云位至高，志則可尙。（自注孟子尙志同）李塨云上九正所謂蠱，世之蠱壞莫幹者也。伊籐長胤謂家食不事事者，時無知我，獨善其身。曹爲霖引天命已去，人心已離，惟有高尙遠去。馬其昶云君子出處盡力焉，不爲污，潔身以退，不爲僻。劉次源云蠱已悉幹，時承平，宜矯以廉節，輕爵祿，高尙其事。李郁云高飛遠舉，自惜羽毛，堪爲人範。胡樸安云幹父蠱榮，不事王侯高尙矣，教孝成也。高亨云此隱居不仕之意。徐世大云有病不事王侯而得高名。李鏡池云以不做官爲高尙，只想幹家事。傅隸樸云有才不肯居官之象。不臣天子，不友諸侯，不豫世事，不帶褒貶。

各易傳大家認定上九不事王侯原因在：

1. 年老事終，不當其位。（荀爽）

2. 最處事上，不復以世事爲心。尙清虛之事。（王弼）

3.功成身退。（蘇軾）終其事不享其利。（李衡引）
4.執剛不屈，无應則去，進退合道。（朱震）
5.不當事者，以剛介爲高。（項安世）
6.當壞極獨善其身者。（梁寅）世之蠱壞莫幹者。（李塨）
7.上九在一卦之至高，故高尙。（吳澄）
8.上爻爲父，不事之臣，足起頑廉懦立。（來知德）
9.上九逸民，無所承，高亢自養。（王夫之）
10.上无復父母象，又在事外，無事者也。（李光地）
11.位至高，志可尙。（如孟子之尙志）（毛奇齡）
12.家食不事事者，時無知我，獨善其身。（伊籐長胤）
13.天命已去，人心已離，惟有高尙遠去。（曹爲霖）
14.時平宜矯以廉節，輕爵祿。（劉次源）
15.高飛遠舉，自惜羽毛，堪爲人範。（李郁）
16.隱居不仕。（高亨）以不做官爲高尙。（李鏡池）
17.有才不臣天子，不友諸侯，不豫世事，不帶褒貶。（傅隸樸）
共得十七說，荀說年老，毛說如孟子尙志，則乃士之養也，士爲公卿大夫之初階，其於位爲基層，蓋指多數青壯之士乎？有云父象，有云无復父母象。有謂功成不享利。有謂最處事上，逸民，自惜衣毛者，隱居不仕，如伯夷之清者，無知我者，不豫世事者。上九柔位剛居，上九外卦之小弟，上九處卦變之際，上九不當位，少弟至此亦窮乎？少弟見大姊幹父蠱，母蠱之世態，有所感發，知世事之變幻莫測而萌出世乎？竊以爲蠱之幹，一重一重，冒險犯難，選吉日良時，初之幹父有瑕疵事業，善補父過，得以順利過關，二之小心从事母蠱，因持中不過與不及而安親，三能權動雖有悔，終亦得无大咎。四懈弛怠志而長惡，咎所難辭。五則依其時位之中而獲譽。至上九蠱去亦疲於世態矣，雖然並非做到「紅塵是非不到我」，而其仕宦交遊，定有個不能，不忍，不可，不欲之情勢，亦未必眞老而力不從心，也未必如皐魚之悔，當然更未必是「傲煞人間萬戶後」，姑依朱子常云「其占如此。」以爲上九不事王侯，高尙其事作結。父兮生我，母兮鞠我，雖未剝骨還父，剝肉還母，然爲生鞠我者付出，不可謂不多矣。爲父母令子而不得作社會國家忠臣，眞箇世事短如春夢，人情薄似秋雲，何須計較勞心，萬事原來有命！局外人以爲不事王侯，高尙其事，安知此即孝子之心蠱也。蠱卦蠱結，其黽天下爲人父母者宜自惜，毋令子女背負上代之債棲皇一生也。

# 參考書目


| | | |
|---|---|---|
| 無求備齋易經集成（一九五冊） | 嚴靈峯輯 | 臺北成文出版社 |
| 周易正義 | 孔穎達 | 臺北藝文書局 |
| 易經皇極經世祕本 | 邵　雍 | 武陵出版社 |
| 易參義 | 梁　寅 | 廣文書局 |
| 刪補易大全 | 納蘭德成 | 廣文書局 |
| 周易要義 | 宋書升 | 山東齊魯書社 |
| 周易大義 | 吳汝綸 | 臺灣中華書局 |
| 周易經翼通解 | 伊籐長胤 | 五洲出版社 |
| 周易史鏡 | 曹爲霖 | 新文豐出版社 |
| 周易精華 | 薛嘉穎 | 新文豐出版社 |
| 周易正言 | 李　靜 | 廣文書局 |

| | | |
|---|---|---|
| 易通 | 劉次源 | 廣文書局 |
| 易費氏學 | 馬通伯 | 新文豐出版社 |
| 周易解頤內篇 | 徐世大 | 精華印書館 |
| 周易闡微 | 徐世大 | 臺灣開明書店 |
| 周易探源 | 鄭衍通 | 中教出版社 |
| 周易話解 | 劉思白 | 弘道文化事業公司 |
| 周易理解 | 傅隸樸 | 中華書局 |
| 易鑰 | 陳炳元 | 弘道文化事業公司 |
| 周易集解初稿 | 屈萬里 | 聯經出版公司 |
| 先秦漢魏易例述評 | 屈萬里 | 學生書局 |
| 談易 | 戴君仁 | 臺灣開明書局 |
| 易經講義 | 程兆熊 | 九龍鄧鏡波學校 |
| 先秦諸子易說通考 | 胡自逢 | 文史哲出版社 |
| 易經研究論集 | 林尹等 | 黎明文化事業公司 |
| 易經研究 | 徐芹庭 | 世界圖書公司 |
| 易學源流 | 徐芹庭 | 國立編譯館 |

| | | |
|---|---|---|
| 大衆實用周易 | 劉錫哲 | 世界書局 |
| 周易讀本 | 黃慶萱 | 三民書局 |
| 易數淺說 | 黎凱旋 | 自印 |
| 周易講座 | 金景芳 | 吉林大學出版社 |
| 易卦淺釋 | 沙少海 | 貴州人民出版社 |
| 周易大傳新注 | 徐志鋭 | 山東齊魯書社 |
| 周易祕 | 黎子耀 | 浙江古籍出版社 |
| 周易卦爻辭中的故事 | 顧頡剛 | 影印古史辨第三冊 |
| 神秘的八卦 | 王玉德等 | 廣西人民出版社 |
| 點校易經 | 蘇　勇 | 北京大學出版社 |
| 今人讀易 | 闞角如 | 湖南教育出版社 |
| 易經大義 | 熊十力 | 廣文書局 |
| 惠棟易漢學正誤 | 沈竹礽 | 廣文書局 |
| 京氏易傳證僞 | 沈延國 | 廣文書局 |
| 周易要義 | 周大利 | 文史哲出版社 |
| 讀易小識 | 朱曉海 | 文史哲出版社 |

| | | |
|---|---|---|
| 周易補注 | 陳樹楷 | 天津市古籍書店 |
| 周易哲學史 | 朱伯崑 | 北京大學出版社 |
| 困學記聞 | 王應麟 | 中華叢書 |
| 日知錄 | 顧炎武 | 明倫出版社 |
| 東壁遺書 | 崔　述 | 河洛圖書出版社 |
| 東塾讀書記 | 陳　澧 | 文光圖書公司 |
| 經學通論 | 皮錫瑞 | 商務印書館 |
| 經史答問 | 全祖望 | 廣文書局 |
| 十駕齋養新錄 | 錢大昕 | 中華書局 |
| 爾雅台答問 | 馬　浮 | 廣文書局 |
| 讀書脞錄 | 孫志祖 | 廣文書局 |
| 觀堂集林 | 王國維 | 文華出版社 |
| 要籍解題及讀法 | 梁啓超 | 華正書局 |
| 國學發微 | 劉師培 | 廣文書局 |
| 中國哲學史 | 馮友蘭 | 未署印者 |
| 書傭論學集 | 屈萬里 | 臺灣開明書店 |

中國思想史論文集　徐復觀　學生書局
經學源流考　甘鵬雲　廣文書局
經學世界　本田成之　廣文書局
讀書雜志　王念孫　樂天出版社
經義述聞　王引之　廣文書局
求闕齋讀書錄　曾國藩　文光圖書公司
古事比　方中德　廣文書局
敝帚軒剩語　沈德符　廣文書局
通俗篇　翟灝　廣文書局
鈍吟雜錄　馮班　廣文書局
茶香室叢鈔　俞樾　廣文書局
茶香室經說　俞樾　廣文書局
淡墨錄　李調元　廣文書局
林漢仕自撰書目
孟子探微　文史哲出版社　民國六十七年七月再版
重文彙集　文史哲出版社　民國七十八年二月再版

易傳評詁　文史哲出版社　民國七十二年十一月初版
乾坤傳識　文史哲出版社　民國七十七年十二月初版
否泰輯眞　文史哲出版社　民國八　十年十一月初版
易傳綜理　文史哲出版社　民國八十一年　五月初版

即將鋟版者有：
周易廣玩
易傳滙眞
周易傳傳